KB242983

自鞏洛舟行入
黃河即事寄府縣僚友

來水蒼山路向東
東南山豁大河通
寒樹依微遠天外
夕陽明滅亂流中

풍헌의 낙수에서 배로 황하로 들어가며
죽흥시를 지어 부현의 벗들에게 부치다

강물 긴 푸른 산 뱃길은 동쪽을 향하고
동남쪽 사이 활짝 열려 드넓은 황하로 통하네
겨울 나무는 먼 하늘 끝에 닿아 희미하고
석양은 물결 속에서 사라져 간다

鬼眼

귀안

귀안 3
현우 퓨전 무협 소설

초판 1쇄 찍은 날 § 2005년 7월 11일
초판 1쇄 펴낸 날 § 2005년 7월 21일

지은이 § 현우
펴낸이 § 서경석

편집장 § 문혜영
편집책임 § 최하나
편집 § 장상수 · 서지현

펴낸곳 § 도서출판 청어람
등록번호 § 제1081-1-89호
등록일자 § 1999. 5. 31
어람번호 § 제2-0648호

주소 § 경기도 부천시 원미구 심곡1동 350-1 남성B/D 3F (우) 420-011
전화 § 032-656-4452   팩스 § 032-656-4453
http://www.chungeoram.com
E-mail § eoram99@chollian.net

ⓒ 현우, 2005

ISBN 89-5831-580-6 04810
ISBN 89-5831-577-6 (세트)

鬼眼

현우 퓨전 무협 소설

FusionOrientalHeroes

귀안 3 ·혈염(血染)

도서출판
청어람

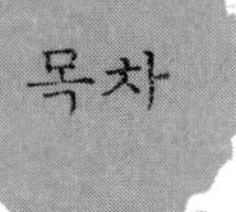

목차

제1장

아주 오래전, 그때

민초빈의 초조함은 극에 달했다.

귀랑이 남겨놓은 길의 끝. 그곳에서 화살과 같은, 아니, 해일에 비견할 만한 무시무시한 살기가 쏟아져 나오고 있는 것이다.

다짜고짜 적의를 내비친 자. 최악을 상상할 수밖에 없는 상황이었다.

'제발 살아만 있어다오.'

민초빈의 옆으로 쏜살같이 지나가는 빛무리, 다름 아닌 공아숙이다.

그 역시 아니 느낄 수는 없는 일. 전에 볼 수 없었던 극한의 분노가 공아숙의 눈에서 불타올랐다.

마침내 시야에 들어온 동혈.

그곳에서 비롯된 한 무더기 찬란한 백선이 공아숙에게 쏟아졌다.

쿠르르릉!

검과 도. 장강을 베고 태산을 가른다는 보검 또한 쇠붙이이기 마련이건만, 부딪치는 박력은 상식을 뒤엎었다. 천지개벽인들 이에 이를쏘냐.

쿠구궁!

다시 한 번 휘몰아치는 검격. 기어이 대지가 패이고 송두리째 뽑혀나간 소나무가 널브러진다.

광풍이 한차례 몰아치는가 싶더니.

휘이잉.

거짓말처럼 평온해진 장내다.

그러나 사위는 기가 막힐 지경, 단 두 번의 격돌이었건만 반경 오 장여 안에는 남아난 것이 없었다.

그 폐허 속, 서로에게 등을 보인 채 우뚝 서 있는 두 거인.

주르륵!

길게 찢어진 소매 밑으로 선혈 한줄기가 손가락을 타고 흘러내린다.

부부북!

가슴 어림 장포가 갈라지며 한줄기 혈선이 내비쳐진다.

어깨를 베인 공야숙과 가슴을 베인 영호성은 서서히 서로를 향해 뒤돌아섰다.

긴장과 흥분. 이들은 자신들이 왜 이곳에 있는지조차 잊은 지 오래다.

'과연 천외천이라.'

팔성을 부은 수라혈참이 꺾였다. 공야숙의 양볼이 벌겋게 달아올랐다. 주체할 수 없는 흥분을 느꼈을 때, 그 자신도 모르게 나오는 습관이었다.

'실로 강한 자!'

태극강파기식이 진흙 속에 묻혀들 듯 흔적도 없이 사라져 버렸다.

영호성의 입가에 희미한 미소가 걸렸다.

그러나 영호성의 미소는 순식간에 당혹스러운, 그것으로 변질되어 버렸다.

'이런!'

승부에 취해 현실을 잃어버린 결과는 치명적이었다.

'둘인 것을 잊다니. 이런 한심한!'

또 다른 고수는 이쪽은 눈길도 주지 않은 채 동혈 안으로 들어서고 있었다. 강적이 눈앞에 있음에 몸을 빼지 못할 상황이건만.

'어쩔 수 없구나, 네 운이 그러한 것을……. 저승길 길동무 한 놈은 붙여주마.'

영호성은 진을 이미 죽은 목숨으로 간주하고 복수를 다짐했다.

벌겋게 충혈된 매서운 눈길을 공야숙에게 쏘아 보내는 영호성.

영호성에서 비롯되어 올올히 풀어지는 무형의 경기가 장내를 엄습한다.

상인지기(傷人之氣).

무형이라 하나 그렇기에 더욱 가공스럽다. 잔가지를 흔드는 것으로 비로소 존재를 알려오는 바람처럼 공간을 찢어놓는 무형의, 그러나 분명히 존재하는 송곳들이 공야숙에게 쏟아져 갔다.

그러하거늘 담담히 받아낼 따름인 공야숙이다. 그러나 그의 내심도 그렇게 여유로울 수는 없었다.

'깊이를 헤아릴 수 없다. 상인지기라니…….'

공야숙의 손바닥에 땀이 배어나기 시작했다.

기억을 되짚어보건대 젓가락보다 칼을 먼저 잡았던 그가 이렇게까지 긴장했던 적은 아마도 그 옛날 단 한 번뿐이었으리라.

영호성의 입에서도 침이 말라갔다.

'받아낸다? 이토록 간단히? 이런 자가 세상에 또 있다니… 아아, 영호성 너는 이 나이가 되도록 우물 안 개구리였구나!'

실로 필생의 적을 만난 흥분은 있으되, 마냥 기꺼워할 수만은 없는 일이었다. 약속대로 길동무 하나는 붙여줘야 하는 의무가 있는 것이다.

우우웅!

공야숙을 중심으로 두고 사방 일 장이 반구(半球)를 그리며 일그러지기 시작했다. 그러는가 싶더니 핏빛 투명한 반구가 급속히 범위를 확산해 갔다.

그 범위 안에서 뭉게뭉게 피어나는 혈운(血雲). 피안개에 젖어들던 주위의 초목들은 순식간에 말라붙어 생명을 놓고야 만다.

영호성의 장포가 부풀어 오르는가 싶더니 폭사되는 백색 광채. 때가 되지 않은 싹들이 급히 피어나더니 여물지 않은 봉우리를 터뜨리고야 말았다.

너울너울 펼쳐지는 혈운과 백광이 조우하는 순간, 장내는 또 다른 세계가 펼쳐져 있었다.

둘 사이의 공간에는 아무것도 없었다.

산바람도 비켜갔고, 살아 있는 모든 것은 소멸되었다.

그곳은 그들만의 공간!

의념결전(意念決戰)의 장이었다.

두 거인의 의념 속, 이미 승부는 시작되었다.

천 개의 검과 천 개의 도가 이미 서로를 베고 찔렀다. 서로의 혼을 두드리고 물리치니 실제의 충격도 다르지 않다.

이 대결이 끝나는 순간 둘 중 한 명만이 내일의 만월을 보게 될 것이다.

민초빈은 진의 맥을 짚었다.

그야말로 엉망진창. 처음 광주리에 담겨 올 때보다 더 나을 것이 없는, 숨만 붙어 있는 누더기였던 것이다.

그러나 희망이 없는 것은 아니었다. 성한 곳은 없지만 옥녀심공과 태양공이 스스로 일어나 내부를 추스르고 있는 것이다.

민초빈의 의학적 이해로는 불가한 일이었다. 어깨와 대퇴부의 깊은 검상은 결코 간단한 솜씨에 당한 것이 아님을 말해 준다. 특히 대퇴부에서 사타구니까지 빗살 모양으로 이어지는 검상은 경락을 훑고 지나갔다. 경락은 진기가 담겨 있는 보루인데, 이것이 상했으니 순식간에 기혈이 진탕되었을 것이다. 거기서 또 진기를 뽑아 썼다. 그것도 두 번이나. 지금까지 살아 있다는 사실만으로 기적에 가까운 일이었다.

그럼에도 진기는 멀쩡하다 못해 숙주의 생명을 유지시키고 있으니…….

"어찌 되었든 다행이로구나. 그런데 좀 전의 그 고수는……."

아연실색하는 민초빈. 동혈 밖, 거대한 두 기운이 맹렬하게 부딪치며 폭주하고 있었던 것이다.

"맙소사!"

섞이고 있다. 남편의 수라진기와 또 다른 고수의 이름 모를 무엇이 완벽하게 융화되어 버렸다.

민초빈은 다급히 동혈 밖으로 뛰어나갔다.

그리고 그녀의 눈앞에 들어온 광경.

오공에서 피를 뿜어대는 공야숙이다. 상대도 다르지 않으니 눈이 뒤집히고 얼굴은 핏물에 감겨 있었다.

게다가…….

'저, 저분은!!'

그다.

그녀의 오랜 기억 속에 있는, 착하고 순박하여 적이 없던 그 사람이다.

떼어놓아야 했다.

의념 대결이라지만 그 속에서 베인 자는 실제로도 베인다. 죽는 자는 실제로도 목숨을 부지하지 못한다. 더군다나 우열을 논할 수 없는 두 거인. 이대로라면 둘 다 목숨을 부지하지 못할 것이었다.

장포를 바로 하고 정좌하는 민초빈.

인당(印堂), 상단전이 열리고 영허(靈墟)와 유문(幽門)이 어우러져 중단전이 열린다. 마침내 기해(氣海)를 타통하니 하단전마저 문을 활짝 열어젖혔다.

민초빈의 몸을 빠져나와 반전에 반전을 거듭하며 융화되는 오행기. 또 다른 세력을 형성하니 자색의 운무다.

바늘조차 들어갈 틈 없는 엄밀한 세력 사이로 파고드는 자운(紫雲).

일시무시일석삼극무진본(一始無始一析三極無盡本).

하나에서 시작되었으나 그 시작은 없다. 하나가 분석되어 세 가지 극에 이르나 근본이 소진됨은 없다.

역경은 둘로 보이지만 삼으로 완전에 이른다.

하나의 다리로는 설 수 없고, 둘뿐인 다리는 설 수는 있으되 미혹에 흔들림이 크다.

세 개의 다리는 비로소 치우침이 없으니 완전에 다다르리라.

삼(三)은 완전의 숫자다!

민초빈이 일으킨 제삼의 기운.

한 발짝도 물러설 수 없기에 서로 밀어내야만 했던 두 기운 사이로 민초빈의 기운이 스며든다.

어우르고 보드랍게 감싸 안는다.

밀리는 순간이 곧 패배이고 죽음을 의미하기에, 갈 곳 없이 상대를 물어뜯을 수밖에 없는 두 거인의 투기가 제삼의 기운이 끌어당기는 곳으로 힘이 분산되기 시작했다.

그렇게 조금씩 곁길로 새어 나오는 투기(鬪氣).

민초빈이 형성한 또 다른 꼭지점은 두 기운을 담아내고 또한 쏟아냈다.

부르르.

민초빈의 얼굴에 식은땀이 맺히고 굳게 다문 입술이 경련을 일으킨다. 봇물 터지듯 온몸을 관통하는 성질이 다른 두 기운.

견디어내야 한다!

민초빈이 여기에서 혼절한다면, 그래서 순환되는 세 기운의 융통이 막혀 버린다면 모두 살아남을 수 없을 것이다.

중대한 도박이다.

모두 살아남을 수도 있지만 모두 죽을 수도 있는 투기(投機)에 가까운 도박인 셈이었다.

그러기를 일각.

폭발할 듯 끓어오르던 공기는 차분하고 부드럽기 짝이 없는 자색의 기운에 의해 달래지고 어루만져졌다.

슬슬 진정되는 장내. 휘몰아치던 마른 풀잎들이 고요히 내려앉고 초목들의 격한 춤사위가 잦아들었다.

"커억!"

민초빈을 필두로,

"쿨럭!"

"크억!"

공야숙과 영호성도 검붉은 각혈을 내뱉으며 고꾸라지고 만다.

좌정 후 곧바로 운기하는 세 고수.

서로에 대한 신뢰가 구축되지 않은 상황에서 실로 위험한 행동이지만 이 정도 위험은 감수해야 할 만큼 당장에 입은 내상이 심상치 않은 탓이었다.

한 식경이 지나지 않아 긴 호흡을 내뱉은 공야숙과 영호성이 먼저 눈을 떴고 잠시 후 민초빈도 일어섰다.

기운을 차리기에는 턱없이 부족한 시간이었으나 아직 서로를 믿지 못하니 차분히 앉아 운기요상이나 하고 있을 수만은 없었던 것이다.

현재의 상황이 이해가 되지 않아 의아하기만 한 영호성이었다.

단 한 번이라도 정신을 흩뜨리면 패배하고야 말 초절정고수와의 의념 대결이었다. 무아지경에 이르러 신체는 그야말로 무방비 상태. 외부의 작은 자극만으로도 자신은 무참히 패배하고 말았을 것이다.

그런데 왜 인가.

칼침까지 놓을 필요도 없이 그저 다가와 툭 건드리기만 하면 오장육부가 뒤집어져 고통스럽게 죽어갈 것을……. 어째서 또 다른 고수는 둘의 의념에까지 들어와 대치 상황을 와해시키기 위해 난해하고도 번거로운 일을 감행했는가. 성공하리라는 보장도 없을뿐더러, 자칫 자신의 목숨마저 위험한 일이거늘.

실로 의문이 아닐 수 없었다.

비실비실 창백한 얼굴로 다가서는 여고수.

"……!"

여인이 낯설지 않았다.

아니, 낯설지 않는 정도가 아니다.

서서히 영호성의 안색이 경악으로 치달았다.

"아빈!"

예의 부드러운 미소를 지어 보이는 민초빈. 그녀의 얼굴 가득 반가움과 그리움이 교차되어 피어올랐다.

"그렇구나. 과연 빈아, 네가 틀림없구나."

"별래무양하셨습니까, 대사형."

격동하여 대답은 하지 못하고 고개만 주억거리는 영호성이다.

자그마치 사십사 년이다.

천하를 이 잡듯 뒤지고, 가능했다면 명부(冥府)라도 갈아엎어서라도 찾고자 했던 그의 사매였다.

뜻하지 않은 눈물이 속절없이 흘러내리기 시작했다.

"눈물을 보이시다니요. 대사형답지 않으십니다."

도리질 치는 영호성.

"막지 말거라. 오늘은 이 영호성이 좀 울어야 할 날인 듯싶구나."

그렇게 두 사남매의 상봉은 두 손을 꼭 마주 잡고 그리움과 회한의 눈빛을 나누며 한참 동안 이어졌다.

그러나 이곳의 모두가 이러한 애틋한 감상에 젖어든 것은 아니었다.

"허, 험!"

공야숙이다. 그로서는 외간 남정네가 마누라의 손목을 쥐고 있는 장면이 달가울 수만은 없는 노릇이었다.

공야숙의 헛기침 소리에 비로소 영호성이 시선을 돌렸다.

"그렇다면 저놈은……."

"험험. 오랜만일세."

순간 영호성의 두 눈에 그려지는 경멸과 증오.

"천년마교 교주 공야숙! 네놈이 아직 살아 있었구나. 사람들이 네가 죽었다고 할 때 난 믿지 않았다. 역시 살아 있었어."

화산의 대사형 시절, 홍일점 민초빈은 사려 깊고 용모 또한 빼어나 화산의 모든 제자들 사이에서는 여신과도 같은 존재였다.

다른 제자들이 그러했듯 영호성도 가슴 한구석에 민초빈을 품고 있었던 것이다. 그런데 어느 날, 별안간 나타난 저 빌어먹을 마교 교주 놈이 그들의 여신을 빼앗아 달아나 버린 것이다.

영호성에게 있어서 공야숙은 마교의 교주이기 전에 연정을 품었던 여인을 가로채 간 후레자식이었다.

"사형, 그는 제 남편이에요. 이제 신교와도 상관없는 사람이구요."

듣는 둥 마는 둥 영호성의 성난 사자와도 같은 눈빛은 공야숙에게 쏟아질 따름이었다.

사십팔 년 전, 논에서 파리한 벼가 힘차게 뻗어 나올 때쯤이니 아마도 유월의 어느 한 날이었을 게다.

당시 절강의 항주에는 은성전장(銀成錢莊)이라는, 제법 알아주는 부호가 있었나 보다. 이 은성전장의 장주가 늘그막이 아들을 하나 얻었는데 과유불급이라, 과잉보호를 하다 보니 이놈이 싹수가 노랬다는 것이다. 장성하고도 제 버릇 개 못 주고 아주 개차반으로 놀았는데, 어느 날 야심한 홍등가 뒷골목에서 숨구멍만 가까스로 보존한 채 반송장으로 발견되고 말았다.

당연히 은성전장은 난리가 났다. 개차반이라고는 하지만 장차 은성전장을 이끌어가야 할 일점혈육이 눈만 껌뻑이는 식물인간이 되고 말았으니 그야말로 하늘이 무너지는 횡액을 당한 것이다.

중원 십팔만 리 어디에서나 일어남 직한 이 사건은, 그러나 그리 간단한 문제가 아니었다. 이 개차반의 배에는 예리한 면도로 거죽을 파냈을 법한, 대충 이런 문구가 적혀 있었기 때문이다.

마도 천하, 천세, 천세 천천세!

은성전장주는 마도 천하고 사발이고 관심이 없었다. 그에게 당장 무림이 어떻고 정, 사가 어떻고 하는 따위는 뒷간 급한 놈 잡아두고 맨손체조 시키는 격이나 다름없었던 것이다. 은하장주는 그저 유일한 적통인 아들을 다시 살려내는 것에만 관심이 있었을 뿐이다. 백방으로 수소문하여 장안에 명성이 자자한 명의를 깡그리 잡아들였으나 그들은 하나같이 아들의 상태를 보고 고개를 절레절레 흔들며 은성전장주의 가슴을 무너지게 할 따름이었다.

그리고 마침내 오랜 교분이 있었던 사천당가에서 사람이 와 개차반을 진맥하게 되었는데, 사천당가의 사람은 정작 개차반의 상세가 아닌 그의 배에 써진 문구를 보고 아연 긴장하고 말았다는 것이다. 몇 마디 되지 않았지만 그것은 감당하지 못할 혈풍을 예고하는 것이었기 때문이다. 사천당가에는 회유 반, 협박 반으로 은성전장의 일을 쉬쉬하기에만 여념이 없었다는 사실은 지금 생각해도 현명한 판단이었다.

그러나 항주를 돈으로만 들었다 났다 하는 은성전장의 장자가 당한 횡액을 덮어두고자 했던 시도는 손바닥으로 하늘을 가리는 짓에 불과했다.

은성전장주의 시름 섞인 한숨이 항주의 하늘을 뒤덮을 무렵, 귀도 밝은 거지들이 눈치를 챈 것이다.

본래 은성전장주를 중심으로 반경 백 장에는 거지 두 부대쯤이 항상 어슬렁댔는데, 그 거지 중에는 개방의 이결제자 정도 되는 놈이 있었던 모양이다. 그리고 이놈이 은성전장에서 일어난 일을, 정확히는 은성전장주의 개차반 아들내미 배에 써진 문구를 상부에 보고했던 모양이었다.

당시 화산신검의 칭호를 들으며 이미 반열에 들어서 있던 영호성과 삼십대의 젊은 나이로 천년신교의 교주 직에 있던 마황불패 공야숙이 저간의 사정을 들었던 것도 이때쯤이었다.

그들의 반응은 매한가지였다.

"누군가 장난질을 쳐놓은 게로군."

당연하다. 누군가 자신을 개후레자식이라고 부른다고 그 이후로 스스로 개후레자식이 이름이 되었다고 떠벌리고 다니는 놈이 어디 있겠는가. 다시 말해 정도맹에서 사, 마도라 부르는 그들은 절대 자신들 스스로를 그리 칭하지 않는다는 말이다. 게다가 어떤 멍청한 놈이 제가 저질러 놓고 제가 했다고 그리도 떠들썩하게 흔적을 남겨놓을 것이냔 말이다.

그러나 영호성과 공야숙은 별 싱거운 소리도 다 듣겠네, 하며 재껴 놓았던 그 사소한 사건이 정, 사 대전이란 이름으로 들불처럼 번지게 될 줄은 생각하지 못했다.

그 발단이 되는 사건이 매우 의심스럽거나 말거나 순식간에 정, 사 양 진영의 힘 겨루기는 두 세력이 뿌리는 피로 물들어간 것이었다.

싸움은 이 년 동안이나 지속됐고, 결국 관군을 투입하겠다는 조정의 엄포가 있는 다음부터 차츰 소강 상태로 접어들었다.

그러나 그것은 겉모양일 뿐이었다. 전면전은 드러나지 않았으나 정, 사 양 진영의 절정고수들의 싸움은 더욱 치열하게 전개되었던 것이다.

공교롭게도 이 싸움을 종식시키려 했던 이들이 바로 영호성과 공야 숙이었다.

사건을 추적하던 이 둘이 내놓은 증거는 명백했다.

"모든 증거들이 이 사건이 몽골 조정의 이간질임을 말해 주고 있소 이다. 저들이 우리의 힘을 꺾어놓으려 함에 차도살인(借刀殺人)의 계를 쓴 것이고, 우리는 그에 철저히 놀아난 것이란 말이외다!"

구파의 장로들을 한 시진 동안 헛기침만 하게 만들었다는 여담은 아 직도 회자되고 있었다.

그러나 싸움은 끝나지 않았다. 이미 무수한 피는 뿌려졌고, 서로에 대한 원한은 하늘을 찌르고 있었다. 잘못된 시작이었으니 깨끗이 다 잊어버리고 말자고 하기에는 너무나 늦어버린 것이다.

그래서 영호성이 제안한 휴전 방법이 비무승자결(比武勝者決)이었 다.

양측에서 내세운 다섯 명의 고수가 대결을 하고 승자가 하나씩의 조건을 관철시키자는 것이었고, 이미 막대한 피해를 입어 그 존립마저 위협받고 있었던 정, 사의 수많은 문파들은 울며 겨자 먹기로 이 제한을 수락할 수밖에 없었다.

그리고 결전의 날.

대산 정상에는 정, 사를 대표하는 열 명의 고수와 이를 지켜보는 각 파의 수장들로 북적였다.

사 전(四戰)의 결과는 이 대 이(二對二).

양측 모두 이미 납득할 만한 수준의 양보를 이끌어낸 가운데 단 한 번의 비무만을 남겨두고 있었다.

그러나 마지막 비무는 양측의 자존심을 내건 중대한 승부였다. 순수한 무의 우위뿐 아니라, 향후 세력 패권의 우열이 이 한 번의 승부에 담겨 있는 것이었다.

천년신교의 젊은 교주 마황불패 공야숙이 모습을 드러내자 이에 대적하여 나선 이가 다름 아닌 화산신검(華山神劍) 영호성.

긴장감이 감도는 가운데 두 절정고수의 비무가 시작되었다.

천지가 개벽하고 뫼와 강은 울부짖었다.

그리고 삼 일 주야의 처절한 싸움 끝에 마침내 승부가 끝이 났다.

양패구상(兩敗俱傷).

수라진기는 하늘을 열지 못했고, 암향부동화(暗香不凍花)는 끝내 만개하지 못했다.

아직 극을 보지 못했던 두 고수는 진기를 모두 소진한 채 동시에 쓰러져 버린 것이었다.

약속이나 한 듯 둘은 석 달을 누워 일어나지 못했다.

그때 둘을 치료한 사람이 당시 멸문지화를 당한 의가당(醫家堂)의 마지막 후손이었으며, 또한 신의(神醫)라 불리며 추앙받던 화산의 홍일점 민초빈이었다.

공야숙과 민초빈은 모두 무공과 의술에만 미쳐 있어 혼기를 한참이나 넘긴 노처녀, 노총각. 그러나 그리 지내기에는 두 사람 모두 인물과 사람됨이 너무나도 헌앙했다. 둘이 서로에게 이끌린 것은 어쩌면 너무나 자연스러운 일이었다.

이것이 정, 사 모두의 실수라면 실수였다. 치료하는 동안 두 용봉은 다시는 헤어질 수 없을 만큼 가까워지고 만 것이다.

적, 그리고 친구만이 존재하는 곳이 바로 무림. 친구가 될 수 없다면 적이 되는 곳이 강호다. 두 남녀의 결합은 정, 사 모두를 적으로 돌려 세우는 결과를 낳고 말았다.

공야숙과 민초빈은 이제 헤어질 수 없는 사이가 되었고, 그들이 선택할 수 있는 길은 처음부터 하나뿐이었다.

도주.

민초빈은 곧바로 파문당했다.

그러나 신교는 교주를 버리고 바꿀 수 있어도 교주는 결코 교를 버리지 못한다. 교의 일인비전 수라파천신공을 익힌 자를 잘 먹고, 잘 싸고, 잘살게 내버려 둘 수만은 없는 노릇이었다.

천년신교의 절대율법전, 신령패에 준한 척살령이 공야숙에게 발동되었다. 신령패에 공야숙의 이름이 새겨진 순간, 신교가 멸하든지 공야숙이 죽어야 비로소 끝이 나는 죽음의 심판이 공야숙에게 내려진 것이었다.

이것은 사파 내에서 아직까지도 회자되는 정미겁변의 시작을 알리는 효시이기도 했다. 마황불패 공야숙과 검극여제 민초빈의 도주, 그리고 그들을 척살하려는 천년신교 간의 다툼에서 시작된 비극. 이것이 현 천년신교의 몰락을 알리는 시발점이었던 것이다.

사해 억만 리가 중원이라는 말이 무색할 정도로 어디를 가든 하염없이 밀려드는 신교의 살수들은 제아무리 극마 공야숙이라 해도 감당하기엔 중과부적이었다.

이미 만삭의 민초빈은 무공을 사용하지 못하는 상황까지 겹치니 그야말로 그들이 가는 길은 혈로였다. 기어이 산기가 오는 날까지도 공야숙은 혈로를 벗어나지 못했고, 그런 그녀를 데리고서는 더 이상 버티기 힘들었던 공야숙은 무림맹에 도움을 요청할 수밖에 없었다.

무림맹의 접빈각(接賓閣).

그곳에서 둘은 그들의 첫아이 공천검을 낳게 되었다.

그러나 자존심과 명예를 버리고 천하의 천년신교의 교주가 무림맹에 고개를 숙이고 들어가 아이를 낳았다는 소문은 강호 사파의 분노를 하늘에 닿게 만들었다.

신교 외에도 수많은 사파의 살수들이 무림맹을 공격해 공야숙과 민초빈, 그리고 그들의 아들을 노리는 일이 하루 세끼 먹는 것보다도 잦았을 지경이다. 그러나 무림맹은 적극적으로 이에 대처하지 않았다. 행여 이차 정사대전이 일어나기라도 한다면 간신히 재기할 토대를 마련해 가던 문파들이 멸문할 위험마저 있었기 때문이다.

무림맹은 결국 이들 부부를 강호로 내치는 길을 선택했다.

이제 세상천지에 그들 부부가 의지할 데라고는 서로에 대한 믿음뿐이었다. 아직 젖도 떼지 못한 아이를 안고 수많은 살수들을 피해 더욱 깊은 산으로, 또 산으로 숨어들어 가야 했다.

그래서 결국 척박하여 사람이 살지 못한다는 중공산 자락까지 흘러 들어온 것이다.

마침내 오 년간의 도주는 막을 내렸다.

몸집과 연배가 비슷한 산적패들을 죽여 그들로 위장한 것에 추적자들이 속아 넘어간 것이었다.

그러나 이제 둘만의 삶을 살아가겠다는 그들 부부의 희망은 얼마 못 가서 하늘이 무너져 내리는 슬픔으로 산산이 부서졌다.

공천검의 죽음.

긴 도주 생활로 젖도 제대로 물리지 못해 극심한 영양 결핍과 그에 따른 갖은 병치레로 제대로 손도 써보지 못하고 공천검이 죽어버린 것이다.

공야숙과 민초빈은 아들을 대지에 묻고 그들 가슴에 묻어야 했다.

천 일의 제사를 지낸 후, 그들 부부는 아들을 앗아간 강호를 증오하고 무림을 혐오하며 그렇게 살아왔다.

그렇게 시간은 흐르고 흘러 오늘에 이른 것이다.

"지금 이럴 시간이 없어요. 아이들이……."

민초빈의 다급성을 듣고서야 현실로 돌아온 영호성과 공야숙이다.

공야숙에게 사나운 눈길을 흘리며 영호성이 말했다.

"그렇지! 네놈과의 업은 진을 살리고 나서 해결하자."

"거, 자꾸 놈놈 하지 말아라. 내가 너보다 한 살 위다."

"나이 많이 먹어서 좋~겠다."

"이런 호로……."

숫제 멱살을 잡고 또다시 드잡이를 할 기세.

"그만 하래두요. 당신은 어서 불을 지피고 시술구를 소독해요. 사형은 물을 길어오세요."

민초빈의 일갈에 멱살을 놓긴 했지만 두 노친네는 서로를 향한 사나운 눈길을 거둘 줄을 몰랐다.

"얼른요!"

화들짝!

"험험, 알았다."

"아, 알았소. 원, 역정은."

비로소 두 노인이 다급히 동굴을 빠져나갔다.

민초빈은 깨끗한 앞치마를 두르고 역시 하얀 두건으로 입을 가렸다. 공야숙도 민초빈의 옆에 앉아 도울 채비에 여념이 없었다.

물을 긷고 나서는 할 일이 없어진 영호성이 뻘쭘하게 서서 쭈뼛댄다.

"내가 뭐 더 할 일은 없겠느냐?"

"물이나 계속 끓이세요. 도대체 누구랑 싸웠기에 또 이 모양이 됐죠?"

영호성의 안색이 노기로 물들며 일그러진다.

"그 썩을 놈! 내 이놈을 잡으면 사지를 뭉개놓을 테다!"

"나중에 얘기하죠. 여보, 양백에 한 자 일 푼, 상성 한 자, 회음에 한 자 이 푼이에요."

"알겠소."

공야숙이 잔뜩 긴장한 표정으로 침을 매만졌다. 평소라면 시침은 연화의 몫이어야 했지만, 그녀도 병자이니 지금은 공야숙이 해야 하는 일이 되었다. 연화보다야 숙련도가 떨어진다지만 공아숙은 강침을 주저함없이 정확한 깊이로 박아 넣기 시작했다. 서당개 삼 년에 풍월을 읊은 것이다.

시침이 완료되자마자 민초빈은 진의 가슴을 열고 진의 주요 활혈(活血)을 빠르게 이어나갔다.

해가 지고 새벽 이슬이 풀잎에 맺힐 시간이 되어서야 진의 가슴은 다시금 닫힐 수 있었다.

긴 숨을 내뱉고 창백한 안색으로 쓰러질 듯 휘청거리는 민초빈. 공아숙 역시 민초빈 옆에 기절한 듯 쓰러졌다. 의학은 무공과는 또 다른 세계임에 네 시진에 걸친 긴 시술은 그들이라 해도 기진맥진하지 않을 수가 없는 것이다.

진의 이마에 물수건을 갈아주고 쓰러져 있는 민초빈을 물끄러미 바라보는 영호성. 그의 안색은 그리 밝지만은 않았다.

'개복 시술이라… 초빈… 기어이 저지르고 말았구나……'

영호성은 안다. 민초빈이 저 빌어먹을 마교 교주에게 빠져 버린 이유를…….

한족들은 유학을 말하며 무식한 오랑캐들과 자신들을 구분 짓는다. 무림강호라 하여 외따로 떨어진 별종 세계가 아니다. 보편적인 사회의 가치가 이곳에서도 적용될 수밖에 없다는 소리다. 무림인들은 자유를 외치지만, 결국 그들도 한족의 중화(中華)란 근거없는 우월주의에서 자유롭지 못한 것이다. 더군다나 이민족에게 나라를 침탈당한 지금의 시점이야 오죽하겠는가. 과거 의성(醫聖) 화타가 외과 집도를 했다고는 하지만 그것은 어디까지나 화농을 긁어내던 수준, 그것마저 논란이 끊이지 않았던 대사건이었음에 살아 있는 사람의 배를 가르고 병세를 치료하는 따위의 짓은 유교의 사상이 지배하고 있는 이 땅에서는 도저히 용납할 수가 없는 행위인 것이다.

그러나 저 마두 자식은 자신과의 결전 후 만신창이가 된 자신의 배를 가르는 것을 허락했다. 성리학이네 유교네 하는 것들을 몽땅 개밥 그릇 취급했던 마교의 교주씩이나 되는 녀석이었으니 두려울 것도, 걸리는 것도 없었으리라. 빌어먹을 마두 자식이 그녀와 그녀의 의술을 믿었는지, 아니면 잿밥에만 관심이 있었던 것인지는 모른다.

그러나 집도를 그만두지 않으면 당장 파문하겠다는 서슬에 남몰래 가슴앓이를 하던 민초빈이 자신을 믿고 서슴없이 몸을 내맡긴 사내에게 마음이 가지 않으면 그것이 오히려 이상한 일이었으리라.

집도의(執刀醫)는 결코 세상에 나가지 못한다. 직접 거론은 하지 않았지만 민초빈의 본가인 의가당이 멸문지화를 당한 이유도 이와 결코 무관하지 않을 것이었다. 산 사람의 배를 가르는 짓은, 그것이 설사 활인술에 기인한 것이라도 여지없이 사마외도로 몰려 멸문을 감수해야 하거늘…….

민초빈은 이미 강호 의술의 법도를 벗어났다. 그녀가 다시 세상에 나타나면 세상은 그녀를 마녀로 지목하고야 말 것이다.

결국 그때나 지금이나 그녀를 받아주고 인정해 줄 사람은 공야숙밖에 없는 것이다.

한때나마 연정을 품었던 여인의 굴곡진 삶이 눈앞에 선하게 그려짐에 영호성의 마음이 편할 수만은 없었다.

크릉.

영호성이 복잡한 시선으로 민초빈과 공야숙을 일별하고 있을 무렵, 죽은 듯 쓰러져 있던 귀랑이 일어났다.

“너도 일어난 게로구나. 네 친구는 이제 살았다. 걱정 말거라.”

그간 아무도 자신에게 신경 쓰지 않았다는 것을 아는지 모르는지 귀랑은 기지개를 쭉 펴더니 고개를 이리저리 꺾어본다. 나름대로 몸 상태를 점검하는 것이다.

이내 온몸을 붕대로 친친 동여매고 얼굴만 드러내고 있는 진에게 성큼 다가서는 귀랑. 커다란 혓바닥을 내밀어 진의 얼굴을 핥기 시작했다.

그러기를 한참 후.

“으으음.”

신음성을 토하고 서서히 눈을 뜨는 진이다.

‘살아 있는 건가.’

이제는 너무나 익숙해진 육신의 고통. 살아 있음을 확인시켜 주는 명백한 증거였다.

“그만… 해라. 드럽게…….”

“오오, 일어났느냐?”

영호성이 놀란 눈을 뜨고 진을 내려다봤다. 진은 바짝 말라 버린 입을 몇 번 다시더니 겨우 입을 뗐다.

“변태 영감치고는… 재주가 많습니다.”

자신을 치료한 이가 영호성인 줄 아는 모양.

“벼, 변…….”

사지를 꽁꽁 묶어 장강에다 던져 놔도 익사하지는 않을 놈이다. 물 위로 동동 뜬 주둥이로 숨을 쉬면 될 터이니. 게다가 억울하다. 제 놈 목숨 살려보겠다고 얼마나 애를 썼느냔 말이다.

“네 녀석은 몸 성히 올 때가 없구나.”

책망이 실려 있지만 깊은 정 또한 깊이 담겨 있는 목소리, 민초빈이다.

"사, 사부……? 헉!"

깜짝 놀란 진은 몸을 일으키려다 까무러치고 말았다.

"아직 움직일 때가 아니다. 각별히 신경 쓰지 않으면 두고두고 고생할 것이다."

"못난 제자… 많이 늦었습니다."

"그래, 이제라도 왔으니 됐다."

"화, 화아는……?"

"나 여기 있어."

연화 역시 창백한 안색이었지만, 내상을 추슬러 놨는지 거동에는 지장이 없어 보였다.

"그래, 다행이다. 정말 다행……."

말을 마치지 못하고 진의 고개가 힘없이 떨어졌다. 당장에 눈물이 왈칵 쏟아져 내리는 연화다.

"아진! 사모! 진아가……."

놀라 재빨리 진의 진맥을 짚고는 이내 안도의 한숨을 내쉬는 민초빈이다.

"잠시 잠든 것뿐이다."

중공산 산채는 아니지만 가족이 모였으니 이곳이 집이나 다름없었다. 진은 모든 긴장이 풀려 버려 깊고도 달콤한 잠에 빠져든 것이다.

공야숙도 기운을 차리고 몸을 털고 일어섰다.

"야, 인마. 넌 진아만 보이고 하루 밤낮을 시술한… 험! 시술 보조한 이 사부는 보이지도 않더냐?"

"죄, 죄송합니다, 사부."

웃자고 하는 소리였건만 별 호응을 하지 않는 연화였다. 외려 무안해진 공야숙은 헛기침만 흘릴 따름이었다.

"그래, 도대체 무슨 일이 있었던 것이냐?"

민초빈이 연화에게 묻자 영호성도 눈을 빛냈다. 그 또한 저간의 사정에 대해선 아는 바가 없었던 것이다.

연화는 그간의 일들을 꺼내놓기 시작했다.

"…그래서 저도 정신을 잃고 깨어나 보니 이곳이었어요."

"음… 흑혈단이라. 그 녀석들이란 말이지?"

공야숙이 혼잣말을 중얼거렸을 따름이나 연화의 시선을 끌기에는 충분했다.

"사부님도 그들을 아세요?"

당황하는 공야숙이다.

"아, 아니다."

"아니긴. 네놈이 그놈들을 모르면 누가… 악!"

대화에 끼어들려다 느닷없이 단말마의 비명을 지르는 영호성이다.

"뭐……?"

민초빈이 영호성의 옆구리를 꼬집은 것이었다.

영호성이 오랜 시간 동안 나이만 먹은 것은 아니었다.

괜한 헛기침만 내뱉는 공야숙, 터무니없이 어색한 표정의 민초빈. 그들이 저 까만 계집아이에게 뭔가를 숨기고 있음이 틀림없었다.

때마침 들려오는 한줄기 전음. 영호성을 확신시키는 한마디였다.

"사정이 있으니, 모른 척해 주세요."

"험험. 강호에서 칼밥 먹는 놈이라면 흑혈단을 모를 수가 없지, 암."

그렇기는 했다. 그러나 이미 사십 년도 더 지난 일이다. 오랜 시간 소문만 무성하다가 정사대전으로 비로소 전면에 나서 존재를 드러낸 천년신교의 외당 결사대. 그러한 특성 탓에 대전 초반에 모조리 몰살 당하고 만 흑혈단이었다. 인구에 회자되기에는 흑혈단의 활약상이나 존재감은 턱없이 빈약할 수밖에 없는 것이다. 그리고 나선 천년신교는 쇠락의 길로 접어들었으니 흑혈단의 존재를 기억하는 이는 영호성 정도의 원로들뿐이었다.

그러나 이미 늦었다.

달리 기재 소리를 듣는 연화가 아니었다. 우연 또한 과학이라 믿는 논리 신봉자. 그런 연화에게 있어서 지금의 어색하기 짝이 없는 상황은 모든 것이 엇박자일 수밖에 없었다.

문득 공야숙에게 시선을 돌리는 연화다.

"저… 사부."

"음. 왜 그러느냐?"

"사부의 제왕도법 말입니다. 그게 마교와 관련이 있는 겁니까?"

정곡을 찔린 마냥, 눈에 띄게 당황하는 공야숙이다.

"그, 그럴 리가… 누구에게 무슨 말이라도 들은 것이더냐?"

"그 흑혈단이라는 놈들이 도법을 보고는 수라 어쩌고 하는 도법과 비슷하다고 한 것 같아서요."

수라파천도법이라 했다. 그래서 그 녀석들이 쉬이 공격하지 못했다고도 했다. 어물쩍 넘겨짚는 식으로 물었지만 연화는 그들 사이에 오간 대화를 모두 기억하고 있었다.

역시 더듬더듬, 눈조차 마주치지 못하는 공야숙이다.

"마, 만류귀종(萬流歸宗)이라 하였다. 무의 길은 결국 하나, 극을 보

기 위함이다. 강호에 널린 수많은 무공 중에 비슷한 것이 하나둘 정도
는 있기 마련이다. 그 수라파천도법이라는 것도 그런 맥락이라면 이상
할 것 없는 일이다.”

“네에.”

수긍하는 듯 고개를 주억거리는 연화. 그러나 그녀의 눈빛은 깊이
가라앉기 시작했다.

말한 적이 없다. 슬쩍 비추긴 했지만 그들이 말한 도법이 수라파천
도법이라 말한 적이 없단 말이다!

‘이런!'

같은 부분을 민초빈 또한 놓치지 않았다.

미련한 사람… 저리 거짓이 서툴러서야……

천하를 아래에 두고 관조했던 사람. 그래서 누구에겐가 거짓을 빌어
꾸미고 속일 것조차 없었던 사람이니 한편 이해가 되면서도 답답할 수
밖에 없는 노릇이었다.

“여보, 얼른 진아를 데리고 산채로 가야 해요. 여기서는 아무래도 치
료하는 데 부족함이 많아요.”

화제를 바꾸려 다급성을 치는 민초빈이었다.

“그, 그럽시다. 허허.”

다소 어색한 분위기에 뻘쭘해하는 영호성에게 민초빈이 물었다.

“사형께서도 같이 가시죠?”

“그럴까? 뭐 할 일도 없으니……”

민초빈이 주섬주섬 천으로 감긴 기다란 막대기 두 개를 영호성에게
내밀었다.

“이건 뭐냐?”

“들 것이에요. 봉합된 살이 아물지 않았으니 몸이 움직여서는 곤란해요.”

“날더러 진아를 여기에 싣고 옮기라는 것이냐?”

“둘러보세요.”

민초빈의 말대로 주위를 둘러보는 영호성이다.

하루 밤낮을 꼬박 시술에 매달린 민초빈과 별로 한 일도 없이 녹초가 된 공야숙, 그리고 내상을 입은 연화와 역시 비실대는 커다란 늑대뿐이다.

그나마 사지 멀쩡한 사람은 영호성밖에 없었던 것이다.

“이거야 원, 세월이 지났어도 넌 변한 것이 없구나. 늙지도 않았고 사람 부리는 솜씨도 그대로니 시간이 너만은 비켜가는 것 같구나. 좋다, 내 진아를 맡으마.”

“그럼 부탁함세. 껄껄껄.”

터무니없이 크게 웃어 젖히는 공야숙이다. 통쾌함도 있겠지만 스스로 주위를 환기시키려는 의도가 더 짙은 웃음이었다.

“당신은 진아의 짐을 챙겨요.”

“나, 나도 하루 밤낮을…….”

뭐 잘한 게 있다고, 라는 도끼눈으로 공야숙의 전신을 훑어 내리는 민초빈이다.

“뭐 빠뜨린 거 없나? 아차, 이건 진아의 검인가 보오.”

허둥지둥 세영검과 행장을 챙기는 공야숙을 영호성은 한심하다는 듯한 눈초리를 쏘아 보냈다.

‘쯧쯧. 불쌍한 놈.’

자신은 저 정도는 아니라고 생각하는 것이다.

연화도 주섬주섬 짐을 챙기고 뒤를 따라나선다.

우스꽝스런 영호성과 공야숙의 계속되는 다툼 속에서도 개밥에 도토리마냥 외따로 떨어져 깊은 생각에 잠겨 있는 연화였다.

제2장

교주의 후예

항주(杭州).

그저 평범한 장원이다. 과거 수많은 국가의 도읍이었던 이 거대한 상업 도시에서는 한 집 건너 하나 정도는 보일 법한 흔한 장원일 뿐이다.

그러나 장원을 둘러싸고 있는 끈적하고 음습한 기운은 누구나 한 번은 발길을 멈추게 만드는, 그런 종류의 것이었다.

긴장감이다.

엄밀하고 치밀한, 거미줄과도 같은 밀도 높은 긴장감이었다.

그 깊숙한 곳에 위치한 전각.

땅바닥에 바짝 엎드린 작고 검은 그림자가 전각 앞을 빠르게 움직여 간다. 무언가를 쫓는가 싶더니, 갑자기 멈춰 선 그림자는 흠칫 놀라 주위를 두리번거렸다.

쉬익!

그저 밤바람이 스쳐 가는 듯한 미세한 파공음. 그러나 이후의 상황은 평범하지 않았다. 검은 그림자는 한차례 부르르 떠는가 싶더니 이내 산산이 부서져 무너져 내리는 것이었다.

그리고 정적. 과거를 묻지 말라, 강요하는 지독한 침묵이다.

잠시 후, 옅은 불빛이 아롱이는 창호문 안에서 사람의 목소리가 흘러나왔다.

"웬 소란인가?"

"혈랑대(血狼隊) 일진(一陣), 구진일이 아룁니다. 개가……."

비부에서 흘러나오는 듯한 음울한 음성. 놀랍게도 음성은 정원의 작은 소나무 밑에서 흘러나오고 있었다.

"음… 주방에나 가져다주어라."

"조, 존명!"

전각 안에서의 기척이 사라지기 무섭게 갑자기 소나무 밑동에서 흙이 숫구쳐 올랐다.

장원을 둘러싼 긴장감의 실체. 마침내 드러난 인영이었으되 눈 부위만 드러낸 채 면갑을 온몸에 친친 감고 있는 사내였다.

'젠장! 두 동강에서 그치는 건데…….'

구진일은 투덜거리며 거의 분쇄되다시피 한 개의 시신을 주섬주섬 챙기기 시작했다.

심각한, 그러나 기대에 찬 표정의 네 명의 인물이 한쪽에 마련된 둥그런 탁자에 둘러앉아 있었다.

"무슨 일입니까, 양 대주?"

텁석부리거한이 수려한 용모의 젊은 사내에게 물었다.

"별일 아닙니다. 말씀들 계속 나누시지요."

일견하기를 유유하고 헌헌한 공자풍인 삼십대 초반의 사내. 부드러운 외모와는 달리 천년신교 외당 전투 세력 흑랑대주라는 살벌한 직함을 가지고 있는 청수냉검(淸秀冷劍) 석양동이란 자다.

석양동이 앉자 기다란 탁자의 상석에 앉아 있는 노인이 고개를 끄덕인다. 잡티 하나 없는 백발과 검버섯이 얼굴에 뒤덮여 있는 초로의 노인. 그의 메마른 음성이 허연 수염에 뒤덮여 보이지도 않는 입에서 흘러나왔다.

"그 말이 사실이라면 조사해 볼 가치는 있다."

석양동이 입에 찻잔을 가져다 대다 말고 말을 받았다.

"흑혈단주는 신중하고 관찰력이 뛰어난 인물입니다. 그의 입에서 나온 말이니 절대 허튼소리는 아닐 겁니다."

"하나 이 넓은 중원 어디 가서 그런 소녀를 찾는단 말입니까? 교의 분열이 극에 달해 있습니다. 행여 잘못 짚은 것이라면 우리의 힘이 분산되게 됩니다. 재고해 봐야 하는 문제입니다."

수라만마대(修羅萬魔隊)의 대주 포원패도(浦元覇刀) 갈위영은 육 척이 넘는 거구에 거친 인상을 지녔음에도 보이는 것과는 달리 신중하고 주도면밀한 자였다. 그러나 한 번 내린 결정에 대해서는 일사천리로 해결하는 탁월한 추진력을 지닌 자이기도 했으니 누구보다 신망이 두터운 인물이기도 했다.

갈위영이 말을 이었다.

"게다가 여 단주의 말에 의하면 계집이라 하지 않았습니까. 계집이 어찌 수라파천도법과 같은 패력도법을 익힐 수 있단 말입니까? 또 이미 공야숙의 척살로 실전된 도법입니다. 본 교의 비전절기가 야산의 계집아이에 의해 사십 년 만에 재현되었다 함은 분명 의심을 해보아야 합니다.”

느릿한 움직임으로 차 한 모금을 입에 가져다 대는 노인. 겉으로 쉬이 드러나지는 않으나 수심이 깊다는 것을 알기에는 어렵지 않았다.

“아직 저희들이 모르는 것이 있군요.”

노인, 칠적은 다시 한 번 깊은 한숨을 내뱉었다.

적수나찰(赤手羅刹) 칠적. 천년신교의 지금의 현실처럼 서서히 지워져 가는 이름일지나 과거를 기억하는 노강호라면 누구도 흘려듣지 못할 이름이기도 했다. 그의 적염폭공(赤炎爆功)에 쓰러져 간 이가 몇이며, 혈염휘수(血染輝手) 아래 고혼이 된 자 또한 얼마던가.

노구일지나 과거의 위맹에 세월의 깊이가 더해졌으니 실로 범접치 못할 기도가 느껴지는 칠적이었다.

그러나 지금 이 순간은 깊은 후회와 회한이 그의 두 눈에 덮여 있음에 세월의 무게를 감당치 못한 한 늙은이의 모습으로 비춰지는 것은 왜 일까?

잠시의 침묵.

마른 장작 같은 손에서 찻잔이 내려지며 마침내 칠적의 입이 열렸다.

“그는… 공 교주는 죽지 않았네.”

덤덤한 음성.

석양동과 갈위영의 눈에 놀라움이 그려졌다. 그가 생존해 있다는 사실도 그렇거니와 칠적은 지금 공 전 교주가 아닌, 공 교주, 즉은 아직도 교주라 인정하는 듯한 어조를 내비쳤기 때문이다.

　그리고 유난히도 검고 윤기 흐르는 머리칼을 가진 날카로운 인상의 사십대 중년의 사내, 총감찰(總監察) 귀주의 시선에는 격앙의 폭급한 기운마저 담겨 있었다.

　"지금까지 교를 속였다는 말씀이십니까?"

　일개 단주급에 지나지 않는 총감찰이 장로에게 대하는 태도라고는 볼 수 없는 거친 어조다. 그러나 칠적은 차분한 어조로 말을 이어나갈 뿐이었다.

　"속인 것이 아니라 숨긴 것이네. 그는 결코 그리 죽어서는 안 되는 인물이기에……."

　"허허, 속인 것이나 숨긴 것이나 뭐가 다르단 말입니까. 당금에 우리 천년신교가 왜 이리 강호의 웃음거리가 되었는지 알 만하구먼."

　노골적으로 비아냥거리는 귀주. 참다못한 석양동이 세차게 탁자를 치며 목소리를 높였다.

　"말씀을 삼가시오! 감히 감찰 따위가 어찌 장로님께 망발이오, 망발이!"

　"고정들 하시오. 우리끼리도 뭉치지 못하면 어찌 본 교를 재건할 수 있겠소. 양 대주와 총감찰께서는 얘기를 더 들어보도록 합시다."

　역시나 신중한 입장을 보이는 갈위영이다. 석양동과 귀주는 서로를 노려보다 이내 콧방귀를 거세게 뱉으며 고개를 돌려 버릴 따름이었다.

　"모든 것이 내 불찰이네. 이제 교내에서 그를 기억하는 이들은 나를 포함한 두 명의 장로뿐일 테지. 그토록 기다렸건만 이제야 그 흔적을 찾다니……."

　칠적은 아직도 눈에 선하다는 표정으로 허공을 응시하며 말을 이었다.

“나의 우상이자 신교의 희망이었네. 그는 그런 남자였지. 한없이 우유부단해 보이나 정작 결단은 칼과 같았고, 유약한 듯했으나 싸움터에서는 성난 호랑이와 같이 적들을 무릎 꿇리던 남자. 그가 공야숙이었지. 그 영웅과 내가 대산비무 이후 적이 되고 말았어. 도망자와 추적자로 만난 게지. 정말 대단했었네. 열을 보내면 열을, 백을 보내면 백을 막아냈으니……. 만삭이 된 민초빈을 등 뒤에 묶고, 부러진 칼 하나로 오 년을 하루같이 수많은 살수들을 혈혈단신 막아낸 사람이 바로 그였네. 그때 그를 그냥 보내주었더라면 본 교가 이리 풍비박살이 나지는 않았을 테지. 공야숙 단 한 명에게 본 교의 고수 삼백이 속절없이 당하고 말았으니…….”

차 한 잔으로 목을 축인 칠적이 말을 이었다.

“그 많은 수하들을 그에게 잃으며 난 끊임없이 반문했네. 이 불세출의 영웅을 왜 죽이려 하는가? 그 빌어먹을 화산의 마녀를 눈 한 번 찔끔 감고 태후의 자리에 앉혀놓으면 그만인 것을.”

칠적의 퀭한 노안에 기광이 서렸다. 공야숙이 신교를 떠나간 후 기나긴 세월 동안의 치욕, 그것을 막을 수 없었던 스스로에 대한 분노인 게다.

“시기일 테지……. 나조차도 그러했거늘. 교단에 틀어박혀 천하를 품고자 했던 늙은이들에겐 실로 두려운 존재였겠지. 그의 재능, 그의 사람됨을 그들은 결코 가질 수 없기에 시기하고 질투한 것이겠지. 이 사실을 깨닫게 된 나는… 그를 보내줄 수밖에 없었네. 어설프기 짝이 없던 거짓된 그의 죽음에 속아줘야 했지. 언젠가는… 언젠가는 그가 돌아올 것이라 믿었기에… 그것만이 본 교를 위한 최선의 길이라 믿었기 때문이었네.”

칠적의 감정이 전해졌음인가? 석양동과 갈위영은 절로 숙연해져 고요히 고개를 주억댈 따름이었다.

그러나 귀주는 수긍할 수 없다는 사나운 눈빛을 거두지 않았다.

"당신 말대로 본 교를 이 꼴로 만들어놓은 장본인이 그 작자 아니오이까! 그런 자를 살려놓다니, 정신이 있는 것입니까, 없는 것입니까! 척살령이 무엇이관데! 모든 장로의 만장일치로만 얻을 수 있는 신교신령패의 명이 깃들어 있는 것이 아니냔 말이외다! 수십 년이 흘렀다고는 하지만 패전지장의 말을 어찌 신뢰할 수 있겠소이까!"

나름의 야심이 있는 귀주였다.

석양동과 같은 새파란 녀석들에게조차 밀려 이름뿐인 감찰 직으로 평생을 썩을 생각은 전혀 없었다.

그렇기에 최근의 교의 세력 다툼은 귀주에게 더없는 기회인 셈이었다. 칠적을 위시한 석양동과 갈위영, 그리고 여사령. 이들은 모두 외당과 내원의 대주들이다.

석양동의 비도(秘刀) 혈랑대. 말 그대로 숨겨둔 칼이니 요인 암살과 후방 교란을 목적으로 만들어진 특수 임무 조직이다.

갈위영의 철기(鐵騎) 수라만마대. 천년신교의 유일한 기마대로 철기와 중병기로 무장하고 적의 선봉을 유린하는 주 전력이라 할 수 있었다. 그리고 외당의 치안을 맡고 정보를 수집하는 여사령의 흑혈단까지.

그 수는 신교 교도의 일 할에도 미치지 못하나, 그 무력에 있어서만큼은 가히 삼 할에 육박하는 강력한 내부 집단인 것이다. 게다가 귀주 자신을 포함한 대주들도 모두 신교 서열 이십위 안쪽이니 판세는 이미 이쪽으로 기운 것이나 다름없었다.

이들을 동원한다면 교를 장악하는 것은 하룻밤이면 충분할 터.

그러나 칠적은 그리하지 않았다. 그럴 생각도 없는 듯했다.

넨장맞을 명분이라니…….

그따위 공염불이나 외고 앉아 있을 거라면 숭산에서 목탁이나 두드리는 중놈들하고 노닥거릴 것이지 뭐 하러 사도외문(邪道外門) 소리 들어가며 여기 죽치고 있느냔 말이다.

귀주로서는 답답하기 짝이 없는 작태인 것이다.

"이것 보시오, 총감찰!"

노기를 숨기지 않는 석양동이다. 어느새 검병을 덮고 있는 그의 손. 한마디만 더 늘어놓는다면 베겠다는 의지를 담아내고 있었다.

"이 새파란 자식이!"

물러서지 않는 귀주다.

그의 애병인 음양구(陰陽勾)가 싸늘한 기세를 뿜어대기 시작했다.

일촉즉발의 상황!

쾅!

부글대던 두 사람의 투기를 후려치는 가공할 압력! 갈위영이 그의 포원신도를 탁자 위에 거칠게 박아놓은 결과였다.

"우리의 작은 모임에서마저 이 모양이거늘, 어찌 교를 재건할 웅대한 포부를 실현하겠소이까?!"

갈위영의 거구에서 노한 기운이 휘몰아치자 맹렬히 대치하던 귀주와 석양동의 투기가 슬그머니 거둬지기 시작했다. 그러나 서로에 대한 앙금은 가시지 않는 듯, 돌아앉아 거센 콧방귀를 내뱉는 것을 빠뜨리지 않는 두 사람이었다.

깊은 한숨을 내뱉으며 칠적이 입을 열었다.

“총감찰의 말에도 일리가 있네. 하나 지금은 과거의 일로 실리를 버릴 만큼 여유있는 상황이 아니라는 점이 문제의 핵심이지. 궁여지책일는지는 모르나 나름의 안배가 이제야 아귀를 맞추어가는 것 같네. 그 소녀가 공야숙의 진전이 틀림없다면 반드시 찾아야 하겠지.”

“흥! 비록 내가 태어나기도 전의 일이지만 그자가 여인네 치마폭에 휩싸여 본 교를 배신한 것은 세상이 다 아는 이야기외다. 이제 와서 그 배신자의 진전을 찾아 무엇을 하겠다는 것인지 나는 모르겠소이다.”

수긍할 뜻을 보이지 않는 귀주다.

“그래서 어쩌자는 거요?”

석양동의 짜증 섞인 반문에 귀주는 겸연쩍어하면서도 자신만만한, 묘한 표정을 지어 보였다.

“내가 하고 싶은 말은 우리를 이끌 새로운 지도자가 필요하다는 시점이 된 것 같다, 이런 말이외다.”

“예를 들어?”

석양동의 입가에 비웃음이 틀림없는 뒤틀림이 걸렸다.

“그거야…….”

“당신과 같은, 신교에 목숨 바쳐 충성하는 이가 우리를 이끌어야 한다는 말씀이 아니오?”

건들거리는 어조에 귀주는 당장에 썩은 얼굴이 되었음에도 노기를 드러내지 않았다. 내심 석양동이 자신의 속내를 이 정도로 파악하고 있을지는 몰랐음에 당황하고 있는 것이다.

“개가 웃을 일이군.”

노골적인 석양동의 비아냥거림에 귀주의 표정이 빠르게 굳어졌다.

“그럼 난 여기에서 빠지겠소. 손발이 맞아야 뭔 일을 해도 할 것 아니오?"

조용히 귀주를 주시하는 칠적의 노안. 그는 이내 조용하고 느릿한 행동으로 의자에 몸을 파묻었다. 이 미세한 움직임에 석양동과 갈위영의 안색에 미세하나마 긴장의 기운이 스쳐 갔다.

칠적이 귀주에게 물었다.

"우리의 배는 작네. 누군가 일어선다면 심하게 흔들려 다른 이들이 물에 빠질 수도 있는 아주 작은 배라는 것일세. 총감찰, 진정 배에서 내리겠는가?"

귀주의 눈동자가 눈에 뜨이게 흔들렸다. 바보가 아닌 다음에야 칠적의 말에 담긴 의미를 모를 수는 없는 일. 이제 와서 그들의 세력에서 이탈하려 한다면 필경 대가를 치러야 할 터이고, 그 대가는 두말할 것도 없이 목숨일 것이었다.

그러나 오늘 작정하고 무리수를 두었던 이유는 그가 주제 모르고 설치는 멍청한 야심가이거나 세상모르는 천둥벌거숭이여서가 아니었다.

오늘의 모임은 그 성격만큼이나 비밀스러운 회합이니 눈에 뜨이지 않기 위해서는 병력을 움직일 수는 없었을 터. 직접 확인하기로도 이들이 대동하고 온 호위대는 혈랑대의 비도 다섯 명뿐이었다.

항주 분타는 귀주의 텃밭. 남모르게 키워온 이백의 수하가 고스란히 요소요소에 숨겨져 있다.

칠적들이 일신에 지닌 무위가 높다 하나 이백의 차륜전을 감당치는 못할 터.

개미 새끼 한 마리도 드나들지 못할 이곳에 강아지 한 마리가 숨어들 수 있었던 것도 귀주의 안배였다. 숨어 있는 혈랑대 비도의 위치를 찾아내기 위한 계책인 것이다. 지금쯤이면 혈랑대 비도들은 그의 수하들에게 이미 제압되어 있을 것이었다.

이미 돌이킬 수 없는 일. 귀주는 어딘가 숨어 칠적들의 목을 노리고 있을 수하들에게 마지막 신호를 보냈다.

"난 내리겠소. 사공이 무능력해 산으로 오르는 배에 있어봐야 무슨 영화를 보겠!"

귀주가 말을 마치기도 전, 천장에서 비롯된 빛무리가 쏟아져 내렸다.

다른 어디가 아닌 귀주의 머리를 향해!

틀렸다, 자식들아! 여기가 아니고 내 앞과 옆, 그리고 건너편이란 말이다! 도대체 어찌 일을 이딴 식으로 하는 것이냐, 이 빌어먹을 자식들아!

그러나 귀주의 입은 머릿속에서 한없이 맴도는 이런 말들을 미처 내뱉지 못하고 그대로 굳어져 버린 후였다.

쿵!

천년신교 총감찰 귀주. 성정이 포악하고 욕심이 많아 주목받지 못하고 입신출세의 길로 칠적의 세력을 선택했으나, 이곳에서도 역시 신뢰를 얻지 못했던 그의 머리가 탁자 위로 거칠게 떨어져 내렸다.

썩은 호박처럼 탁자 위에 나뒹굴고 있는 귀주의 머리를 본 칠적의 두 눈에 착잡함이 서렸다.

석양동이 송구한 듯 고개를 조아리며 칠적에게 말했다.

"결국 이리될 일이었습니다."

"이자의 세력은?"

"지금쯤은 모두 처리가 되었을 겁니다."

귀주는 잘못 알았다.

석양동이 데려온 비도는 다섯이 아니라 이십 명이라는 점, 그리고 데려온 다섯을 제외한 열다섯의 비도는 귀주가 키워온 이백의 수하에 속해 있으면서도 그가 강요한 절대 복종을 할 마음이 처음부터 전혀 없었다는 점이다.

"흐음……."

칠적의 침음성.

귀주의 웅심을 모르지 않았으나 현 상황에서 이백의 고수라면 천년 신교의 재건에 큰 힘이 될 것이기에 지금껏 모른 체하고 있었을 따름이다.

그러나 결국 상잔은 벌어지고 말았다. 이것이 누구의 책임이냐를 논하기에 앞서 큰 전력을 상실한 상황에 착잡할 수밖에 없는 노릇이었다.

갈위영 역시 못내 안타까운 표정이었다. 연민이나 동정이라기보단, 이를테면 만석꾼이 헐값에 인수할 수 있었던 천석꾼의 밭뙈기를 놓친 것을 아쉬워하는 심정이라고 봐야 옳은 것이다.

"결국 이 녀석이 일을 내고야 말았군요."

반면, 석양동의 입가에는 비릿하고도 통쾌한 미소가 걸렸다.

"결국 제 꾀에 제가 넘어간 것입니다."

"이자의 실종에 의문을 가진 사람이 필시 생길 터."

"귀주는 성정이 포악하고 색을 밝히는 후레배입니다."

"……?"

"어느 날 계집 위에 올라 세월 모르고 뱃놀이를 하다가 정체 모를 자들에게 암격을 당하고 말지요. 계집은 겁에 질려 얕은 추궁에 이 모든 사실을 털어놓게 될 겁니다. 워낙에 적이 많은 친구니 흉수를 찾기란 불가능할 것이고, 결국 미제의 사건으로 기록될 터이지요. 이 모든 일은 당연히 흑혈단의 여사령 단주가 맡게 될 것입니다.”

고개를 끄덕이는 칠적과 갈위영이다. 비록 많지 않은 나이지만 이후의 일까지 모두 치밀하게 계획해 놓은 그의 능력을 조용히 인정하는 것이다.

이내 갈위영이 어두운 표정으로 칠적에게 물었다.

“그건 그렇고, 그 아이를 찾아서 어찌하겠단 말씀이십니까?”

“본래의 자리를 찾도록 도와주어야겠지.”

“그것이 가능하겠습니까? 설사 그 아이가 수라파천도법을 익혔다 한들 계집이 아닙니까? 장로들에게는 충분한 구실을 만들어줄 소지가 있습니다. 기를 쓰고 반대할 것이 자명하지 않습니까.”

“그렇지만도 않네. 천년신교는 오백 년의 역사 동안 네 차례나 여교주를 모셔왔네. 신령패의 율법은 남녀노소를 가리지 않고 적용되는 힘의 율법. 그 소녀가 수라파천도법을 익힌 것이 확실하다면 수라파천신공 또한 익혔을 터. 이것만 증명할 수 있다면 누구도 반대할 명분이 없다는 것일세.”

“문제는 장로회에서 두고 보기만 할 것이냐 하는 것이군요. 그들에게는 지닌 권세를 하루아침에 잃어버릴 수도 있는 일이 아닙니까?”

갈위영의 우려는 틀림이 없었다. 공야숙이 사라진 그때, 천년신교의 모든 영광은 끝이 났다. 그 후 교주의 자리는 공석으로 둔 채 장로들 간의 아귀다툼으로 뒤범벅되어 시간만 흘러갔을 뿐이었다.

이러한 상황에서 수라파천신공을 익힌 교주의 출현은 교를 다시 하나로 묶을 수 있는 구심점이 생기는 것과 동시에 장로들의 기득권이 완전히 사라진다는 의미이기도 한 것이다.

증명이 되면 장로회 또한 따를 수밖에 없으니 그들이 택할 방법이란 소녀를 찾는 것을 방해하거나 논란의 씨앗을 원천적으로 제거하는 과격한 수를 동원할 수도 있는 노릇이었다.

"기밀에 기밀을 요하는 일이네. 특히 지밀단(知密團)의 정보망에 걸려들지 않도록 각별히 주의를 해야 하네. 지밀단주(知密團) 비검(悲劍)이라는 자는 아직 어느 세력에도 치우치지 않고 균형을 잡고 있기는 하지만 속내를 알 수 없는 자이기도 하네. 우리 사람이라는 확신이 서기 전까지는 그자 또한 경계의 대상일 따름이니……."

석양동과 갈위영이 굳은 얼굴로 고개를 조아렸다.

"각골명심하겠습니다."

이윽고 그윽한 눈으로 석양동을 주시하는 칠적. 자애와 믿음이 가득 담긴 시선이었다.

"동아, 미래는 너희들 손에 달렸다. 너를 믿어도 되겠느냐?"

자못 결연한 표정의 석양동이다. 세상을 증오하던 한 마리 피에 전 살수를 거두어 지금껏 보살펴 준 아비요, 스승일지니.

"결코 실망시키지 않겠습니다."

고개를 주억거리는 칠적.

"해서 하는 말인데……."

"……?"

"말했다시피 우리는 지밀단을 움직일 수가 없다."

"들어 알고 있습니다."

"그래서 소녀를 찾는 일은 천지밀궁에 의뢰해 놓았다."

석양동과 갈위영은 눈을 동그랗게 떴다.

천지밀궁(天地密宮).

자칫 '밀궁' 이라 함에 여성의 은밀한 부분을 가리켜 부르는 은어로 생각해 이상한 욕설이나 방중술 정도로 보일 수 있겠으나, 천지밀궁이라는 네 글자를 두고 여인의 비소(秘所) 따위를 생각하며 희죽거리는 자는 정신 나간 놈 소리라도 들으면 양호한 편이다. 실제로 깐죽대다 어느 날 갑자기 소리 소문 없이 사라져 버린 놈이 한둘이 아니라는 소문이 제법 신빙성있게 퍼져 있는 것이다.

정보의 바다라 일컫는 하오문과 개방마저 천지밀궁이라 하면 스스로 한 수 접어 자신을 낮출 정도니 이들이 가진 정보 수집 능력은 상상을 불허할 지경. 여전히 신비에 싸여 있는 신비 세력이자 구파일방은 물론 오대세가를 비롯하여, 심지어 황실까지 그들을 음양으로 두둔하고 있다는 사실은 이제는 비밀조차 되지 못하는 것이 바로 천지밀궁의 현재 위치인 것이다.

그리고 그에 따라 엄청나게 비싸게 구는 집단이기도 했던지라 석양동과 갈위영은 놀랄 수밖에 없는 노릇이었다.

"우리에게 그들을 움직일 만한 자금이 있겠습니까? 사재를 턴다 해도 감당하지 못할지도……."

갈위영이 아는 바로는 천지밀궁이 정보 제공료로 요구하는 돈은 은자로 만 냥이었다. 착수금만 그렇다는 이야기고, 일이 완료된 후에는 상상을 초월할 정도로 늘어난 금액을 완불해야 하는 것이 문제였다.

"착수금은 이미 지불했네. 그리고 일이 끝난 후에 지불할 부분도 이미 언질을 받아놓은 상태. 우리가 충분히 감당할 수 있는 범위네."

갈위영의 얼굴이 환하게 밝아졌다. 천지밀궁이 움직인다면 소녀를 찾는 일은 시간문제일 것이다.

그러나 석양동은 마냥 웃고 있을 수가 없었다. 칠적의 게슴츠레한 눈빛이 자신에게 고정되어 있었기 때문이다.

"하명하실 일이 더 있는지요?"

"신교를 위해 목숨을 내놓을 수 있느냐?"

어차피 덤으로 얻은 목숨. 신교를 위해서라면 모르겠으나 칠적을 위해서라면 아깝지 않다.

벌떡 일어나 굳은 표정으로 칠적 앞에 부복하는 석양동.

"비록 하찮은 목숨입니다만 백이라면 백! 모두 어르신께 드릴 것입니다."

"그럼 되었다."

칠적은 그대로 입을 다물었다. 뭔가 이어지는 말이 있어야 할 것 같음에도 칠적은 엄한 천장만 뚫어져라 쳐다보며 찻잔을 만지작대고 있을 뿐이었다.

석양동이 빤히 쳐다보자 칠적은 더 이상 딴청을 피우지 못하고 입을 열었다.

"천지밀궁주 목여염을 아느냐?"

천지밀궁과 함께 혜성처럼 등장한 궁주 목여염을 모르는 이가 있을까? 지략은 제갈량의 그것을 능가하며 가진 바 무위는 구파의 장문인들과 비교해도 전혀 손색이 없다는 소문이 강호 바닥에 파다했으니…….

"면식의 기회는 아직 없었습니다."

석양동 아닌 누구도 그렇다. 좀처럼 모습을 드러내지 않으니 그녀를 칭송하는 이는 많으나 직접 봤다는 이는 아직까지 아무도 없을 지경이었다.

칠적은 여전히 석양동을 똑바로 보지 못하고 겸연쩍은 헛기침만을 내뱉으며 말했다.

“험험! 그 여자가 잔금으로 요구한 것이 바로 너다.”

눈을 끔뻑이며 당최 무슨 소린 줄 모르겠다는 표정의 석양동.

“그 무슨······?”

“일 끝나면 천지밀궁에 한 번 들러라. 험험!”

갈위영이 갑자기 고개를 돌렸다. 자제하려고 안간힘을 쓰는 듯하지만 들썩이는 어깨는 가눌 방법이 없는 모양. 그는 웃고 있는 것이다.

나름대로 짚이는 것이 있었으니, 목여염은 채음보양공(採陰補陽功)을 익혔다는 소문이 바로 그것이었다.

“양 대주, 내 지금부터 하루에 삼 한 뿌리씩 보내 드리겠소. 거르지 말고 잘 씹어 드시구랴.”

결국 참지 못하고 박장대소를 터뜨리는 갈위영이다.

영문을 모르겠다는 표정의 석양동이 칠적과 갈위영을 번갈아 쳐다 볼 따름이었다.

제3장

강호란…

　　　　한기를 잔뜩 머금은 잔잔한 추풍(秋風)이 한 여름을 달구던 무더위를 완전히 밀어내 버렸다. 바야흐로 가을, 개울가를 지키던 참나무의 잎사귀는 타오를 듯 붉고 붉다.

"아직 바깥바람은 좋지 않다."

애정이 담긴 잔잔한 목소리, 민초빈이다.

진은 민초빈에게 개울가에 하릴없이 던지던 무채색의 시선을 뽑아 올렸다.

"사부……."

"그래."

"사부는 고향에 가고 싶지 않았습니까?"

"가고 싶었지. 그래서 갔다 오기도 했고……."

진은 의구심이 담긴 눈길을 민초빈에게 향했다.

“그런데 왜……?”

고향이 있고 갈 수도 있거늘 어째서 머나먼 이국 땅에서, 그것도 사람을 피해 산속에 숨어 사느냐는 의문이다.

“글쎄… 늑대일지라도 집에서 키우면 집개일 뿐, 야생으로 돌아가면 살아남지 못하는 법이라 했던가.”

“……?”

“내 본분은 고려인이지만 고향에서는 그저 고려어를 아는 대국인 정도밖에 비춰지지 않는 모양이더구나. 피붙이 하나 없는 고향이니 그럴밖에…….”

진은 희미하지만 쓴웃음을 지었다.

돌아간다 하여 반겨줄 사람 하나 없는 곳. 그리운 사람들의 흔적만이 남아 아린 가슴을 후벼 파는 곳. 더군다나 시공을 달리하니 돌아갈 수 있을지조차 모를 곳이 바로 진의 고향이었으니 민초빈보다 사정이 더욱 험악한 자신에 대한 자조인 게다.

“고향이 그립더냐? 몸이 회복되면 한번 다녀오련?”

“전 고향이 없습니다.”

가벼운 한숨에 섞여 나오는 진의 담담한 대답.

“고려가 가까운 곳은 아니다만 갈 수 없진 않단다. 뱃길을 감안하더라도 넉넉잡아 두 달 정도면…….”

손가락으로 자신의 머리를 가리키는 진의 공허한 손짓에 민초빈은 말을 마칠 수 없었다.

“사부, 제 고향은 이곳에도…….”

그리고 다시 하늘을 가리키는 손가락.

“하늘 아래 어느 곳에도 존재하지 않습니다.”

선문답과 같은 진의 말에 선뜻 이해되지 않는다는 표정을 지어 보이는 민초빈이다.

진은 개의치 않고 말을 이었다.

"저는 분명 존재하지만, 이 세계에서는 허상이기도 합니다."

"그게 무슨 말이냐? 난 이해할 수가 없구나."

"곧 아시게 됩니다."

쉬익~ 빡!

세월의 깊이를 자랑하며 벼랑 끝에 걸쳐 위태롭게 자라난 노송. 수려하게 자라난 가지 끝에 매달린 솔방울 하나가 날카로운 파공음과 함께 사라져 버렸다.

거짓말처럼 증발해 버린 솔방울에 대한 의구심이 가시기도 전.

투아아앙!

날카로운 폭음이 계곡을 찢어 발겼다.

음파는 물속에서보다 오히려 공기 중에서 더욱 더딘 녀석이기에 솔방울을 부숴 버린 주체는 자신이 지른 비명 소리를 꽁무니에 매달고 다니는 것이다.

진이 저격소총을 내려놓으며 가볍게 투덜거렸다.

"오랜만이라 잘 안 되는군."

태연하게 늘어놓는 불평일 따름이지만 이 장면을 목도하고 있던 이들은 진처럼 받아들일 수만은 없는 일이었다. 하지만 진은 목적한 바를 이루는 데에 정신이 팔려 있었기에 주위의 반응에는 신경 쓰지 못했다.

진은 다시 저격소총의 커다란 주, 야간 겸용 조준경에 눈을 가져다

댔다.

'이번엔 좀 더 가까운 놈으로……'

조준경 안은 회백색 세상이 펼쳐져 있었다. 다시 십자선의 교차점에 놓이는 솔방울.

투아앙!

바람 등의 외부 변수가 없고 소총탄의 탄두가 담배 개비의 정중앙을 타격하면 분리된 상단만 날아가고 하단을 그대로 남아 서 있게 된다. 저격수들이 흔히 하는 내기 놀이다.

같은 원리로 솔방울도 중앙을 피탄시키게 되면 배에 구멍만 남겨두고 솔방울은 그대로 있게 되는 것이다. 감각을 잃어 좀 전의 이백 미터 거리에서는 실패했지만 백 미터 밖에 있는 솔방울은 달아나지 않고 그대로 있었다.

진이 소총을 집어 들고 일어났다.

"사부, 이게 바로……"

진은 말을 이을 수가 없었다. 민초빈은 얼굴이 하얗게 탈색되어 바닥에 주저앉아 있었던 것이다.

공야숙과 연화 역시 그저 덤덤한 것은 아니었다. 공야숙은 체면상, 연화는 본래 남다른 담력을 지닌 터라 기절을 잠시 유보한 것일 뿐이었다. 그러나 둘 역시 횟가루를 발라놓은 듯 하얗게 떠버린 안색은 민초빈과 다를 바가 없었다.

진은 당황할 수밖에 없었다. 어디 이들이 평범한 사람들이냔 말이다.

"괜찮으십니까?"

괜찮을 리가 없다. 민초빈은 생전처음 듣는 천둥 같은 총성에 심장이 멎는 줄 알았다.

민초빈은 진과 공야숙에게 애써 웃어 보이려는 기색이 역력했다.

"잠시 놀란 것뿐이다. 당신도요. 이제 괜찮습니다."

"정말 괜찮겠소? 얼굴색이 말이 아니외다."

"당신도 좋아 보이진 않네요. 호호호."

좋아 보이지 않는 정도가 아니다. 얼마나 놀랐는지 공야숙은 눈 밑이 시커멓게 가라앉아 있었고 민초빈을 부축한 손마저 미세하게 떨리고 있으니, 평생 모르고 살았던 수전증 중세마저 보이고 있는 것이다.

그나마 이들은 자리라도 지키고 있다지만 좀 전까지 호기심 어린 눈을 반짝이고 있었던 영호성은 자리 보존도 하지 못했다.

"죄송합니다……."

"괜찮다는데도 그러는구나. 그런데 도대체 그게 무엇이기에 이런 엄청난 천둥소리를 낸단 말이냐. 거무튀튀한 게 묵철로 만든 것 같기도 하고……."

아줌마는 강하다 했던가. 연화와 공야숙은 소총을 들고 있는 진 옆에는 얼씬도 대지 않건만, 민초빈의 두 눈에는 경이와 공포는 사라지고 호기심만이 빛을 발하고 있었다.

"소리만 내는 건 아니지요. 잠시만……."

진은 솔방울이 매달린 소나무를 향해 신법을 전개했다. 잠시 후 돌아온 진의 손에는 배에 덩그러니 구멍이 뚫려 있는 솔방울이 들려 있었다.

입을 다물지 못하는 중인들.

이 어찌 기막힌 일이 아니겠는가. 말이 삼백 보지 안력을 돋우지 않으면 솔방울같이 작은 것들은 잘 보이지도 않을 거리다. 그런데도 면도로 도려내 놓은 것처럼 솔방울에 구멍을 내놓는 암기라니.

"그, 그러니까 이 천둥소리를 내는 물건이 솔방울을 이렇게 만들어 놓았단 말이냐?"

궁금하기는 하되, 무섭기는 더했든지 공야숙은 질문을 늘어놓으면서도 좀처럼 소총에는 다가서지 못하고 있었다.

그리고 이번에도 아줌마는 용감했다. 소총을 들고 이리저리 휘두르고 있는 이는 다름 아닌 민초빈이었다.

"굉장한 물건이구나. 하지만 부피가 상당한걸?"

총구를 들여다보고 진이 하는 양을 보았던지 방아쇠도 슬쩍 당겨보는 민초빈이다. 휘둘려지는 소총에 꼴사나운 모습으로 이리저리 몸을 피하고 있는 공야숙이 안쓰러울 지경이었다.

"이 구멍에서 암기가 나간다는 것인데, 그것이 화약의 힘이라니. 그저 불꽃을 내는 검은 가루로만 알았건만 이런 공능이 있었구나."

화약이 개발된 것은 이미 수세기 전이었으나, 흑색 화약이 개발된 것은 채 오십 년이 되지 않은 일이다. 또 염소산칼륨을 첨가함으로써 폭굉의 성질과 가스 압력을 이용해 총포탄을 발포하는 따위는 가능성만을 실험하던 시기인 것이다.

"간단한 원리입니다. 공이가 탄환의 뒷부분을 때리면 그 안에 있는 장약이 터지면서 가스가 발생하고 그 압력으로 탄두를 밀어내죠. 탄두는 총열의 강선을 타고 회전을 하면서……."

공야숙은 이미 연화와 오늘 저녁밥은 뭘 먹을 것인가를 놓고 격론을 벌이고 있었다. 민초빈조차 눈만 끔뻑일 따름이다.

한숨을 포옥 내쉬는 진.

장차 역사에 끼칠 영향이라든지, 시간과 공간이 어떻고 하는 형이상

학적 물리론은 언급할 가치가 없다. 정작 본인도 명확히 아는 바가 없거늘 뭘 설명하고 말고 하겠는가.

"여하간 천하일병, 엄청나게 센 놈입니다."

세다지 않는가. 이제야 관심을 드러내는 공야숙이다.

"나보다 더 세냐?"

"사부님보다 이따시만큼 더 셉니다."

진은 양팔을 한껏 벌려 보였다. 백날 공기역학과 기계공학에 대해 설명해 봐야 오침에 도움 줄일밖에 없는 노릇. 공야숙에게 이해시키기에는 이것만으로도 충분한 것이었다.

손가락으로 소총을 푹푹 찔러보더니 이내 발로 툭 차버리고는 만족한 웃음을 지어 보이는 공야숙이다.

"별거 아니네."

뭔가 다른, 굉장히 자극적인 무언가가 필요할 듯싶다.

진은 소총을 집어 들고 탄창을 끼우더니 공야숙을 향해 씨익 웃어 보였다.

움찔하는 공야숙.

설마 하니 위력을 체험케 해준답시고 사람에게 대고 총질이야 하겠는가. 공야숙의 안도대로 진은 소총을 멀리 있는 산봉우리를 향해 조준하기 시작했다.

"오늘 저녁은 간만에 기름칠 좀 하시죠."

"……?"

"저게 좋겠습니다."

투아앙!

다시금 천지를 뒤흔드는 폭음이 울려 퍼지는가 싶더니 휘파람을 불러대는 진이다. 제 집에 들어가서 놀란 맘을 부여잡고 있던 귀랑을 부른 것이었다.

귀랑이 문을 빼꼼 열고 고개를 내밀었다.

"귀랑, 배고프지? 그럼 뛰어!"

진이 산등성이를 가리키며 외쳤다.

호랑이도 제 손자 불알 만지듯 하는 귀랑이다.

백 년 가까이 살아오면서 이깟 천둥소리쯤은 수천 번도 더 들어왔다. 초장에야 마른하늘에 날벼락 소리에 놀라지 않은 것은 아니지만 소총의 폭음 따위는 귀랑에게 우습지도 않은 것이었다.

귀랑은 떡 벌어진 가슴을 자랑하며 오연히도 서 있었다. 진의 부탁 아닌 명령을 들은 후에도 쭈욱 그렇게……

"누차 말했다시피 된장으로 된장국만 끓이는 것은 아니다."

사악하게 웃어 보이는 진.

흠칫 놀라는 귀랑이다.

된장. 왜 알지도 못하는 이 단어를 들으면 이토록 가슴이 서늘해진단 말인가.

귀랑은 저도 모르게 진이 가리키는 방향으로 내달리고 있었다.

"설마 저 산 위의 짐승을 그 막대기로 쏜 암기로 맞혔단 말이냐?"

어느새 나타난 영호성이다.

여전히 서로 으르렁대지만 지독히도 닮아 있는 공야숙과 영호성이었다. 무공 외에는 관심있는 분야가 전무하다 보니 새롭고 진기한 물건에 대해서는 호기심보다는 경외와 공포가 앞서는 문명 미숙아란 말이다.

해서 천둥소리가 울리기가 무섭게 저만치 떨어진 나무 위로 숨어버렸다. 두 번째 천둥소리가 울릴 때는 착골토수공으로 땅을 파고 들어 가려고까지 했다.

한데 이번엔 천둥소릴 내는 기물로 뭔가를 잡았다는 것이 아닌가. 이번에는 호기심이 두려움을 압도한 모양이었다.

쿵!

헐떡거리며 돌아온 귀랑이 던져 놓은 것은 다 자란 암노루였다.

노루를 뒤집자 참상이 그대로 드러났다. 산노루의 머리가 완전히 으깨져 있었던 것이다.

말을 잊은 채 턱이 빠질 듯 입을 쩍 벌리고 있을 따름인 중인들. 날카롭고 정확한 암기인 줄은 앞서의 솔방울도 있고 해서 모르지 않았지만 사슴의 머리를 통째로 부숴 버리는, 이 정도의 위력이라면 분명히 그들의 상상을 뛰어넘는 것이었다.

고개를 설레설레 흔들고 귀랑을 사납게 노려보는 진이다.

"야, 인마. 목을 물고 왔어야지."

노루의 머리가 뭉개진 이유는 총상 때문이 아니라 귀랑이 노루의 머리를 물고 오는 바람에 생긴 상처였던 것이다.

귀랑이 으깨놓은 상처와는 다른 상처가 노루의 복부에 나타나 있었다. 비로소 저격소총이 남겨놓은 총상인 것이다.

노루의 옆구리를 파고든 탄환은 노루의 몸통을 관통하고 반대쪽으로 빠져나왔다. 두터운 가죽이 갈래갈래 찢어지고 갈비뼈가 살갗 밖으로 튀어나와 있으니, 으깨진 노루의 머리 못지않은 참상이었다.

"이것이 이 쇠막대기의 힘입니다."

공야숙의 안색이 단숨에 굳어졌다.

맘만 먹으면 하룻밤에 산짐승 한 수레 정도는 너끈히 잡을 능력이 있다. 십여 장 정도라면 발에 걸리는 돌멩이 하나만 있으면 웬만한 짐승 한 마리 잡는 것은 식은 죽 먹기다.

그러나 이천 보 떨어져 있는 능선에 숨어 있는 짐승이라면?

돌멩이고 화살이고 간에 일단 뭐가 보여야 집어 던지고 자시고 할 것 아닌가?

"저, 정말 센 놈이네."

영호성이 옆에서 고개를 끄덕이며 동조했다.

"그러게……."

하지만 생각해 보면 이따위 쇠막대기와 자신을 비교하고 있다는 것 자체가 어불성설이었다.

"하나 이 쇠막대기가 없으면 암기를 발출하지 못할 것 아니냐? 게다가 그리 한참 들고 서 있어야 암기를 날릴 수 있나 본데… 끌끌, 내가 그럴 틈을 줄 것 같으냐. 그 쇠통에 눈구멍을 가져다 댈 시간도 없을 게다. 그전에 내가 뽑아버릴 테니까. 우하하하!"

허리에 손을 얹고 터무니없니 크게 웃어 젖히는 공야숙이다. 영호성도 그럼그럼, 하며 역시 크게 따라 웃었다.

이따위 쇠붙이에 철들기 전부터 닦아온 그들의 절기가 밀린다는 것은 있을 수도, 있어서도 안 되는 일인 것이다.

"그래서 근접전에서는 이걸 쓰지요."

진이 허리춤에서 빼낸 것은 권총이었다.

저격총에 비한다면 형편없이 작고 초라한 권총을 본 공야숙은 더욱 크게 웃어 젖혔다.

"우하하! 겨우 고만한 걸로 뭘 하겠다……."

쾅쾅쾅!

짐작가는 바가 있어 진이 권총을 빼는 순간 영호성은 또다시 나무 위로 숨어버렸고, 진은 바로 그 나무 밑동에 권총을 내리갈긴 것이었다.

나무 밑동은 총알 세례를 받아 넝마가 되어 찢겨져 나갔고, 그 충격에 가을 막바지에 겨우 버티고 있던 낙엽들이 우수수 떨어져 내리기 시작했다.

공야숙의 가슴과 함께…….

조악하게 만들어졌지만 깨끗한 식탁 위에 창백한 인상의 공야숙과 영호성, 그리고 진이 둘러앉아 있었다.

민초빈과 연화가 작설차를 각자의 자리에 놓고 앉았다.

"괜찮으세요?"

민초빈은 낯빛이 새까맣게 죽어버린 공야숙이 걱정스럽다는 투로 물었다. 공야숙은 입이 바짝 타 들어가는지 뜨거운 차를 한입에 털어 넣었다.

"괘, 괜찮소. 그까짓 일에 놀라고 말고 할 이 공야숙이겠소."

놀라기만 했겠는가?

심장 마비 걸리는 줄 알았다. 말로 해도 알아들을 일을 노인네에게 꼭 그렇게 시위를 해야 했느냐는 말이다.

지은 죄를 아는지라 진도 절로 떨어진 고개를 들어올릴 줄을 몰랐다.

묘하게도 품에 총이 있으면 과도한 자신감과 승부욕이 생기는 것을 어찌하랴. 공야숙이 은근슬쩍 투기를 자극한 결과이기도 했지만, 결과적으로 두 사부를 놀리는 결과가 되고 말았으니…….

공야숙이 여전히 고개를 숙이고 있는 진의 어깨를 토닥여 주었다.

"천외천이라 하였거늘. 필생의 가르침을 가벼이 여긴 내 잘못도 적지 않다. 그래, 분명 심상치 않은 물건들임에는 분명하구나. 하나 그저 구경이나 시켜주겠다고 저 기물들을 내놓은 것은 아닐 터. 이제 본론을 말해 보려무나."

비로소 고개를 뽑아 올리는 진이다.

"제자 모자라고 미련하여 두 번 생각하지 못하였습니다. 그리고 이제부터 제가 드릴 말씀도 두 분 사부님의 심기를 어지럽힐까 두렵기만 합니다."

허튼소리라고는 일절 입에 담지 않은 진이었다. 그런 그가 저리 말하는 것을 일찍이 본 적이 없었던지라 공야숙과 민초빈은 잔뜩 긴장한 채 진의 입을 주시했다.

"뭐 다른 먹을 건 없냐? 송아지도 아닌데 온통 풀뿌리뿐이냐."

분위기 모르고 음식 타박을 하는 영호성이었다.

순식간에 영호성에게 쏟아지는 네 쌍(귀랑 포함)의 도끼눈들.

"모, 몸에는 채식이 좋지, 암."

진은 차 한 잔으로 목을 축이고 마침내 입을 열었다.

"전 이곳 사람이 아닙니다."

여기 있는 사람들은 모두 알고 있는 사실이었기에 아직 중인들은 여전히 긴장을 풀지 않고 진의 입을 주시했다.

"그래, 넌 고려에서 왔다 하지 않았더냐. 싱거운 녀석. 익히 알고 있는 사실이거늘 뭘 그리 뜸을 들인 게냐?"

진의 하고자 하는 말이 그 정도가 아니라는 것쯤은 짐작하고 있어 신중히 듣고 있었던 민초빈과 공야숙이 다시 영호성에게 성난 도끼눈을 휘둘렀다.

“왜, 왜 자꾸 나만…….”

“네. 고려에서 오기는 했죠. 최소한 칠백 년 후의 고려 공화국에서…….”

“……!”

“……!”

“……!”

찬물을 끼얹은 듯 장내는 지독한 침묵에 빠져들었다. 진은 그들의 반응에 개의치 않고 덤덤한 어조로 말을 이어 나갔다.

“제 나이 올해 서른아홉, 저는 그곳의 군인이었고… 이후 살수였습니다. 저것들은 제가 살던 시대의 무기들입니다.”

여기까지다. 살수였다는 사실조차도 숨기고 싶었지만 그것은 스스로를 포장하는 비열함이리라. 그러나 그 이상은 밝힐 수 없었다.

한진회, 그들의 존재는 진의 것이었다. 이들과는 연루되어선 안 되는, 진 자신만의 것이어야 하는 것이다.

얼마간의 침묵. 판단이 빠르고 침착한 민초빈마저도 말을 잊고 한동안 멍할 따름이었다.

“서, 서른아홉?!”

또 영호성이다.

“그러니까, 지금의 네 모습이 서른아홉이라 이 말이냐? 예끼, 인석아! 하초(下草)도 부실한 녀석이 어른을 놀리면 못 쓴다. 서른아홉이라니… 별 싱거운 소리를 다 들어…….”

역시 쏟아지는 섬연한 시선들. 자못 살기마저 담겨 있었다.

“알았다! 알았어! 내 닥치고 있으면 될 것 아니냐!”

팽 토라져 있는 영호성을 본체만체, 민초빈과 공야숙은 깊은 생각에 빠져 있었다.

지난날들을 생각하는 것이다.

개산초월검으로 풀어낸 검초들. 도무지 어린아이라고는 생각할 수 없을 정도의 살기와 투지를 담아내고 있었다. 행동거지 하나하나마저 아이의 치기라고는 한 줌도 보이지 않아 오히려 그들 부부를 질리게 했던 시절. 서른이 넘은, 결코 간단치 않은 삶을 걸어온 자라면 그 모든 것들이 설명이 되는 것이다.

그러나 저 몸은 어찌 된 것인가. 이것은 도저히 이해가 되지 않은 것이었다.

"이 몸은 저로서도 어찌 된 것인지 모르고 있습니다. 분명히 저는 성인의 몸을 지니고 있었으나 이곳에 온 이후로 몸이 변하고 말았습니다. 또한 저의 어린 시절의 모습과도 차이가 있으니 이 부분에 대해서는 딱히 드릴 말씀이 없는 사정을 이해해 주십시오."

논리적인 허점이 딱히 없다.

아니, 너무 많다. 그래서 어디가 잘못된 것인지 알 수가 없는 것이다. 그간 보아온 진이라면 지금껏 들어온 말들이 사실일 수밖에 없다. 그들 부부 앞에서는 숨소리조차 조심하여 되레 부담을 주던 녀석이 갑자기 한번 웃자고 실없는 소리를 늘어놓은 것이라고는 생각할 수 없었다.

그렇기는 해도……

미래에서 온 녀석이라니… 본래 이립이 넘은 어른이었으나 전혀 엉뚱한 몸으로 바뀌어 버렸다니… 세상사 경험이 적다 할 수 없는 그들로서도 본 적도 들은 적도 없는 해괴한 이야기인 것이다.

행여 흑혈단과의 싸움에서 머리라도 다친 것인가. 그렇다면 민초빈이 먼저 알았을 것이다.

"이거야 원… 그래, 그렇다면 이곳엔 어찌 온 것이냐?"

"설명할 수는 없지만 검은 공간이 열렸고, 그곳에 들어선 후 정신을 잃었습니다. 그리고 깨어나 보니 이런 몸으로 바뀐 채 석천산이라는 곳이었습니다."

"석천산!?"

"흐음……."

민초빈이 놀란 듯 뾰족하게 소리쳤다. 공야숙 역시 적잖이 놀란 표정. 진과 영호성이 놀라 그들을 돌아봤다.

"왜 그러느냐?"

영호성이 묻자 생각하듯 허공에 시선을 둔 민초빈이 입을 열었다.

"앙그라 부마이……."

"앙그라 뭐? 그게 무슨 뜻이냐?"

"아후라 마즈다, 배화교가 섬기는 광명(光明), 선(善)을 대표하는 영신을 일컫습니다. 아후라 마즈다와 배치되는 쌍둥이 영이 바로 앙그라 마이뉴, 다시 말해 '절대 악(惡)' 이 바로 앙그라 마이뉴입니다. 그런데 배화교가 분열하면서 거기에 대한 다른 해석들이 나왔습니다. 절대 악이야말로 궁극의 순수(純粹)다. 이단자와 믿음이 없는 자를 심판하여 신세계를 창조할 권능을 가진 신은 오직 앙그라 부마이뿐이다. 따라서 앙그라 부마이는 배척의 대상이 아니요, 오히려 지극히 숭배해야 할 위대한 존재다, 대충 이런 내용인 것으로 기억합니다."

좌중이 숨을 죽인 가운데 민초빈이 말을 이었다.

"그러나 이런 해석은 페르시아 조로아스터교의 원단에서는 인정되지 않았습니다. 당연히 이들은 이교도로 낙인 찍혔고 종교 청소의 칼

날을 피해 그늘로 숨어들었습니다. 이것이 지금으로부터 천 년도 지난 일, 그동안 한 번도 세력을 드러낸 적이 없었기에 완전히 사라진 것으로 지금까지 알려져 있지요. 그러나 배화교 내부에서는 태양선교라는 분교를 이용해 그들을 끝까지 추적했던 모양입니다. 마침내 그들의 흔적을 찾았고 그곳이 바로 앙그라 부마이, 이른바 악마의 신전입니다. 다름 아닌……."

"하늘을 향한 돌의 제단. 중원의 이름으로는 석천산이지."

공야숙이다. 이번에는 그가 말을 받아 호기심 어린 눈을 반짝이는 진과 영호성에게 말했다.

"그러나 그곳에서는 아무것도 찾을 수 없었다 했네. 숨어든 이교도들이 절진을 설치해서 석천산에 들어서는 자들이 모두 굶어 죽어버렸다는 이야기도 있고, 그 절진으로 인해 산의 정맥이 엉망으로 헝클어져 비부의 요괴들이 쏟아져 나와 사람들을 모두 잡아먹었다는 소문도 있었으나, 이 모두 무지몽매한 민초들에 의해 퍼진 근거없는 풍문일 뿐. 실제로 태양선교에서는 천라지망을 펼쳐 샅샅이 수색했으나 아무것도 찾을 수 없었을 뿐이라지. 결국 태양선교에서도 이미 백여 년 전에 그들의 존재를 부정하는 결론을 내렸고."

조로아스터니 배화교니 하는 따위는 모르고, 알고 싶지도 않다.

진이 부쩍 관심이 쏠리는 부분이 바로 석천산이 그러한 사정을 가진 산이라는 점이며, 숨어든 배화교들이 설치했다는 절진과 그로 인해 산의 정맥이 엉망이 되었다는 부분이다.

"일본 놈들이 말뚝을 박아 산간 정맥의 순리를 헝클어놓았고, 갈 곳 없는 중간계의 정기가 지면으로 흘러들고 말았다. 그곳이 바로 동대문 일대 이것

과 핵폭탄이라는 에너지 공급 매개가 개입됨으로써 바로 시공 분열의 변을
만든 것이다."

　김팔봉이 했던 말이다.
　어느 면에서는 분명히 민초빈과 공야숙의 이야기와 일맥상통한 면
이 있는 것이다.
　시공의 터널이 어느 때고 아무 곳에나 마구 연결되는 그런 것인가?
하는 그동안의 의문이 비로소 어떠한 확신으로 바뀌는 순간인 것이다.
비슷한 환경을 가진 곳이 서로 연결되어 있는 것이라면 그곳은 틀림없
는 석천산, 진이 도착한 바로 그 산일 것이다.
　그렇다면!
　'역시 놈들은 고려가 아닌 이곳 어딘가에 있는 것인가?
　예전부터 가졌던 또 다른 의문이었다. 비록 역사에 대한 해박한 지
식은 없었지만 예나 지금이나, 또한 앞으로도 한반도는 동북아의 중심
이 아니라는 사실쯤은 안다. 언제나 저만치 물러나 대륙의 판도에 따
라 휘둘리던 작은 약소국이었을 따름인 것이다.
　한진회는 이런 나약한 역사에 불만을 품고 고쳐 보겠다고 그 개 같
은 짓거리를 했다고 했다.
　고려에서 그런 일이 가능한가?
　가능하기야 할 것이다. 그러나 결코 쉬운 길은 아니며, 어쩌면 어리
석은 선택일지도 모른다.
　거리낌없이 저주의 무기를 휘둘러 동족을 몰살시킨 자들이다. 대의
명분이니 따위는 길바닥에 굴러다니는 개똥 취급 하는 자들이라는 말
이다.

게다가 그들에게는 이 시절 누구도 가지지 못한 무기가 있다. 품에 두고 있으면 아무것도 아닐 것이나 비로소 꺼내놓으면, 그리고 거기에 날카로운 창을 곁들인다면 이곳의 누구도 감당할 수 없는 무시무시한 무기가 되고야 만다.

바로 미래를 아는 힘이다.

그들만이 가지고 있는 이 무기를 사용할 날을 그들은 기다리고 있을 것이다.

결정적인 순간에, 한 방에 모든 것을 압도할 수 있는 순간에 폭풍처럼 쏟아내 모든 것을 조율하고 관조해 변화의 중심이 되고자 할 것이다.

진 자신이라면 그리했을 것이다. 그리고 자신이라면 저 멀리 변방의 소국보다는 중원을 선택했을 것이다.

이유는 간단하다. 돈이다.

거친 산맥으로 꽉꽉 막혀 있는 변방의 반도국과 방대한 영토와 다양한 자원을 가지고 있는 중원. 그들이 어떠한 방법으로 전면에 나설지는 모르나 반드시 필요한 것이 자금일 것이고, 자금을 동원함에 있어 이 시절 세계에서 가장 부유한 국가인 이 나라가 탁월한 우위에 있음은 두말하면 심장 마비 걸리는 일인 것이다.

'결국 용도가 석연찮은 대규모의 자금의 흐름들을 되짚어가다 보면, 그것들 중 하나의 끝에는 놈들이 있을 가능성이 크다. 결국 석천산이 어떤 방식으로든 연결되어 있을 것이라는 소린데……'

다시 그곳에 가봐야 한다.

그러나 지금은 아니다. 이번 출행에서 뼈저리게 느꼈다.

흑혈단의 두목이라는 자도 그렇거니와 당장 눈앞에 공야숙이 있고,

민초빈이 있고, 영호성이 있다. 그리고 얼마 전에 만난 무림맹주란 자와 장공백을 단칼에 죽인 이덕패도 있다.

바깥 세상은 그야말로 와호장룡인 것이다.

절대 무력이 있어야 한다.

아무도 넘볼 수 없는 절대적인 힘을 일신에 갖추어놓고 있어야 하는 것이다.

진은 두런두런 말을 나누고 있는 공야숙 부부와 영호성을 일별했다.

'이들이라면…….'

천하를 굽어보는 절대강자들. 이들의 무력이라면 천군만마가 부럽지 않을 터였다.

'아니 될 말! 이것은 나의 싸움이다. 그렇게 되어야 해!'

진은 저도 모르게 도리질을 쳤다.

"아직 하지 않은 말이 있구나."

민초빈이다.

진은 민초빈을 물끄러미 쳐다보았다. 고아로 자라난 진에게 부모의 정을 느끼게 해준 분. 목숨을 초개와 같이 여기고 본정까지 열어준 은인이었다.

부끄럽다. 그러므로 더욱 확실하다.

자세한 내막은 알지 못하나 세상의 이목을 피해 조용히 살아가고자 하는 사정을 짐작해 온 바, 더군다나 혈로(血路)가 분명할 세상으로 끌어들일 수는 없는 일이었다.

"저는… 알아야 할 것들이 있습니다."

진은 세영검을 탁자 위에 올려놓았다.

"제 아내, 세영이 어찌 되었는지, 제 혈육이 어찌 되었는지 꼭 알아야 합니다. 그들이 죽었다면 왜 죽여야 했는지, 어째서 그래야만 했는지 반드시 물어야 합니다.”

진이 세영검을 반쯤 뽑았다. 싸늘한 백광이 검명(劍名)에 한차례 머무르는가 싶더니 방 안의 공기를 싸늘하게 식혀놓았다.

세영지한(細英之恨)!

“물음은 이 검으로, 답은 그들의 피로 받아낼 겁니다.”

장내에 퍼지는 지독한 침묵. 숨소리마저 요사스럽게 느껴지는 고요다.

이 침묵을 깨뜨린 이는 연화였다.

“아, 아내?”

당장에 눈가에 습기가 차 오르는 연화.

그녀는 사랑이 무엇인 줄 모른다. 그 단편적인 글귀가 의미하는 것이 무엇인지는 생각해 본 적도 없었다.

단지 진의 입에서 아내라는 말이 튀어나오는 순간 가슴 한쪽이 허물어지는 충격을 받았을 뿐이다. 아니, 이제는 천 갈래 만 갈래 찢어지는 고통만이 소용돌이치고 있었다.

“거짓말! 모두 거짓말이야! 나는… 나는…….”

연화는 말을 끝맺지 못하고 자리를 박차고 뛰쳐나가 버렸다. 민초빈이 그녀의 등을 향해 잠시 손을 뻗어보았을 뿐, 연화를 잡지는 못했다. 연화 못지않게 민초빈 역시 충분히 혼란스러웠던 탓이다.

공야숙이 독백처럼 읊조렸다.

“강호구나. 그토록 떠나려 했건만 강호는 놓아주지를 않는구나. 당연한 것을… 인간의 이기심이 강호이며 미움이, 또한 사랑이, 질투가, 모략이, 정이 강호인 것을… 사람이 곧 강호임에 너무도 당연한 이치인 것을……."

"제자가 걷고자 하는 길, 제자만의 강호입니다."

절제되어 있지만 단호한 진의 음성. 민초빈이 조용히 일어서 진의 곁에 다가섰다.

"이제부터는 우리의 강호다."

진은 물끄러미 민초빈을 올려다보았다. 조금도 흔들리지 않은 진의 이색안은 다시금 굳은 의지를 전달했다.

"제자의 강호입니다!"

천목애(天目厓)는 산장에서 배면을 돌아 느린 걸음으로 반 시진을 걷다 보면 도착할 수 있는 곳이다. 딱히 천목애라 부를 만한 지형적 특징은 없으나 중공산맥에서 가장 높다는 천목봉(天目峰)에 이르는 가장 빠른 길이기에 뭉뚱그려 그리 부른다고 한다.

가장 빠른 길이라고 해봐야 천목봉에 이르기 위해서는 깎아지르는 절벽을 타야 한다. 게다가 천목애 자체도 밑으로는 만장단애가 펼쳐져 있으니 계단식으로 펼쳐진, 그야말로 험악하기 이를 데 없는 절경인 것이다.

그러나 천목봉은 오를 만한 가치가 있다. 험준한 중공산의 봉우리들이 눈 아래 펼쳐져 있으며, 구름이 발밑을 스치는 기분이란 겪어보지 않은 자는 죽었다가 두어 번 다시 태어나도 절대로 모를 것이다.

진은 근력을 다지고, 또 정상에 올라 장관을 보는 낙으로 오 년여 전부터 하루에도 두어 차례씩 올랐던 곳이 바로 천목봉이었다. 그러니 웬만한 무인이라도 바들바들 떨리는 몸으로 식은땀 닦아가며 하루 반나절은 소비해야 할 산행을 거의 달음질에 가까운 절벽 타기로 일각이면 주파할 수 있는 지경에 이르러 있는 것이다.

밑에서 보기에는 뾰족한 첨탑형이지만 막상 올라가 보면 천목봉은 분지의 형태로, 좌우 십여 장이나 되는 거대한 장방형 바위가 펼쳐져 있기도 했다.

그 바위 위로 진이 사뿐히 내려앉았다.

"밤이 꽤 깊었다."

기척을 흘려도, 물음에도 고개조차 돌려보지 않는 이, 연화다. 기실 천목봉에 이런 장소가 있다는 사실을 발견한 이는 연화였던 것이다.

"사부님들 걱정이 많으시다. 내려가자."

연화는 여전히 말이 없었다. 강제로라도 끌고 가자면 못할 것도 없으나 진은 그렇게 하지 않았다. 연화의 심정, 알 것도 같았기 때문이다.

남정네라고는 자신밖에 모르는 철부지 소녀. 극히 제한적인 환경이니 자신을 향한 마음이 연정인지, 시간이 가져다준 사람 간의 정일 따름인지 구분하지 못할 것이다. 아빠를 사랑한다고 믿는 딸아이의 그것처럼.

시간이 흐르다 보면, 결국 인생이 분별력을 가져다줄 것이다.

그래서 내버려 두기로 했다, 시간이 모든 것을 해결해 주리라 믿으면서.

진은 더 재촉하지 않고 돌아섰다.

"서른아홉? 네가 보기엔 내가 어린애 같아 보이겠지?"

연화다. 그녀의 음성은 잔잔했다.

"그렇지 않다."

그렇다. 반문하는 그녀의 조소 어린 표정과 차분하고 냉정한 어조와 늘씬한 몸매를 바위 위에 뉘인 모양을 보노라면 마냥 어린애라는 생각을 근본적으로 수정해야겠지만… 그러나 진은 자신의 생각을 수정할 생각이 없다. 그의 가슴엔 세영이 차지한 공간이 너무 크며, 그렇기에 할 일이 많으며, 갈 길이 천리이기 때문이었다.

다른 생각은 안 된다. 안 되는 일이다.

'젠장.'

숨이 막혀온다. 까닭없이 가슴이 답답해져 오고 평정심이 흐트러진다.

빌어먹을…….

진은 인정하지 않았지만 그것은 분명히 동요였다.

지나치게 긴 외로움을 담고 살아온 심장의 진탕이었다.

내심을 들키고 싶지 않아서인가, 진의 얼굴은 더욱 차갑게 굳어졌다.

"지금의 내 혼란은 여기에서 벌어지고 있지만……."

연화는 손가락으로 머리를 가리켰다.

"결국 내 힘으로 극복할 거야. 난 나에 대해 분석했고, 통제할 수 있다 믿어."

그리고 그녀의 손은 서서히 내려와 가슴 위에 살며시 얹어졌다.

"근데… 여긴… 여긴 어쩔 수가 없어. 내 것이 확실한데… 도무지 말을 듣질 않는단 말이야!"

격해지는 어조. 연화의 커다란 눈에 습기가 차 오르는가 싶더니 이내 두 줄기 옥구슬이 때구루루 굴러 떨어졌다.

"그래서… 그냥 내버려 두기로 했어. 가슴이 시키는 방향으로 가기로."

"좋지 않은 생각이다."

"강요하지 마!"

"······."

"말했잖아, 내 맘대로 안 된다고. 그리고······."

"······."

"반말 하지 마! 서른아홉, 난 인정 못해!"

어둠은 내렸건만 사위는 제법 밝다.

초롱이 떠 있는 별들 때문이리라.

풀벌레들은 다시금 둘의 침묵 사이로 비집고 들어와 울어댄다.

밤과 별과 풀벌레, 그리고 산중의 두 남녀는 밤과 함께 깊어갔다.

제4장

암약사(사 년 후)

　　　　　　중원은 넓은 곳이다.

　얼마나 넓은고 하니,

　백련교를 이끌며 금방이라도 천하를 집어삼킬 듯 일어섰던 한산동이라는 자가 시도도 하기 전에 관군에게 잡혀 어물쩍하는 사이 처형되어 버렸으며, 간신히 몸을 피한 그의 제자 유복통, 호북의 기주 출신의 상인 서수휘, 안휘의 정원현(定遠縣)의 지주였던 곽자흥이 백련교도들을 이끌어 거병했고, 그들의 군사들은 하나같이 백련교의 상징인 홍건(紅巾)을 둘렀으나 이상하게도 그들 셋은 실상 별 관계도 아니더라는 소문이 중원 십팔만 리에 퍼지는 데 자그마치 석 달이나 걸릴 정도로 넓은 곳인 것이다.

　중원은 또한 당대 어느 국가보다 사람이 많은 곳이기도 하다.

　이 또한 얼마나 많은가 하면,

백련교도들의 봉기에 긴장한 무림맹에서 오검맹(五劍盟)으로 단위 부대를 조직하려 꿈틀댔다가, 정작 수십만에 이르는 홍건도들은 소 닭 보듯 하던 조정이 강력한 경고의 서한을 보내 이를 무산시켰다는 소문이 강서의 서쪽 끝자락 안양에 사는 아무개에게 직계로 대략 오천여 명의 입을 거쳐서야 두 달 만에 전달될 정도로 사람이 많은 곳이다.

그나마 아무개가 들은 소문은 무림맹에서 역모를 시도하다 관군에게 도륙되었다는 얼토당토않은 황당한 구조로 변형되었을 뿐 아니라, 정작 아무개는 ‘무림맹이 뭐 하는 애들이랴?’ 라고 되물어 침 튀기며 설명해 준 그의 이웃이 ‘세상에 어찌 무림맹을 모를 수가 있는가? 자네 중원인이 맞기는 하나?’ 했을 정도로 다양한 부류의 인간 군상이 살고 있는 것이다.

그렇기에 아무개를 소작으로 부리고 있는 안양의 지주인 곽명부는 각지에서 들불처럼 일어난 홍건군들이 지주란 지주는 모조리 목을 베어 관도에 효수한다는 소문이 쓸데없는 낭설이며, 이곳 안양에서는 그런 경우가 없을 것이니 하던 데로 떡값이나 잘 챙겨놓으라는 관원을 말을 철석같이 믿고 여전히 곽가장에 처박혀 잘 먹고 잘 싸고 있는 것이었다.

그러나 곽명부는 오늘만큼은, 대충 열세 번째인 것으로 기억되는 처첩의 처소에서 최근 입수한 춘화도에서 봤던 그 희한한 자세가 실제로 가능한 것인지를 알아보려던 시도를 포기할 수밖에 없었다.

곽명부는 홍건도고 미륵이고 명왕이고 하는 것들은 코빼기도 본 적이 없기에 그들이 얼마나 난폭하고 무서운 자들인지는 모른다.

그러나 지금 이 순간, 곽명부를 그 자신만이 앉을 수 있는 수돈(繡墩)에서 밀어내고 땅바닥에 머리를 처박게 하고 있는 저자들보다는 무섭지 않으리란 것은 확신할 수 있었다.

야음을 타 담을 넘어온 것도 아니다.

해가 중천인 대낮에 대문과 중문을 떡하니 열어젖히고 보무도 당당히 들어선 일련의 무리들.

양팔이 땅에 스칠 듯하고 하관이 남은 얼굴의 면적만큼이나 길게 늘어진, 거대한 원숭이를 떠오르게 하는 거한과 얼굴에 눈구멍만 파놓은 허연 가면을 쓰고 있는 자에 비하면 그들이 주렁주렁 달고 온, 붉은 십자(十字) 수가 수놓아진 면사로 얼굴을 가린 자들 따위는 눈에 보이지도 않을 지경이었다.

"오늘부터 보름간 이곳에 머문다. 질문있나?"

거한, 엄밀히 말하면 거대한 원숭이 같은 자가 장원의 호위 무사 열세 명을 스물여섯으로, 그러니까 정확하게 허리 어림을 댕강 잘라 이등분해 고수레를 뿌려놓고 나서 던져 놓은 말이었다.

질문이 있냐고?

있다. 그것도 굉장히 많다.

대체 당신들은 누구이며 곽가장과 무슨 원한이 있어 이런 만행을 서슴지 않느냐는 것이며, 보름의 임대 기간이 끝나면 혹시라도 자신을 비롯한 식솔을, 그것이 여의치 않다면 자신만이라도 살려줄 생각이 있느냐는 그런 것들이었다.

그러나 곽명부는 궁금하던 것을 물을 수가 없었다.

쌍극도에 묻은 피를 거의 닦아낸 거한에게 또다시 자신의 피를 묻혀 수고롭게 하고 싶지 않았기 때문이다.

"보름 동안이다. 그 기간 동안 아무도 이곳을 나가지 못하며 누구도 들어서지 못한다. 알아들었는가?"

알아들었다. 아니, 모르겠어도 알아야 한다.

곽명부는 감히 고개를 들어올리지도 못한 채 이마를 땅바닥에 처박으면서 시키지도 않은 충성 맹세를 해댔다.

"거기 너!"

움찔. 하마터면 기절할 뻔한 곽명부다. 아직까지 처박혀 있는 탓에 저자가 말하는 '너'가 누구를 가리키는 줄은 몰랐지만 제발 자신만은 아니게 해달라고 평소 찾지도 않던 천지신명에게 빌어대는 곽명부였다.

"저, 저 말씀이신가요, 대인?"

겁에 질린 여인의 음성.

다행이었다. 야차 같은 거한이 곽명부 본인을 가리킨 것이 아닌 것이다. 비로소 사정없이 몸을 구겨지게 만들었던 공포가 사라지고 호기심이라는 놈이 슬그머니 일어났다.

그렇다 해도 감히 고개를 뽑아 올릴 용기는 없었던지라 곽명부는 그대로 처박은 채 이러다 사시가 되는 건 아닐까 하는 정도로 눈자위를 굴려댔다. 그리고 나서야 대답했던 여인의 모습이 들어왔다.

그러니까… 아마도 열두 번째 부인일 것이다. 오 년 전쯤인가 소작을 투전질로 날려 버린 소가 놈의 여식을 잡아다 놓았는데, 잡아다 두고 보니 어지간한 미색이 아닌지라 그대로 앉혀두고 있었던 것이다. 그녀가 거한과 곽명부를 번갈아 보며 매미 날개마냥 처량하게 떨어대고 있었다.

"그래, 넌 구석구석 씻은 후 먹을 만한 걸로 한 상 차려오너라."

한 상 차려오라는 말은 이해하겠는데 구석구석 씻으라는 건 또 뭔가? 게다가 한 오천 겹쯤 덮여 있던 살기 어린 어조가 두어 꺼풀 벗겨져 있는 이유는?

"어이, 거기 뚱땡이."

곽명부는 마구 솟아나는 의문의 사고를 지속할 수 없었다. 또다시 오천 겹의 살기를 띤 거한의 어조에서 그 모든 것을 압도하는 공포에 짓눌린 것이다.

"사, 살려주십시오, 대인!"

광명부는 어미 잃은 새끼처럼 부르짖었다. 살아야 했다. 그간 허리 띠 졸라매며 모아놓은 재산을 써보지도 못하고 개망나니 아들내미, 아니, 웬수 놈한테 고스란히 넘길 수는 없단 말이다!

"소인을 살려만 주신다면……."

"뚱땡이, 내가 이 넓은 집 구조를 알고 있을까?"

거한이 밑도 끝도 없이 물었다. 집 구조? 웬 뜬금없는 소린가? 어쨌든 물었으니 사실을 답해야 할 것이다.

"그, 글쎄요……."

"그럼 내가 밥을 잘하게 보이냐?"

"벼, 별로……."

"그럼 빨래는?"

"그, 그거야……."

"널 죽이고 나서 이런 것들을 내가 다 할까?"

단박에 환하게 밝아지는 곽명부다.

살 수 있다. 잘만 하면, 보름 동안만 지극 정성으로 대접하면 살 수 도 있다!

"뚱땡이."

"네! 대인!"

“네놈 처소가 어디냐?”

“지금 대인께서 서 계신 곳에서 뒤로 돌아 세 발자국만 가시면 소인이 기거하는 누추한 곳입니다만…….”

거한은 다시 물었다. 곽명부가 아닌, 들어설 때부터 벙어리마냥 한마디도 하지 않은 백면구인(白面具人)에게다.

“너도 사내 하나 골라보련?”

가타부타 답변은 없었다.

곽명부의 시선이 비로소 백면구인에게 돌아갔다. 이제 보니 체구가 가녀리다. 윤기가 번드르르한 검은 장갑을 낀 손도 작다. 백면구인은 여인이었던 것이다.

곽명부의 시선과 백면구에 파인 눈구멍에 자리한 무심한 눈동자가 마주쳤다.

무심하지만 확실한 의사를 전달해 온다.

다시 눈을 마주치면… 죽는다.

곽명부는 저도 모르게 부르르 떨며 고개를 다시 처박았다.

그때다.

“나는, 나는? 나도 고를래!”

보이는 것은 땅바닥뿐이기에 확인할 수는 없지만 분명히 백면구인의 목소리는 아니다. 여인의 음성이라고는, 그렇다고 사내의 음성이라고 할 수도 없다. 그것은 갓 말을 뗀 아이와 같은 앳된 음성이었으나 왠지 거북하고 소름 돋는 음성이었다.

‘넨장할… 하나가 더 있네.’

곽명부가 확인한 바, 거한과 백면구인, 그리고 그들이 데려온 스물 남짓의 사내들뿐이었다. 사내들은 하나와 같다. 면사에 수놓아진 십자

문양을 빼고는 눈처럼 흰 복장도, 명령이 있기 전에는 움직이지 않을 듯한 절제된 움직임을 봐서도 그들은 거한과 백면구인의 수하들이 틀림없었다.

그렇다면 이 소름 돋는 목소리의 주인공은 어디에 박혀 있는 것이란 말인가.

"네 녀석이 고르고 나선, 그러고 나선 뭐 하게?"

"이 씨이~"

엠뱅할! 어디에 박혀 있는지 알아서 뭐 하나. 무인이 아니라 마인이라도 사내놈들이야 매한가지다. 아니, 이놈들이 오만 사정 다 끼어드는 오지랖 넓은 협객이 아닌 것이 오히려 기회다. 돈과 술, 그리고 여자를 마다할 악당은 여태껏 보지 못했다. 그리고 곽명부가 가진 것이라곤 돈과 술과 여자뿐이다.

'보름 후 필요가 없어지면 난 죽는다. 돈을 아낄 필요는 없어. 살아남기만 한다면 다시 벌면 되니까. 명주도 충분해. 문제는 여잔데… 내 마누라가… 그러니까, 열셋이구나. 늙어 쓸모없는 첫째와 둘째를 빼면 열하나. 넷을 더 구해야 해.'

곽명부는 좀 생겼다 싶으면 덮치고 보는 색마가 아니다. 여자라도 각자 살 냄새가 다르고 비소의 위치도 다르며 절정에 이르렀을 때 터져 나오는 교성도 제각각이다. 그런 의미에서 엄밀히 말하면 곽명부에게는 부인이 없다. 그저 수집했을 뿐이다. 각기 다른 매력을 한껏 뿜어대는 명품들을.

'천하의 명주와 매일 밤 다른 계집들을 들이면 정신을 차릴 수 없을 게다. 그렇게 구워삶아 놓으면 살 수도 있어!'

비로소 곽명부의 얼굴에 미소가 피어올랐다.

*　　　　*　　　　*

들불처럼 일어난 홍건도들이 미륵불하생, 명왕출세를 외치며 중원을 휩쓸며 천지개벽이 일어나는 동안에도 중공산에는 열여섯 철이 바뀌었다는 점을 제외하면 변화는 없었다.

아니, 변화는 있다.

덩그런 달 아래 평온하게 눈을 감고 좌정해 있는 이 사내.

벗어젖힌 윗도리가 제법 탄력이 있지만 밋밋하기 짝이 없어 겨우 사내임을 짐작케 하는 사내는 사 년 전과는 분명히 달라졌다.

키가 훌쩍 자랐는가?

아니다. 그동안 손가락 한 마디 정도 크긴 했으나 기골이 장대한 것과는 매우 거리가 먼, 그저 호리호리했던 예전 수준은 변하지 않았다.

계집애처럼 곱상하던 외모가 굵직굵직한 사내의 그것으로 바뀌었는가?

이 부분은 오히려 심각하다. 창백한 것에 가깝던 하얀 피부가 이제는 윤기를 더해 광채가 흘러나오기에 이르렀고, 붉은 입술은 화장을 한 여인의 그것에 가까울 지경이었다. 도무지 사내다운 기색이라고는 찾아볼 수 없는 외모인 것이다.

그렇다면 변화는 무엇인가?

그를 둘러싼 기운이다.

사 년 전의 이 사내가 젊은 수사자와 같이 거칠었다면 지금은 노련한 백수의 제왕의 풍모가 은근하다. 사내의 외모를 두고 놀렸다가는 사돈에 팔촌까지 만수무강에까지 심대한 영향을 끼치고야 말 것이라는 확신이 들게 하는 압도적인 기백이다.

스르르.

슬며시 뜨여지는 그의 두 눈. 예의 자녹의 안광은 깊이 침잠되어 어지간히 주의를 기울이지 않고는 파악하지 못할 정도였다. 그를 혹자와 구분 짓게 했던 귀안이 더 이상 귀광을 발하지 않고 갈무리되는 것이다.

"축하해."

어디선가 들려오는 옥음. 여인의 곡선이 완연한, 까무잡잡한 피부가 매력적인 미녀였다.

사내, 진은 여인에게 시선을 돌렸다.

희미하게 웃고 있는 여인, 연화다.

"임독양맥 타통. 또 한 봉우리를 넘어선 것."

진도 마주 웃었다. 그러나 그의 미소는 다르다. 다분히 위선적인, 엄밀히 말하면 작위적인 웃음이었다.

분명히 기뻐할 일이고 축하받아야 할 일이기도 했지만 마냥 그럴 수는 없었다. 연화가 이르지 못한 경지, 자신이 먼저 이른 것이다.

이것은 진으로서는 도무지 이해할 수 없는 일이었다.

그녀의 무재, 비교를 거부하는 오성, 그리고 열정까지…….

어느 것 하나 부족함이 없는 연화였거늘… 그녀의 지난 사 년 동안의 성장은 미비했다. 아니, 미비한 정도가 아니라 완벽한 답보 상태다.

사 년 전, 그러니까 자신이 내력을 밝힌 이후부터 연화의 타오르는 승부욕은 식어버렸고 뜨거운 열정은 급속히 시들어갔다.

아니다. 식지도, 시들지도 않았다.

자신이 수련하는 모습을 지켜보던 연화의 눈은 열정으로 빛났다. 무에 대한 욕구와 호승심으로 타오르는 불길은 분명히 그 안에 있었다.

그러나 그녀는 도를 듣지 않았다. 번번이 시빗거리를 만들어 비무를 걸어오는 통에 매번 사나이 자존심을 묵사발 만들던 그녀가 지난 사 년 동안 단 한 번도 비무를 청한 적이 없었다.

스스로 성장을 멈추게 명령해 버린 것처럼.

지금도 그렇다. 그녀의 미소는 진심을 담고 있으나, 진은 안다. 그 안에는 열망이 가득하다. 말할 것도 없는 무에 대한 열망이다.

그러나 진은 묻지 않는다. 때가 되었다 그녀가 판단하면, 스스로 말 할 것이고 그때까지 기다릴 따름인 게다.

그녀에 대한 근심을 접고 문득 시선을 하늘로 향하는 진이다.

"그믐이라… 보름이나 이러고 있었던 건가?"

"한 달 하고 보름."

놀라는 진이다. 그리고 보니 가을 막바지였던 중공산 봉우리들은 어 느새 하얀 옷을 갈아입고 있었다.

"어째 배가 많이 고프더라니……."

살포시 웃는 연화. 이내 쥐고 온 작은 보퉁이를 내밀었다.

"벽곡단이야. 당분간은 이것으로 해결해. 음식다운 음식을 먹으려 면 꽤나 걸려야 할 거야."

진은 보퉁이를 받아 들고 벽곡단 하나를 빼 들었다.

정성이 가득한 모양, 향긋한 내음. 적지 않은 시간을 들인 것이 분명 했다. 그러나 진은 벽곡단을 물끄러미 쳐다볼 뿐 좀처럼 입으로 가져 가지 않았다.

"배고프다며?"

벽곡단에 가 있던 진의 시선이 연화에게 향했다.

“나는 말이다.”

“……?”

“벽곡단을 만드는 데 시간과 정성을 할애하는 너보다 칼을 든 네 모습이 더 좋다.”

“…….”

“언제나 같을 순 없겠지. 사람은 변하기 마련이니까. 그래도 난 예전의 네 모습이 그립다.”

연화는 또다시 희미하게 웃었다.

언젠가부터, 아마도 사 년 전부터 연화의 미소는 언제나 이랬다. 그녀의 미소는 기쁨도, 분노도, 비아냥을 비롯한 그 무엇도 담아내지 않았다. 그저 안면 근육을 미세하게 변화시켜 입술 끝을 슬며시 당기는 것에 지나지 않는, 그런 웃음인 것이다.

연화는 그렇게 말없이 돌아섰다. 한 발을 내딛는 듯하더니 문득 멈춰 서는 연화다.

“나도 그리워… 그때가…….”

연화는 여전히 스산하게 웃을 따름이었다.

‘벌써 일 년인가?

사 년 전 가출 사건 이후 부인 엄영화도 깨달은 바가 있었는지 영호성의 강호행을 무작정 막아서지는 않았다. 질릴 정도로 정정하다 하나 한낱 인간임에 천년만년 살지는 못할 터, 늦깎이 철부지를 마냥 가둬놓을 수는 없다 생각한 모양이었다.

영호성은 일 년에 한두 차례 중공산에 오른다. 하릴없이 강호를 주유하는 일도 젊고 팔팔할 때나 재밌었지 이제 와서는 여간 부담스러운 일이 아닌 것이다.

그보다는 중공산행이 훨씬 재밌었다.

그곳에 살고 있는 단출한 가족들. 단출하기는 하지만 어디 한 명 한 명이 흔하게 볼 수 있는 인물들이냔 말이다.

진이야 두말하면 잔소리일 따름인 신기한 놈이고, 연화는 그 오성의 밝음에 매번 기가 차 오른다. 민초빈은 여전히 차 끓이는 솜씨가 일품이고, 특히 그 마교 교주 놈. 녀석과는 삼 일 주야 동안 침식을 거른 채 논검을 할 수 있으니, 그따위 놈과 친구야 먹을 수 있겠느냐마는 말년에 좋은 말상대를 찾은 것이나 다름없는 것이다.

이런 저런 생각에 정신을 놓았던 영호성이 움찔했다. 그의 옆구리에 끼워진 동글납작한 잿빛 단지가 흘러내릴 뻔했던 탓이다. 다시 몸을 고쳐 단지를 추스르는 영호성의 이마가 찌푸려졌다.

입구를 비단과 명주실로 꼼꼼히 막아놓았음에도 슬슬 피어나는 냄새 때문이었다.

바로 고려산 된장이라는 놈이 풍기는 냄새였다. 이 고약한 냄새를 풍기는 것을 먹는다는 것도 믿지 못할 일이었지만, 은자 사십 냥이라는 엄청난 가격도 영호성로서는 이해할 수가 없었다.

무엇보다 본인은 절대로 입에 대지 못할 이 된장을 저 멀리 산동까지 가서 거금을 주고 사 와야 했던 자신을 이해할 수 없었다.

매번 방문할 적마다 그 녀석의 달라진 모습 때문인지도 모른다. 모르긴 하되, 그만한 나이에 그 정도의 성취를 이룬 자가 또 있을까? 제 놈 말대로 이제 불혹을 넘긴 나이라 하더라도 말이다.

예쁘고 대견해서 일 게다. 입맛을 돋우는 데는 홍소해삼(紅燒海參) 따위보다 된장이 백배는 낫다며 침을 튀기던 그 녀석이 좋아하는 꼴을 보고 싶은 게다.

오늘은 전직 마교 교주 놈이 한번 방문해 달라는 서한을 받아서가 아니라, 이 된장을 놈에게 전달해 주기 위해서 중공산에 오르는 것이다.

어느 순간 거대한 바위 앞에서 멈춰 서는 영호성.

"여기쯤인데……."

주위를 두리번거리던 영호성의 눈이 한차례 빛이 나더니 갑자기 신법을 놀리기 시작했다. 반경 십여 장을 그야말로 섬전과도 같은 몸놀림으로 움직이는 영호성. 웬만해서는 무엇을 하는 것인지도 모를 놀림이었으나 그 찰나 동안 아무렇게나 흩뿌려진 듯한 자갈 아홉 개의 위치가 조금씩 바뀌어져 있었다.

그 순간!

영호성의 앞을 막고 있던 거대한 바위가 흔적도 없이 사라지며 길게 이어지는 소로가 나타나는 것이었다.

영호성이 들어서자 다시 거대한 바위가 거짓말처럼 나타나더니 소로를 감추어 버렸다.

영호성이 사라지고 나서 한참 후.

바위에서 십 장여 떨어진 수풀이 미풍에 그러하듯 흔들거렸다. 그 옆을 지나치던 산 다람쥐도 잠시 두리번거리더니 이내 작은 도토리를 물고 갈 길을 재촉할 뿐인 너무나 자연스러운 흔들림이었다.

그러나 곧 자연스럽지 않은 일이 일어났다.

마른 수풀과 그 위에 쌓여 있던 백설, 그리고 나무의 껍질이 두드러지는가 싶더니 서서히 불거져 나오기 시작한 것이다.

거대한 물방울처럼 도드라진 그것은 주위의 풍경이 완벽하게 투과

되어 있었으되 흡사 인간 모습에 가까운 형상이었다.

스르르르……

투명한 그것이 슬그머니 탁주마냥 혼탁해지기 시작했다. 혼탁해지는가 싶더니 어느새 백색의 그것으로 변해갔고, 마침내 몸에 착 달라붙은 백색 무복을 입은 사내의 모습으로 변해 있었다.

"후우우우우……"

한 시진은 참았을 법한 긴 호흡을 뽑아내고 서서히 눈을 뜨는 백의 사내. 신체 중 유일하게 드러난 그의 두 눈에는 필경 만족에 기인했을 웃음이 걸려 있었다.

초절정고수인 영호성의 안목조차 속이고 은밀히 추적하고 있던 백의사내. 그는 천지밀궁 추적조 암약사(暗約査)의 조장 와타나베였다.

혼비공(魂秘功). 지금의 암약사를 있게 한 초상승의 은잠술 공부였으며, 당장 기사라고 볼 수밖에 없는 현상을 현실로 만든 무공이기도 했다.

아직까지 혼비공은 영호성을 완벽하게 속였다. 속였을 뿐만 아니라 절진의 파훼법도 꼼꼼히 지켜보며 확인했다.

하지만 더 이상의 추적은 무리였다. 추적하는 인물에 대한 부담도 그렇거니와 구(口), 비강(鼻腔)은 물론 피부의 호와 흡마저 완벽하게 정지시키고 오직 몸 안에 축적된 진기로만 운용하는 혼비공은 그만큼 내력의 소진도 극심한 공부였기 때문이다.

와타나베는 눈 더미에 구덩이를 파고 몸을 숨겼다.

절진의 위치를 파악한 것으로는 부족했다. 최종 목적지까지 확인하고 정확한 정보를 파악, 보고해야 한다. 혼비공이 다시 필요할 것이고 그러기 위해서는 운기를 해야 하는 것이다.

더 이상의 실수는 용납되지 않을 것이므로.

그렇다. 더 이상의 실수는 천지밀궁은 물론이고, 와타나베 스스로도 용납할 수 없었다.

자그마치 사 년이다.

지난 사 년 동안 천년신교의 청부를 받아 한 소녀를 찾는 것이 현재 천지밀궁의 지상 최대의 과제가 되어 있었다.

이 긴 시간 동안 청부를 끝내지 못한 것은 천지밀궁 역사상 전무후 무한 사건이었다. 당연히 천지밀궁은 자존심에 극심한 상처를 받았고 거의 전부이다시피 한 정보력이 영호성에게 집중되어졌다.

찾고자 하는 사람은 까만 피부의 소녀뿐이었으나 소녀는 깨끗이 증 발해 버렸다. 소녀가 사형제 간이라 했던 청년의 흔적은 제법 되었으 나 그 역시 어느 순간 증발해 버려 행적을 찾을 길은 요원하기만 했다.

결국 남은 사람은 영호성뿐. 그러나 영호성의 뒤를 캐는 것은 아무 리 천지밀궁이라도 입 안이 바짝 마르는 일이 아닐 수 없었다.

영호성이라는 인물 자체가 주는 압박도 그렇거니와 그의 뒤에 있는 영호세가라는 무게도 천지밀궁이 쉬이 움직이지 못하게 만든 것이었 다.

하지만 이미 받아들인 청부였다. 청부자가 해지를 하지 않은 이상 천지밀궁 스스로 청부를 포기하는 것은 있을 수 없는 일.

이 년 동안 영호세가를 기웃거린 결과, 천지밀궁은 마침내 한 가지 사실을 알게 되었다.

빌어먹게도 영호세가에는 소녀와 청년 비슷한 사람도 없다는 사실 이었다.

사건은 다시 원점에서 시작할 수밖에 없었다. 혹시나 영호성이 은밀히 키운 은도(隱徒)가 아닐까 하는 의견도 있었지만 역시 설득력없는 추측에 지나지 않았다. 천하를 오시하는 영호성과 그의 세가가 무엇이 두려워 은도를 키울 것인가?

"소녀는 영호성의 제자가 아니다."

궁주의 한마디였다. 그리고 그녀가 판단을 내려 입 밖으로 뱉어낸 말은 팥으로 메주를 쑨다 해도 틀림없는 사실이다.

그렇게 다시 영호성을 중심으로 소녀의 행방을 주시하던 중, 여러 계통의 정보망에 영호성의 이상한 행적이 걸려들었다. 매번 강서와 호광의 경계를 가르는 중공산맥에 반드시 한 번은 오른다는 것이다.

중공산맥은 백산(白山)이라 불릴 정도로 암벽이 많고 짐승조차 살기 힘든 척박한 산이다. 어지간히 노련한 사냥꾼이라도 파먹고 살 것이 귀하기만 한, 다른 말로는 별 볼일 없는 산이라는 것이다. 이런 이유로 흔한 도관도 자리하지 않는 산을 영호성이 매번 오른다는 것은 충분히 의심스러운 행동이었다.

그러나 문제는 역시 영호성이었다. 두말하면 실없는 놈 소릴 들을 지경인 초절정고수. 그 영호성이 중공산에 오르기 전에는 유난히 몸가짐이 달랐고, 또한 눈매가 매서워지니 그 이상의 추적이라는 것은 천지밀궁이라도 섣불리 할 수 없는 일이었다.

어쩔 수 없이 영호성이 떠난 후 중공산을 이 잡듯이 뒤져 보는 것이 전부였고 결국 아무것도 찾을 수 없었다.

그리고 한 달여 만에 조사된 뜻밖의 사실.

주위 사냥꾼들의 말에 의하면 중공산에 장년 부부와 그들의 딸로 추정되는 여자 아이, 그리고 거대한 늑대 신(神)이 살고 있다는 소문

취집.

일부 사냥꾼들이 실족하였으나 그들의 도움을 받아 살아났다는 소문 취집.

추문하였으나 끝내 함구. 이들은 정체불명인들을 중공산의 선인(仙人)으로 신성시하고 있기도 하지만, 섭혼술을 펼친 결과 이들 역시 정확한 위치는 기억하지 못하고 있는 것으로 밝혀짐.

중공산 천목봉에 이르는 외길에 인위적인 진법의 흔적 발견. 시작과 끝을 알 수 없을뿐더러 그동안 발견된 적이 없는 절진.

그 형태와 유형은 실전됐다 전해지는 천년신교의 구맥진(九脈陣)과 유사하나 역시 확인할 수는 없음.

이 정도라면 충분히 의심을 해봐야 하는 사항인 것이다.

그것이 다시 이 년을 끌어온 이유였다. 이 년은 절진의 파훼식을 찾아내고, 암약사가 영호성을 추적하는 데 털끝만큼의 의심도 하지 못하게 하는 데 있어 필요한 것을 준비하는 시간이었다. 그리고 암약사의 대원들이 수없이 죽어 나자빠진 시간이기도 했다.

추적에 실패한 자, 잠복에 실패한 자, 그래서 발각되는 자는 혹독한 대가를 치러야 했다. 물론 그 대가는 죽음이었다.

처음 백 명으로 시작했던 암약사는 이제 열두 명만 남았을 뿐이다.

준비는 되었고 영호성이 움직였다.

영호성은 된장을 구입했던 고려의 상인이 실상은 암약사였으며, 객잔의 점소이가, 거리에서 구걸하던 거지가, 어린아이를 등에 짊어지고 앙칼지게 가격 흥정을 하던 아낙이 암약사였다는 것을 결코 알지 못할 것이다.

그러나 인적없는 중공산에서 영호성과 같은 인물을 두고 은신이라는 것도, 변복도 의미없는 일일 터. 오직 혼비공만이 영호성의 눈을 피할 수 있는 유일한 길이었다.

한 식경이 흐른 뒤, 눈 구덩이에서 조심스럽게 빠져나온 와타나베가 바위 앞에 섰다.

구맥진. 천년신교의 교주에게만 전해지는 진법이다. 여기에 또다시 변화가 가미되었다. 모르긴 하되 조금이라도 실수를 한다면 영원히 지옥의 나락으로 빠져들고 말 악마의 절진일 것이다.

그러나 와타나베는 주저하지 않았다. 와타나베로서는 알 수도 없고 궁금하지도 않았지만 천지밀궁은 이미 진법의 파훼법을 모종의 경로로 입수해 암약사에 전해졌고, 와타나베는 시키는 것만 제대로 해내면 되는 것이다.

심호흡을 가다듬은 와타나베의 눈이 매섭게 빛났다.

"그러니까, 네놈 말은 아이들을 맡아달라?"

"부탁하네."

산채에 이르는 길목에서 기다리고 있던 공야숙이 은밀히 건넨 말은 이것이었다.

진과 연화를 언제까지 이곳에 붙들어놓을 수는 없었다. 혈기방장한 젊은이들이 이 척박한 산중에서 얼마나 답답할 것인가. 게다가 진의 무위는 이제 제 스스로 개척해야 할 부분만 남았으니, 더 이상 산채에 남아 있을 이유가 없으니 세상에 나가게 도와달라는 공야숙의 부탁인 것이다.

"연화라는 계집아이는? 그 아이도 데려가 달라는 말이냐?"

"특히 그 아이… 연화가 평범하게 살아가도록 도와주었으면 하네."

"평범하게?"

코웃음을 치는 영호성이다.

"수라파천신공과 수라파천도법을 익힌 계집아이가 평범하게 살아갈 수 있을까? 남들처럼 잘난 서방 만나 시집가서 아들딸 펑펑 낳고, 그렇게?"

"그 아이가 익힌 무공은 수라파천신공이 아니네."

"……?"

"십성 이상 연성이 되어야 끌어낼 수 있는 저주의 신공 따위가 아니라는 말일세. 위력의 반감을 무릅쓰고라도 모든 부작용을 없앤 제왕신공이라는 무공일세. 같은 맥락으로 도법도 제왕도법이라 명명했지."

"개수작! 네놈의 진정한 의도가 뭐냐?"

"……."

"제왕신공이라고? 무명을 바꾸고 사이한 요결 따위를 슬쩍 지워 부작용을 없앴다 하여 마교 교주에게 전해지는 일인비전의 무공이 변하는 것이냐? 천년마교가 그리도 허술한 곳이냔 말이다! 그럴 생각이었으면, 그 아이가 평범하게 자라줄 것을 바란 것이라면 무공을 가르치지 말았어야 했다. 가르치더라도 네놈의 무공은 한 줌도 흘리지 말아야 했다. 이제 와서 평범하게 살아가게 도와달라? 무엇이냐? 네놈이 우려하는 바가!"

공야숙은 그저 듣고만 있을 따름이다. 고개조차 들지 못하고, 천하의 공야숙이 비 맞은 강아지마냥 부들부들 떨고만 있을 뿐이었다.

그리고 털썩, 무릎을 땅에 박는가 싶더니 이내 이마까지 바닥에 찧어가는 공야숙이다.

"부탁하네! 내 이렇게… 원한다면 내 목이라도 내놓을 테니……."

기겁하지 않을 수 없는 영호성이었다. 마도 천하의 우두머리였던 이 사내, 자신이 인정한 유일한 호적수인 남자의 초라한 모습은 가히 충격적이었다.

영호성은 차마 그 모습을 지켜보지 못하고 착잡한 시선을 허공에 뿌릴 따름이었다.

"그깟 가만둬도 문드러질 늙은 목숨 따위를 뭐에 쓰라고……."

"……."

"초빈과는 얘기가 된 것인가?"

"그녀도 내 생각과 다르지 않을 것이네."

나지막한 한숨을 내쉬는 영호성.

부러질지언정 꺾이지 않을 사내가 아이들을 위해 무릎을 꿇었다. 이보다 더한 설득이 또 있을까?

"결정권은 내 동생 백이에게 있네. 그가 이제는 가주이니, 나 역시 동의를 구해야 해. 문도를 받지 않는다는 방침이지만, 백비운의 선례도 있고 하니 내 부탁이나 한번 해보지."

현 가주는 분명히 영호성의 동생인 영호백이었다. 그러나 세가 내에서 영호성의 위치가 절대적이라는 점은 변할 수가 없는 일이다. 그가 부탁을 해본다는 것은 긍정이나 다름이 없는 것이었다.

"고맙네! 이 은혜는 잊지 않겠네."

"흥! 네놈 때문이 아니야. 두 아이와 초빈 때문이지."

바람 소리 나게 돌아서 산채로 향하는 영호성의 뒷모습을 바라보는 공야숙의 노안은 한없이 초라할 뿐이었다.

“어이구. 번데기공자가 이제는 헌헌장부가 다 되었구나.”

일 년 만에 만나서 대뜸 한다는 소리가 이렇다.

영호성의 나이도 있고, 또 사부와의 배분도 있는지라 진도 나름대로 공경이라는 것을 가져 보려 무던히도 애를 써보았다.

“그래, 번데기는 환골탈태, 아니지, 우화(羽化)했고?”

그게 되겠냐는 말이다.

“누구처럼 마흔아홉 번이야 꿈같은 이야기지만 이제 제법 모양새를 갖추기는 했습니다. 그래, 또 무슨 일이십니까?”

예를 갖추었지만 간죽대자는 짓이다. 이를테면 말장난이나 시작해 보자는 것인데…….

“너는 말을 가려 하는 것이 좋겠다.”

낮고 엄한 음성, 공야숙이었다. 잔뜩 굳어진 표정도 연무장에서의 무공을 하사할 때의 그것과 다를 바 없으니 진은 물론이고 민초빈마저 크게 놀라는 표정이었다.

“너는 이미 영호 대협에게 청허도의검(淸虛道義劍)을 사사받았다. 스승에게 보이는 네 모습은 제자의 그것이라 볼 수 없다.”

더욱 놀라는 중인들이다.

물론 진은 청허도의검이라는 연성검을 사사받긴 했다. 그러나 말이 검술이지 청허도의검은 도가의 수련 방식일 뿐이다. 초식 따위는 한 줄도 없이 오직 머릿속으로만 그려내 심력을 가다듬는, 이른바 중단전을 다듬기 위한 구결일 뿐인 것이다. 물론 결코 흔하지 않은 고급 무공이기는 하지만, 이는 어디까지나 영호성이 억지를 부려서 배운 것이었다.

그런데 지금 공야숙은 스승과 제자를 말하고 있었다.

즉은, 영호성과 진이 이미 사제의 연을 맺었다는 것이다.

'여우 같은 놈!'

영호성이 조소를 실어 보냈다. 이렇게 묶어 조금 전의 약속을 고착시키려는 수작인 게다.

진은 곧 난망한 표정으로 깊이 고개를 숙였다.

"제자 명심하겠습니다."

영호성도 썩 달갑지 않은 표정이다.

청허도의검. 진은 무시했으나 이는 영호세가에서도 아무나 익힐 수 있는 무공이 아니었다. 엄밀히 말하면 영호성 혼자만이 익히고 있는 무예인 것이다. 좀 더 정확히 말하면 아무도 이 무공에 대해 관심이 없다 해야 옳다. 어떠한 무공이든 그 자체로 심신을 가다듬는 공능이 있기 마련, 굳이 중단전을 따로 단련할 필요가 없는 데다 뜻 모를 선문답만 가득한 도가의 수련법을 가내에서의 누구도 익히려 들지 않았던 것이다.

영호성이 진에게 청허도의검을 전수한 이유는 오직 한 가지 이유뿐이었다.

진의 내부에 있는 그 미증유의 기운. 민초빈에게 말해 보았으나 그녀조차 눈만 끔뻑였던 기운이었다. 도무지 정체를 알 수 없는 그 기운이 장차 진에게 무슨 영향을 줄지 모를 일이었다. 혹여 그 기운이 진을 망치려 든다면, 심력을 깎아 먹고 이지를 잠식해 버린다면… 모를 불안함에 이것을 익히면 천하무적 초절정고수가 된다, 며 사기를 치고 가르친 것이었다.

진은 영호성을 물끄러미 쳐다보고 있었다.

붕어처럼 빈 입을 뻐끔대는 꼴이 차마 떨어지지 않는 말을 하려는 모양이었다.

"삼, 삼(三) 사부께 제, 제자 현 진이 인사 여, 여쭈옵니다."

"허, 험… 그, 그래."

첫날밤 치르고 아침을 맞이하는 새색시, 새신랑처럼 어색하기 짝이 없는 두 사람. 그러나 공야숙은 만족한 표정으로 고개를 끄덕였다.

공야숙으로서는 그들의 이리 막 나가는 관계를 두고 볼 수만은 없는 노릇이었다.

진은 영호가의 사람이 되어야 한다. 영호세가는… 영호성만 놓고 보자면 콩가루가 분명해 보일지라도 실상은 그렇지 않다. 식솔들이 직접 농사를 지어 먹고 사는, 다소 의심스러울 만치 검박한 영호세가지만, 설사 농사 따위는 짓지 않아도 알아서들 밥술 떠먹여 주고 슬슬 기어 주는 천하의 명문가인 것이다.

그것은 진에게 든든한 울타리가 되어줄 것이다.

아니, 진은 울타리 따위가 필요없다. 얼마 전 기연을 얻은 진은 이미 스스로 입신을 할 경지에 이르러 있다. 그리고 성장은 멈추지 않을 것이다. 불혹이 넘은 나이라고는 하지만 신체는 이제야 약관을 스친 나이. 무림은 머지않은 미래에 젊은 검룡(劍龍)을 목도하게 될 것이다.

정작 울타리가 필요한 이는 연화였다. 그러나 연화는 영호성과 딱히 얽힌 인연이 없는 사이, 그 중간을 진이 메워줬으면 하는 바람인 것이다.

연화는 성장을 멈추었다. 스스로 금제를 가한 것처럼, 그렇게 거짓말처럼 정지해 버렸다.

알아버린 것일까?

아닐 게다. 전부는 아닐 것이다. 제아무리 밝은 오성을 지닌 연화라지만 그 모든 것을 알 수는 없는 일이다.

그리고 결코 알아서는 안 된다.

사 년 전, 흑혈단이 연화를 봤다. 도법이 눈에 익어 살수를 쓰지 않았다고 했다. 공야숙이 아는 흑혈단은 의심되는 부분을 쉬이 넘겨짚어 묻어버리는 우를 범하지 않는 녀석들이다.

지밀단이 움직일 것이다.

즉은, 그 녀석이… 지금은 어떤 모습으로 성장했을지 모를 그 녀석이 연화의 존재를 알아차릴 수도 있다는 이야기가 된다.

시간이 없었다. 자신의 모든 것을 주어 일신을 지킬 힘을 주려 했건만, 사 년 동안의 노력은 수포로 돌아갔다.

그래서 필요한 것이다.

진의 무공과 영호세가라는 안전한 가옥이.

"……!"

어두운 표정으로 생각에 골몰하던 공야숙의 안색이 어느 순간 싸늘한 한기까지 덮여들었다.

"네 이놈! 예가 어디라고, 감히!"

느닷없는 노호성. 동시에 천장을 향해 버럭 일장을 내뿜는 공야숙이다. 살의가 짙은 경기가 득달처럼 일어나 천장을 향해 폭사됐다.

"무슨……?"

쿵!

민초빈이 의아성을 터뜨리기도 전에 천장에는 커다란 구멍이 생겼고 묵은 먼지가 뿌옇게 내려앉았다. 공야숙이 천장을 뚫고 올라간 것이다.

잠시 후, 천장에서 내려온 공야숙의 손에는 작은 쥐 한 마리가 엉망으로 짓이겨져 들려 있었다.

"쥐 한 마리 때문에 이 호들갑이라니, 네놈도 늙긴 했구나."

영호성은 비아냥거렸지만, 공야숙은 짓이겨진 쥐를 물끄러미 쳐다볼 따름이었다.

걱정이 가득한 민초빈, 여전히 호들갑인 영호성을 뒤로하고 공야숙의 얼굴에 드리워진 그림자는 그 어느 때보다도 어둡기만 했다.

중공산 중턱.

백의사내가 술 취한 것처럼 비틀비틀 위태한 걸음을 옮기고 있었다.

"커억."

백의사내, 와타나베의 입에선 연신 거품 섞인 핏덩어리가 튀어나왔다.

'빌어먹을, 너무 가까이 갔어……'

혼비공은 암약사 조원 모두에게는 물론 와타나베에게도 하나의 신앙이었다. 혼비공을 귀식대법 따위의 조잡한 은잠술과 비교한다는 것 자체가 모욕이다. 혼비공은 은잠술이기 전에 그 자체로 고절한 무예인 것이다.

내력이 달리는 자가 귀식대법을 전개하고 기척을 갈무리하지 못하면 말 그대로 귀신이 되어 황천행하기 십상이다. 호흡을 죽이고 기척을 죽이고, 신체의 기능을 죽인다 하나 최소한의 생명 유지 장치는 가동해야 하는 귀식대법이다. 결국 어느 때고 발각될 확률이 있다는 의미이고, 발각됐을 경우에는 소동 주먹질에도 목숨이 달아나고야 마는 도박에 다름 아닌 술수가 귀식대법인 것이다.

그러나 혼비공은 다르다.

사람의 날숨[呼]을 자연은 들숨[吸]으로 취하고 사람의 들숨은 자연이 뱉어놓는 것을 취하니 이것은 양(陽)이다. 숲과 대지는 월광을 받아 다시 들숨을 내뱉으니 이것이 인간에게 전이되어 음(陰)이다. 주야가 존재하니 양기와 음기의 조화가 이루어지고 또한 천하의 이치가 된다.

돌고 돌아 태극이라는 도가의 진의. 혼비공은 이러한 태극의 이해와 오행의 상호간 운행의 묘미를 가미하여 호흡하는 모든 생명체 속으로 융화하게 하는 무예다.

세인들은 이를 조화지경(調和之境)이라 한다.

혼비공이 이 경지에 이르면, 어지간한 적은 코앞까지 다가가도 알아채지 못한다. 눈으로 실체를 보고도 스스로 환영이라 치부해 버릴 망동을 이끌어내니, 적의 명을 확실히 취할 무공과 결합된다면 과연 무극이라 할 만한 혼비공인 것이다.

와타나베는 물론 이 경지에 이르지는 못했다. 아니, 누구도 이 경지에 이른 자는 없었다. 그러나 그 바로 아래의 단계, 즉 호흡을 완전히 끊은 상태에서 주위와 융화되어 영호성 정도의 초절정고수라도 세심한 주의를 기울이지 않는다면 결코 감지할 수 없는 단계에 와 있는 것이다.

와타나베는 자신을 과신하지 않았지만 혼비공의 절대적인 신뢰를 거두지도 않았다. 영호성이 아닌 소녀의 행적을 확인해야 하는 것이 궁극적인 목표이고 보면, 최대한 접근해서 그것을 확인해야 하는 모험은 필요한 것이었다.

혼비공의 모험은 실패했다.

혼비공이 오행과 운행의 조화를 파고드는 무예라면 공야숙의 수라파천신공은 음양을 흡수해 강제로 중화시키는 무공이다. 천지조화의 기운을 강제로 선별하고 혼합하여 대성에 이르는 무공.

혼비공과 수라파천신공은 그 결과는 다르되 근본은 다르지 않았던 것이다.

결국 수라파천신공에 대한 정보의 부족이 실패의 원인이었던 것이다.

미리 숨겨간 쥐 한 마리가 신경을 분산시켰던 탓인지 공야숙의 무시무시한 장력에 정통으로 맞지는 않았지만, 이 정도라면… 살지 못한다.

추적의 기미는 보이지 않았다. 다시금 쏟아지는 눈은 와타나베가 흘린 핏자국과 발자국을 흔적도 없이 지워 버리고 있었다.

혼비공은 실패했지만 임무는 실패하지 않을 것이다.

공야숙의 일장에 오장육부가 마디마디 끊어져 나갔고 엄청난 고통이 덮쳐 왔지만, 와타나베의 얼굴에는 미소가 걸렸다.

와타나베는 가물가물한 정신에 제멋대로 비실대는 몸을 가누고 유독 두둑이 쌓여 있는 눈 더미 속을 헤쳐 나갔다. 곧 작은 목갑이 눈 더미 속에서 꺼내졌다.

목갑에는 희기만 하여 언뜻 눈 속에서는 분간치 못할 비둘기가 죽은 듯 몸을 움츠리고 있었다. 비둘기의 목에 깊숙이 박혀 있는 강침을 빼내자 죽은 듯 꼼짝도 않던 비둘기의 눈이 번쩍 뜨여지며 커다란 날개를 파다닥거렸다.

와타나베는 준비한 천 조각에 피를 찍어 몇 자를 적어 넣고는 이어 전통에 넣어 비둘기 다리에 매달았다.

"가라!"

솟아오른 비둘기는 북쪽 하늘로 빠르게 사라졌다.

"커억!"

와타나베는 검붉은 각혈을 한 움큼이나 뱉어내더니 맥없이 주저앉았다. 마지막 힘을 쥐어짜 꿈틀꿈틀 눈 속을 파고들기 시작하는 와타나베. 장독이 이미 뼛속까지 파고들었으니 운기요상 따위는 이미 늦었음을 그도 잘 알고 있었다.

그저 조금 쉬고 싶었을 뿐이다.

"피곤한 하루였어……."

눈 속에 파고들고 입구까지 말끔하게 틀어막은 와타나베는 깊은 잠에 빠져들었다.

그는 눈이 녹는 봄에나 발견될 것이다.

이 겨울이 가기 전에 무슨 수가 나도 날 것이었으니 봄을 걱정할 필요는 없었다.

와타나베에게는 이 겨울조차도 무의미했지만 말이다.

제5장

도래

　　　　　험준한 대산 자락을 끼고 도는 운치있는 계곡. 깎아지르는 단애의 언저리에 수수한 전각이 자리하고 있었다.

　그곳의 한 인물. 도무지 나이를 짐작할 수 없는, 준수보다는 미색이라는 표현이 어울릴 만한 사내였다.

　사내의 붉은 입술에서 새어 나오는 미약한 숨결이 그의 손에 들려 있는 투박한 죽피리에 흘러들자 오금이 저려오는 절절한 가락으로 변하여 계곡 곳곳을 젖어들게 하고 있었다.

　슬픔이다. 까닭없이 짠해지는 가슴을 도무지 가눌 길이 없는 비통한 곡조였다.

　산새들도 이 구슬픈 가락을 가만히 듣는 듯 울음소리를 멈추었다.

　어느 순간 절정에 이른 가락이 갑자기 끊겼다. 사내의 얇은 눈꺼풀이 슬며시 들리는 것도 동시의 일이었다.

얼음장 같은 섬연한 시선.

사내의 청아한 모습과는 너무나 대조적인 무감각하고 건조한 눈이 자리하고 있었다.

"삼가 목낭적, 주공을 뵈옵니다."

조용히 피리를 내려놓으며 예의 무채색의 눈빛을 부복한 흑의인에게 향하는 사내다.

흑의사내, 목낭적이 말을 잇는다.

"움직이고 있사옵니다."

"규모는?"

음률이 없는 음성. 그의 눈빛과 어울려 서늘한 한기가 감겨든 목소리였다.

"칠장로님을 위시하여 비도 흑랑대와 대주, 내수사 현무검대와 대주, 수라만마대와 대주가 시간을 달리하여 총단에서 빠져나갔습니다. 외당의 흑혈단 역시 총감찰 귀주님의 사건을 조사하기 위해 파견된 여사령 단주와 일부를 제외하고 모두 합류했습니다."

사내의 고운 손이 탁자 위에 놓인 밋밋한 백자 호리병으로 향했다.

"교의 주력이라… 장로회에 보고는 어찌 들어갔더냐?"

"그것이… 보고는 없었습니다."

목낭적이 말까지 더듬을 정도로 심각한 상황이 펼쳐지고 있는 것임에도 사내의 무감각한 눈은 여전히 차갑게 가라앉아 있을 따름이다.

"무단이탈? 칠적이 꽤나 모질게 마음을 먹은 모양이구나. 천지밀궁의 움직임은?"

"안양 일대에 암약사와 간자들을 제법 뿌려놨습니다. 구궁요열진의 파훼법이 너무 쉽게 입수된 것에 못내 의심스러운 모양인지 정보력의 삼 할 이상을 집중시키고 있습니다. 그렇다 해도 구궁요열진을 입수하고 반년이나 걸린 것을 보면 천지밀궁에 대한 강호의 소문도 믿을 것이 못 되나 봅니다."

"그건 아니지… 공야숙과 민초빈, 게다가 영호성이라면 제아무리 그녀라고 해도 긴장하지 않을 수는 없었을 테지."

청년은 여전히 무심한 표정으로 호리병을 기울여 술잔을 채워갔다.

주향(酒香)을 맡는 듯 턱 끝에서 술잔을 서서히 돌리던 사내의 입에서 조용히 흘러나오는 목소리.

"자, 이제 칠적이 무엇을 하려 할까?"

"……."

"네 생각은 어떠하냐?"

"아뢰옵기 황공하오나… 모반이 아니 올는지……."

모반(謀反). 피의 단어다. 수천의 인명을 해하는 혈문(血文)이다.

그럼에도 사내의 눈은 한 치의 흔들림도 없이, 여전히 무심에서 비켜나지 않았다.

"모반이라… 모반이 무엇이더냐?"

묻는 그의 음성도 건조하지만 잔물결처럼 차분하기 짝이 없다.

"속하 아둔하여 주공의 의중을 헤아리기 힘드옵니다."

"모반이라 함은 개가 주인을 무는 것이다. 맞느냐?"

"그, 그렇사옵니다."

청년은 술 한 잔을 적시듯 베어 물고 다시 목낭적에게 물었다.

"우리 집에 주인이 있더냐?"

"……."

"주인은 없고 개들만 득실대는 이곳에서 모반은 우스운 이야기가 아니더냐. 하하하하."

진실됨이 없는 작위적인 웃음. 사내의 오래된 습관이었다.

"그러하옵니다."

거짓말처럼 웃음을 멈추어 버리고 사내는 비로소 다부진 목소리를 끌어올렸다.

"외장은 이 시간 부로 정리하라. 장로들의 현 위치를 파악하라. 그들의 수족의 위치 또한 파악하라. 모든 정보는 단계 없이 내게 직접 보고하라."

"그, 그것은!"

목낭적의 눈에 격앙이 그려졌다. 정말 그것이냐는 확인이었다.

"홍기발(紅旗發)! 이젠 개들에게 주인이 누구인지 정확히 가르친다!"

"복명!"

목낭적의 음성에는 물기가 서려 있었다.

시작되는 것이다. 지난 세월 움츠려 있었던 이유는 오늘을 위함인 것임에, 드디어 활짝 펼쳐질 웅대한 날개를 목도할 것임에 감격한 것이다.

목낭적은 한쪽 무릎을 꿇는 자세 그대로 뿌연 잔상만을 남긴 채 사라져 버렸다.

한낱 수하의 신법이 또한 가공할 지경이니 무력이 없어 천년신교 내에서도 저평가되고 있는 지밀단의 정체가 새삼 의심이 가는 대목이 아닐 수 없었다.

지밀단, 이 은밀한 단체를 이끄는 청년은 비검(悲劍)이라 불렸다. 그의 출신은 물론 본명 또한 아는 자가 없었다.

그러나 곧 밝혀질 것이다. 머지않은 미래, 이 사내를 모르는 자는 천하에 있을 수 없을 것이다.

피이익~

비검이 입을 모아 가벼이 휘파람을 불고 얼마 후,

끼이이!

멀리서 긴 날개를 펼치며 계곡의 가로지르는 날짐승이 날아들었다. 체구는 작지만 예리한 눈빛과 면도와도 같은 부리를 가진 하늘의 제왕 참매다. 참매는 길고 풍성한 날개를 우아하게 퍼덕이며 비검의 어깨에 사뿐히 내려앉았다.

작은 붓을 빼 들고 헝겊에 빠르게 두 글자를 적어 나가는 비검.

도래(到來).

일필휘지로 내리 갈긴 단 두 글자. 실로 많은 이야기가 담겨 있을 두 글자는 참매의 다리에 굳게 동여매어졌다.

참매가 날아올라 순식간에 하늘의 점이 되어 사라져 가는 모습을 끝까지 지켜본 비검의 눈이 서서히 붉어져 간다.

'시작되었다.'

마침내 눈동자의 구분도 없이 선명한 핏빛으로 달궈진 비검의 눈동자에서 귀기가 폭사되었다.

여전히 그의 손에 들린 술잔에는 비운 적도, 새로 담은 적도 없건만 예의 맑은 술은 온데간데없고 핏빛 액체만이 가득 차 있을 따름. 움켜쥔 술잔이 서서히 바스러져 미풍에 두런두런 날아가는 순간에도 혈주는 그러쥔 손 안에 갇혀 한 방울도 새어나가지 않는 것이었다.

손 안에 머물러 있는 혈주를 천천히 들이키는 비검.

"크흐흐흐!"

우는 것인지 웃는 것인지 분간할 수 없는 흐느낌이다.

무엇인들 어떠랴. 술은 목구멍을 타고 넘어가 버렸고, 던져진 패는 손을 떠났다.

미래는 조율되리라. 누구도 자신의 운명을 통제하지 못하리라.

흐느낌에 가까운 조소가 멸시로 가득한 대소로, 마침내 광소로 커져 갔다.

안개에 싸여 있는 대산 봉우리만이 이 섬뜩한 장면을 조용히 목도할 뿐이다.

＊　　　　＊　　　　＊

"안 돼요!"

"부인……."

공야숙은 안타까운 눈길을 민초빈에게 향했다.

"안 됩니다! 안 되는 일입니다! 그럴 수는 없단 말입니다!"

단호하고 자못 결연한 표정이나 민초빈의 눈동자는 격랑 속 돛단배처럼 흔들리고 있었다.

"차선이 있다면 그리하겠지만, 내겐 다른 방도가 보이질 않소."

"우리가 보호해 주면 되는 일입니다. 아니, 그리해야만 하는 일입니다! 무공이 진전되지 않는다 하여 내치다니요! 저 강호의 더러운 구정물 속으로 던져 버리다니요! 천검을 그리 잃고도 또 잃으라 하시는 건가요? 절 더러 또……."

결국 흐느끼고 마는 민초빈이다.

“빈……”

공야숙의 눈도 붉게 달아올랐다.

지킬 수 없었다.

하루가 멀다 하고, 주야를 불문하고 명줄을 노리는 수많은 살수들을 오 년을 막았다. 막을 수 있다 믿었고 가족을 보호할 수 있다고 굳게 믿었다.

그러나 아들은……

아아… 방긋방긋 아침 햇살 같은 미소가 너무나 싱그럽기만 하던 나의 아기는… 차가운 대지에 묻히고 말았다.

그때 알았다. 초절정? 극강의 무공? 다 부질없는 것이다.

사랑하는 이를 지킬 수 없다면… 눈앞에서 사랑하는 이가 죽어가는 꼴을 봐야 하는 그런 무공이라면, 그것은 그저 호신 잡기일 뿐이다.

무극(無極). 그것은 세상을 뒤집어엎는 힘이 아니다. 천하를 지배하는 힘이 아니다.

무의 극은 소중한 것을 지켜낼 수 있는 힘인 것이다.

그런 무라면, 아직 보지 못했다. 어쩌면 눈을 감는 날까지 보지 못할지도 모른다.

이대로는 지키지 못한다는 것을 안다. 그것을 알기에 좀 더 든든한 울타리로 보내려는 것이다.

“지금이라도… 당장 불러다 이야기를 해요. 한때는 신교의 교주였지만 지금은 아니라고, 화아의 부모가 죽임을 당했을 때엔 교주가 아니었다고 말해요. 이해해 줄 거예요. 화아는 착한 아이니까… 그러니까 말하자구요.”

그녀의 말이 맞다. 연화는 이해해 줄 것이다. 민초빈이 알고 있는 사실들만이 전부라면… 그렇다면 이해하지 못할 까닭이 없다.

공야숙은 민초빈의 손을 가만히 잡았다.

"파뢰혈검… 들어본 적이 있으시오?"

파뢰혈검… 들어본 적 있다. 서장 천축의 포달라이궁 무승들에게 전해진다는 검술이되 이단교의 징벌을 위한 제식검이라 들었다. 그러나 누구도 직접 견식한 적이 없음은 물론이고 실제로 존재한다고도 믿지도 않았던, 이를테면 전설이라 회자되는 검술이 바로 파뢰혈검인 것이다.

"파뢰혈검은 실존하오."

민초빈의 눈이 불안하게 흔들렸다. 남편이 무슨 이야기를 하려는가? 실존한다 한들 밑도 끝도 없는 파뢰혈검을 이야기하는 이유가 무엇인가? 심장의 박동이 조금씩 빨라지는 것과 궤를 같이해 혈류의 속도가 증가해 가기 시작했다.

"천년신교에서 일인비전으로 전해지는 수라파천신공은 본래 두 가지 요결로 풀어 도법과 검법 하나씩을 남겨놓았소. 그중 수라파천도법이 교주에게 전해지며 파뢰혈검은… 교의 영령사자(靈令使者)에게 전수가 되오."

민초빈의 침음성. 그녀의 남편이 하려는 이야기… 그만이 알고 있는 것이리라. 오직 교주에게만 전해지는 비사, 비화를 이야기하려는 것이다.

민초빈은 도리질 쳤다.

"그만두세요. 그런 이야기는 듣고 싶지 않아요."

"아니, 들어야 하오."

공야숙은 단호했다.

들어야 한다니, 강호를 잊고 사십여 년을 숨어 살아온 그녀가 꼭 들어야 하는 강호의 이야기라니…….

"영령사자는 교주와 함께 책봉이 되고 함께 물러나는 것이 원칙이며, 교주가 후임을 생각하지 못하고 불의의 일을 당했을 경우엔 임시 교주 직을 수행하기도 하지만, 진정한 존재의 이유는… 교내 불순한 세력의 원천적 말살에 있소."

영령사자. 결국은 교주가 내화의 위급한 순간에 빼내 들 은밀하고도 결정적인 칼이라는 의미였다. 공야숙은 말을 이었다.

"내가 교주 직을 승계했을 때, 교리에 따라 영령사자도 바뀌었소. 이는 오직 나만이 알고 있는 사실이며, 내가 무사히 임기를 마치면 아무도 영령사자가 누군지 모르게 되는 것이오. 다시 말해 사십여 년 전 내가 교를 버렸을 때, 영령사자가 임시 교주 직을 승계했어야 했다는 말이오. 나 역시 그것을 믿고 좀 더 홀가분할 수 있었던 것이고."

"……."

"그러나 당신도 알다시피 그런 일은 일어나지 않았소. 그땐 간과하고 있었소. 거기에 신경 쓸 겨를이 없었으니… 그리고 십칠 년 전, 아주 까맣게 잊고 있었던 그 이유에 대해 나는 다시 생각해야만 했소."

"생각해야만… 해요?"

"그렇소. 영령사자기(靈令使者旗)를 든 자가 이곳으로 직접 나를 찾아왔으니……."

"그, 그런……."

민초빈은 까맣게 모르고 있던 일이었다. 구맥요열진을 뚫을 수 있는 자는 있을 수 없다 믿었기에 생긴 믿음이요, 방관이었다.

"구맥요열진은 뚫렸소, 그것도 약관을 갓 넘긴 그 녀석에게."

“그 녀석?”

“사십칠대 영령사자 모용추의 아들, 모용수에게 당신의 구맥요열진 이 파훼되었소.”

“모, 모용추!”

민초빈은 헛바람을 집어 삼켰다.

모용추. 지금은 깨끗하게 멸문해 버렸지만 한때 오대세가의 수장을 자처하던 요녕의 패자였다. 녹림을 일통한 이덕패의 녹림천하문과 삼 년의 전쟁 끝에 결국 멸문하고 만 그 모용세가의 가주 모용추를 말하 는 것이다.

그런 그가 천년신교의 영령사자였다니…….

“이덕패라는 자가 제아무리 출중한 인물이라지만 모용세가는 그리 무너질 허술한 가문이 아니오. 모용추는… 내가 교를 버릴 그때 이미 독에 중독되어 있었다고 하더군. 그래서 임시 교주 직의 승계는 물론 이고 녹림천하문 같은 허섭스레기들조차 막을 수 없었다고…….”

“누가 있어 그 모용추를?”

“불가하지. 그는 수라파천신공과 파뢰혈검을 십성 이상 성취했다는 배경을 빼고라도 모용세가의 절기를 모두 흡수한 거물. 그리 간단히 독계를 당할 만큼 허술한 사람이 아니지. 그러나 그가 누구보다 믿었 던, 생사고락을 같이했고 형제의 의를 맺은 그의 둘도 없는 친구였기에 세가의 모든 일을 맡길 수 있었던 그의 책사였다면… 그는 알고도 당 했을지도… 추, 그는 그런 친구였으니까…….”

두근!

민초빈의 빨라진 심장의 박동이 이제는 천둥처럼 내리치기 시작했 다.

점점 가까이 가고 있었다. 알아서는 안 될, 이 세상에 나와서는 안 될 더러운 진실을 향해서.

"영건원. 그자였다면 모용추는 독계를 당했다고 해도 끝까지 믿지 않았을 게요. 눈을 감는 그 순간까지도."

"……!?"

민초빈은 말리고 싶었다. 더 듣고 싶지 않다고 외치고 싶었다.

그러나 의지를 배반한 몸은… 빌어먹을 헛바닥은 이미 굳어버린 후였다.

"모용세가에서 유일하게 살아남은 그 녀석. 모용세가가 무너질 때 핏덩이에 지나지 않았을 그 녀석이 찾아왔었소."

서서히 경악으로 치닫는 민초빈의 눈. 그녀의 목구멍에선 잔뜩 메어버린 목소리가 겨우겨우 흘러나왔다.

"서, 설마……."

"죽여달라더군. 더불어 영건원이 모용세가를 배신하고 의형을 독살하면서까지 손에 넣고자 했던 파뢰혈검까지 되찾아 달라고 하더군."

"하지 않았죠? 그렇죠? 당신은 그저… 죽어가는 아이가 안쓰러워서 데려온 것이라 하셨잖아요. 그 말이 맞는 거죠? 그렇죠?"

공야숙은 다그치는 민초빈의 시선을 마주치지 못하고 숙여 버린다. 민초빈의 눈에서 흐르는 눈물은 더욱 굵어져 하염없이 흘러내릴 따름이었다.

"남겨진 의무였소. 신교의 교주로서가 아닌 평생 친구로서의… 그러나 난… 연화마저 죽일 수는 없었소. 천검이 눈앞에 아른대는데… 도저히 그럴 수가……."

망연자실, 민초빈에게서 혼이 빠져나갔다. 공야숙의 입에서 흘러나

온 비수가 그녀의 혼백을 갈가리 찢어놓았다.

민초빈은 여전히 자신의 손을 꼭 쥐고 있던 공야숙의 손을 털어버리고 비실비실 일어섰다.

"당신은……."

"……."

"괴물이군요."

다 끝났다.

아이들이 성장하는 모습을 보며 행복했던 지난 시간도… 결국은 예정된 비극을 향해 치닫는 모습일 뿐이었던 게다.

아아… 어찌해야 하는가?

연화를 무슨 낯으로 보아야 하는가? 어떻게, 무슨 말부터 꺼내야 한단 말인가?

그 순간, 민초빈의 안색이 더할 나위 없이 창백해졌다.

"화, 화아? 안 돼!"

급히 사라지는 인기척. 어찌 몰랐단 말인가? 창밖에 있던, 불안하기 짝이 없던 인기척을 어찌…….

민초빈의 신형이 꺼지듯 사라졌다.

공야숙도 그녀를 따라나설 듯 급히 일어섰지만 주저주저, 결국 맥없이 주저앉을 뿐이었다.

바람이 눈을 갈라오고, 헝클어진 머릿결이 성난 깃발처럼 나부낀다.

두 다리가 대지를 박차고 몸을 움직이는 것인지, 대지가 스쳐 지나가는 지조차 분간할 겨를이 없다. 어디를 향해 뛰어가는지도 알 수 없었다.

연화는 뛰고 또 뛰었다.

"아니야, 아니야!"

머릿속이 쉼없이 폭발했다. 심장은 터질 듯 박동질 친다.

약초 주머니를 가지러 약초실을 들어서는 순간 아련히 들려오는 사부와 사모의 숨죽인 말소리. 자신의 기척을 흘리자 곧바로 멈춰 버린 이야기가 그녀의 걸음을 붙잡았다.

연화는 다시 산행을 나가는 듯한 거짓 걸음을 벌여놓고 기척을 죽여 숨어들었다.

별 얘기 아닐 것이다. 사모의 언성이 높아지는 걸로 봐서 사부가 또 무슨 사고를 친 게지. 그런 걸 게다.

그래! 차라리 듣지 말자.

매일 듣는 건데 뭘…….

최근 몇 년 동안은 듣지 못했다. 아니, 정확히 사 년 전부터 사부는 더 이상 약재를 훔쳐 술과 바꿔 먹는 따위의 짓은 하지 않았다.

머리는 발길을 돌리라 쉼없이 외쳤지만, 정작 발은… 빌어먹을 두 발은 창가로 향하고 있었다.

아아… 듣지 말아야 했다.

들어서는 안 되는 것이었다.

아빠는… 아빠는 사부의 손에 죽었다. 유모를… 호위 무사 위 아저씨를 죽인 그자가… 사부다.

쿵쾅!

머릿속에서 일어난 거대한 폭발!

뛰어들어 가 외치고 싶었다.

아니죠? 거짓말이죠? 아니라고 말해 줘요… 제발…….

그때… 사부의 손은 따뜻했단 말이에요! 음습한 뒷골목에서 죽어가던 연화는… 여섯 살 연화에게 내민 사부의 손은……

너무나 따뜻했단 말이에요…….

휘이이잉~

발길이 멈춰 선 곳, 천목애다. 무작정 뛰다 보니 이곳이다.

세찬 삭풍이 절벽에 부딪쳐 갈 곳을 찾지 못하고 소용돌이로 휘몰아친다.

거센 바람이 이 혼돈까지 쓸어가 버렸으면 좋으련만, 그릇된 과거마저 모두 싣고 가버렸으면 좋으련만…….

천목애는 사시사철 운무가 드리워져 있다. 만 장(萬丈)이야 되려마는, 떨어진다면 수습할 수 없을 정도로 곤죽이 되어버릴 만큼의 깊이는 될 게다.

그러나 그 끝은 보이지 않는다. 운무에 막혀 높이의 공포를 잊게 만드는 것이다.

연화는 문득 저 운무 속으로 몸을 던져 버리고 싶은 충동이 불길처럼 일어 주춤주춤 단애의 끝으로 다가섰다.

"왜? 뛰어내리기라도 하려고?"

조소 섞인 낯선 음성.

연화는 목소리가 들리는 곳을 향해 버럭 몸을 돌렸다.

어느 틈에 기괴한 모습의 두 명의 괴한이 잔뜩 비틀린 미소를 매달고 그곳에 서 있었다.

"그거 좋지. 그렇지 않아도 우리가 꽤 바쁘거든?"

공야숙은 백주 한 병을 통째로 들고 나발을 불었다.

아직도 영건원의 눈을 잊을 수 없다.

딸아이라도 살려달라고 했다. 사내아이가 아니니, 그저 연약한 계집아이일 따름이니 후환은 되지 않을 것이라고…….

품에 안겨 오들오들 떨고 있는 계집아이와 아비를 죽일 흉수의 얼굴을 보지 못하게 품 안으로 밀어 넣으며 애원하는 그의 눈을…….

일 년 후 그곳에 다시 간 것은 실수였다.

갔으되 아이의 행방을 찾지 않았어야 했고, 찾았으되 죽어가는 아이를 내버려 둬야 했으며, 살렸으되 중공산에 데려와서는 안 되는 일이었다.

모든 것이 이제 와서는 돌이킬 수 없는 일이 되었다.

취하기라도 하지 않으면 견딜 수가 없다. 제정신으로는 펼쳐진 일들을 감당할 수가 없는 것이다.

하지만 취하지 않는다. 술기운을 밀어내지도 않았건만 아무리 들이켜도 가슴을 쑤시는 통증만이 가득할 뿐 취기는 도무지 느껴지지 않았다.

취하는 과정도 생략한 채 숙취가 몰려왔다. 머리가 지끈거리고 가슴이 터질 듯 답답할 따름이다.

그리고 이내,

공야숙의 흐리멍덩한 눈길이 저만치 아무렇게나 세워져 있는 장도에 머물렀다. 손을 뻗자 멀쩡히 잘 세워져 있던 장도가 벼락 맞은 개구리처럼 부들거리기 시작했다.

떨림이 점점 커지는가 싶더니 튕기듯 날아올라 공야숙의 손에 쥐어진다.

"오늘 네놈들은 날을 잘못 잡은 것이다!"

아무도 없는 방 안에서 느닷없는 노갈을 지르는 공야숙. 동시에 그의 신형이 창문을 부수고 빛살처럼 쏘아져 나갔다.

산채의 유일한 길목, 둔덕을 향해 몸을 날리는 공야숙을 향해 백광 무더기가 쏟아져 내렸다.

채채챙!

기척도 없이 공야숙의 목덜미를 향해 날아온 빛무리가 펼쳐진 검막에 부딪쳐 부산히 떨어져 내린다.

암기는 더 이상 날아들지 않았지만 그 자리를 대신 들어선 것은 대기를 가득 메운 살기였다.

마공이 뿜어대는 무형의 기세. 이 익숙한 기운이 이곳에 충만한 이유를 공야숙은 짐작할 수 있었다.

'벌써… 인가?

너무 이르다.

아니, 넨장맞을 시간 따위는 이제 소용없다.

연화가… 알아버렸으니…….

하나 아직 끝난 것은 아니다.

지금은 지킬 것이다.

마교의 교주. 선택되고 선택하는 순간부터 편히 늙어 죽지 못할 것임을 모르지 않으나 이내 목을 끊어놓을 칼은 너희 잡놈들의 것이 아니다!

이내 목은… 저주받을 이내 목은 이제 연화가 가져가야 한단 말이다!

공야숙의 전신에서 삼엄한 기운이 일어나기 시작했다. 일어나는가 싶더니 굉장한 기백이 뽑아져 나와 엄청난 살기를 흩뿌려 주위를 냉각시키기 시작했다.

그 순간!

찌리릿!

공야숙의 안색이 갑작스레 탈색됐다. 전에 없던 지독한 통증이 기해에서 비롯되어 진기의 전달보다 빠른 속도로 온몸으로 확산되어 나가는 현상!

이건 뭔가 잘못됐다!

'독!'

공야숙의 시선이 그의 발치로 향했다. 바닥에는 하나같이 세로로 양단되어 있는 비도가 어지러이 박혀 있었다. 공야숙에게 쏘아졌던 빛무리의 정체였다.

'응조도(鷹爪刀)…….'

끝이 매의 발톱처럼 삐쭉 휘어져 있는 비도(飛刀), 바로 응조도다.

비도라 하나, 기실 비수에 가까운 녀석이 응조도다. 암기나 비도로 날리기에는 지나치게 비대한 놈이라는 의미다.

뒤뚱거리며 느긋하게 날아드는 응조도를 그대로 맞아줄 무인은 없다. 막측한 내력을 실어 보낸다면야 어쩌다 간간이 자지러지는 녀석도 있겠지만 일류의 범주에 들어선 무인에게는 어림도 없는 일이다.

당연히 응조도는 공야숙의 옷깃도 스치지 못했다. 그럼에도 공야숙의 표정은 참담히 일그러지기 시작했다.

공야숙은 다시 한 번 진기를 끌어올려 보았다.

이번에는 시도조차 할 수 없었다. 아랫배가 깨질 듯한 고통은 천하의 공야숙조차도 사타구니에 땀이 젖어들도록 만들었다.

'틀림없구나. 빌어먹을!'

음연침골산(陰然砧骨酸). 한때는 천년신교 비도 흑랑대의 비기(秘器) 중의 비기였다. 무미, 무취하여 초절정고수라 한들 운기하기 전에는 중독 사실을 알지 못하는 독. 당장 명줄을 끊어놓는 극독도 아니고 이름과는 달리 산독도 아니지만, 중독이 빠르고 은밀하여 초절정고수들을 사로잡는 데 주로 사용하는 독이었다.

이 음연침골산을 응조도의 연한 검신 안, 빈 공간에 숨겨 사용한다.

응조도는 그 자체로도 매우 빈약하여 어디에고 부딪치면 깨지게 되어 있다. 결국, 피하거나 막아낸다고 해도 독의 확산을 막을 수는 없다는 뜻이다. 중독을 피하는 길은 모든 호흡을 정지시키는 방법뿐이나 응조도나 음연침골산에 대한 대비를 한 상황에서나 가능한 일인 것이다.

이러한 강점에도 음연침골산은 자취를 감춘 지 오래다. 사십여 년 전의 정, 사 대전에서 호되게 당한 무림맹이 해약을 개발해 대량으로 유통시켰기 때문이다.

그러나 지금 이 순간, 공야숙에게 해약을 구할 방도란 없었다.

'경솔하였구나. 무작정 뛰쳐나오는 것이 아니었거늘……'

평소라면 그리하지 않았을 것이나 지금의 공야숙은 제정신이 아니었다. 하지만 후회해 봐야 이미 소용없는 일.

음연침골산의 효험은 한 시진, 물론 공야숙 정도의 초절정고수라면 이 시간을 줄일 수야 있을 테지만 독을 뿌린 녀석들도 이 점을 간과하지 않을 것이다. 결국은 시간이 문제였다.

공야숙은 초조했지만 내색하지 않았다. 당황하여 실수를 하기에는 그가 지켜야 할 것이 너무 많았던 탓이다.

안정을 찾으려 안간힘을 쓰고 있는 그때.

"별래무양하십니까, 어르신."

공야숙의 안색이 급속히 창백해졌다.

이 목소리.

잊을 수 없다. 어찌 잊겠는가.

그의 인생 중 가장 불행한 시기에 찰거머리같이 붙어 다니던 악귀 같은 자이거늘.

초조해진 공야숙이다.

소리의 주인공을 누구보다 잘 아는 바, 충분히 준비되지 않으면 절대로 움직이지 않는 치밀한 자다.

틈을 보여서는 안 된다. 미세한 균열을 집요하게 파고들어 결국엔 성을 허물어 버릴 자다.

공야숙은 온몸이 깨져 나가는 듯한 엄청난 고통을 감수하고 진기를 끌어 모았다.

"이놈 칠적! 나를 능멸하려느냐?! 모습을 보여라!"

사자후를 내뱉자마자 가슴에서 뭔가 비릿한 것이 솟구쳐 올라왔다. 그러나 드러내서는 안 된다. 한 번 균열이 드러나면 걷잡을 수 없이 무너지고야 말 것이다.

'시간이 없어!'

응조도의 출현은 곧 비도 흑랑대가 나섰다는 말에 다름 아니다. 과거 중원 전체를 뒤흔들던 위력이 아니라 할지라도, 흑랑대는 충분히 위험한 자들이다. 자신들보다 몇 수 위의 고수라도 죽일 수 있는 자들. 그들은 노련한 살수(殺手)들인 것이다.

공야숙 자신과 민초빈이라면 모르되 경험이 일천한 진과 연화는 이들을 감당할 수 없다. 무공은 월등할지 모르나 암계와 매복, 기습이 특기인 흑랑대 비도 방식의 싸움에서는 승산이 없다.

아직은 당하지 않았을 게다. 그리 허술하게 가르치진 않았으니… 낌새를 챘다면 어딘가에 조용히 숨어 신호를 기다리고 있을지도 모르는 일이다.

그러나 거기까지다.

'제발 움직이지 마라. 꼼짝도 하지 말고 숨조차 쉬지 마라. 들키면… 살지 못한다!'

다시 칠적의 웅장하고 엄밀한 목소리가 들려왔다.

"과연 극마 마황불패! 음연침골산이 무색할 지경이라니!"

공야숙의 지계가 먹힌 모양.

그러나 시간을 조금 더 번 것에 불과하다. 이제는 서 있을 힘도 없다. 다리는 슬그머니 풀려오고 종잇장보다 가볍던 장도마저 부담스러울 지경이었다. 칠적 정도의 인물은 마주 대한다면 한눈에 공야숙의 상태를 알아볼 것이었다.

'빈, 어디 있는 게요……'

현 상황을 타계할 유일한 수단이 민초빈이었다.

섬뜩한 마기가 여과없이 대기에 분출되고 있는 상황. 설사 조금 전의 사자후를 듣지 못했을지라도 민초빈의 도가심공이 이를 감지하지 못할 리 없는 일이었다. 그럼에도 민초빈은 나타나지 않고 있었다.

공야숙의 가슴 한쪽에서 불길한 예감이 움트기 시작했다.

산채로 향하는 유일한 둔덕을 주시하는 공야숙. 그곳에서 몇 개의 인영이 모습을 드러냈다.

'빈…….'

공야숙의 눈이 깊이 침전되었다. 모습을 드러낸 인영들 속에 민초빈도 포함되어 있었던 것이다.

힘없이 맥문이 잡혀 있는 모습. 옷가지가 찢기고 곱게 다듬은 머리가 산발되어 낭패한 모습이었으나 큰 상처는 보이지 않았다. 이들에게 저리 말끔하게 사로잡힐 그녀가 아닐 터인데… 저리도 허무하게…….

민초빈도 중독된 것이리라.

말 트이고부터 수십 년을 하루같이 뼈를 깎는 고통을 감내하면서 익혀왔던 무공이 빌어먹을 독 한 줌에 무용지물이 됐다.

'아아… 공야숙 너는 결국 아무것도 지키지 못하겠구나…….'

누구보다 천년신교의 고수들을 잘 알고 있는 공야숙이다. 이들은 일신의 안위 따위는 돌보지 않는다. 동료의 피를 밟고 기어이 적의 명줄을 따버리는 혈수(血獸)들이다. 충성스런 수하로서는 더할 나위 없으나 적으로 두면 매일이 악몽일 수밖에 없는 자들이다.

희망이 없다.

이들이 이렇게 아무렇게나 들어올 수 있었던 이유. 구맥요열진은 아무런 경고를 흘리지 않았으니 파훼법을 알아낸 것이 분명하다.

그렇다면 퇴로는 모두 봉쇄되었다고 봐야 한다. 어찌어찌 중공산을 빠져나간다고 해도 지밀단의… 특히 지금은 필경 더욱 무섭게 성장했을 그 녀석의 눈을 벗어날 수는 없을 게다.

혈로를 개척해야 할 자신과 민초빈이 무력화된 지금, 진과 연화의 힘만으로 이들을 뚫고 나갈 수는 없을 것이다.

공야숙은 한결 편안해진 얼굴로 서서히 다가오는 사내들에게 눈길을 돌렸다.

칠적이 공야숙에게 정중히 포권지례를 올렸다.

"이런 방법을 사용할 수밖에 없었던 무례를 용서하십시오."

"……."

"어쩔 수 없었습니다. 힘으로 어쩔 수 없는 상대가 교주님이 아니었습니까?"

칠적은 더 이상 접근하지 않고 멀찌감치 멈춰 섰다.

'여우 같은 놈.'

한 시진. 음연침골산이 기능을 유지하는 이 시간은 모두 칠적의 것이니 서두를 이유가 없는 것이다.

"잘 지냈는가? 자네도 많이 늙었군."

"이제는 미숙한 능력으로 장로 직을 수행하고 있지요."

칠적은 안타까움과 기대가 교차된 눈빛을 공야숙에게 흘렸다.

호방하고 자유스러운 성격 때문에 신교 역사상 가장 짧은 교주 직을 지낸 사나이. 그럼에도 화산신검 영호성에 대적할 수 있었던 유일한 극마 공야숙. 이 살아 있는 전설이 한낱 여인과의 정리에 의해 역사의 뒤안길로 물러나 초라한 황혼을 보내고 있다는 것에 대한 안타까움이요, 지금이라도 공야숙을 설득할 수 있다면 천년신교는 다시 부흥기를 맞을 수 있을 것이라는 기대였다.

"신교도 많이 변했구먼. 우파 놈들의 장난질이나 배워놓은 것을 보면 말일세. 내 부인은 그만 놓아주시게. 어차피 그녀도 힘을 쓰지 못하지 않는가?"

공야숙은 더 이상 자신의 몸에 문제가 있다는 사실을 숨기지 않았다. 지금으로서는 그저 빨리 칼을 받고 싶은 마음뿐이었다. 그들 부부가 빨리 죽어준다면, 그래서 이들이 물러난다면 두 제자가 이들과 부딪치지 않을 수 있고, 그렇게만 된다면 살아남을 수도 있는 일이었다.

"동아, 그만 놓아드려라."

의외로 순순히 민초빈을 놔주는 칠적이다.

공야숙의 내심과는 달리 칠적이 필요한 것은 대화와 타협이었다. 천년신교를 재건하고자 하는 대명제 앞에 묵은 과거지사는 추억거리일 따름이었다.

틀어쥐고 있던 민초빈의 맥문을 슬그머니 놓으면서도 석양동의 한 손은 여전히 그의 허리춤에 매달려 있는 빙검의 검병에 가 있었다. 내력의 운행에 문제가 있더라도 상대는 검극여제. 썩어도 준치라 하지 않던가? 준비는 넘쳐도 모자라는 법이다.

"초면에 실례가 많았습니다. 소생이 겁이 많아 옥체에 손을 대는 무례를 범하고 말았습니다."

청수냉검이라는 석양동의 별호가 무색할 정도로 부드러운 음성이다.

"흥!"

타고난 용모에 뭇 여인의 방심을 흔들어놓을 법한 나긋한 목소리와 아름답고 포근한 미소도 노회한 민초빈의 눈에는 헛된 겉멋일 뿐인 모양이다.

아무런 제지도 받지 않고 공야숙에게 성큼 다가가던 민초빈의 안색이 급속히 창백해져 갔다. 급기야 무너지듯 공야숙의 품으로 쓰러지는 민초빈이다. 놀란 공야숙이 급히 민초빈을 부축했다.

"빈!"

창백한 민초빈의 안색은 좀처럼 혈색을 찾지 못하고 있었다.

"이놈들! 무슨 짓을 한 게냐?"

공야숙의 노호성에 되레 당황한 칠적이다. 그 역시도 민초빈이 갑자기 쓰러진 이유를 모르니 당황할 수밖에 없는 것이다.

민초빈 역시 음연침골산에 중독시켰다. 그러나 그것만으로 안심할 수 없는 이들이 바로 민초빈과 공야숙이 아니던가?

내력을 끌어내지 못한다고는 하지만 오랜 세월 검을 잡아온 절정고수의 검술마저 달아나는 것은 아니다. 마음을 놓고 섣불리 상대했다가는 목숨이 열 개라도 모자라는 괴물들인 것이다.

설득하고 협력을 구하기 위해 온 마당에 무슨 수를 써서라도 상처없이 제압해야 했다. 체면 불구하고 내력도 없는 여인을 사내 셋이 합공씩이나 한 이유다.

그 과정에서 힘이 과했던 것인가? 해서는 안 될 실수를 한 것이다.

누가 말릴 사이도 없이 갑자기 무릎을 땅바닥에 박고 머리까지 찧어대는 칠적이다. 오체투지. 천년신교의 장로라는 지휘에는 어울리지 않은 굴종의 자세였다.

“어르신, 본 교의 몰락을 이대로 좌시하고만 계실 생각이십니까?”

“……!”

“어르신의 손에 본 교의 교도들이 수없이 죽어나갔습니다. 업보를 푸십시오. 한이 남게 됩니다. 본 교를 구원하소서!”

칠적은 통곡하기 시작했다.

갖은 수모를 감내하며 꺼져 가는 불씨를 겨우겨우 살려온 천년신교다. 그의 젊음을 바쳤고, 인생이 녹아 있는 천년신교다.

지네들 멋대로 정, 사를 구분하고, 칠적의 목숨이나 다름없는 천년신교를 마교라 뭉뚱그려 비하하지만 그들은 그들 나름대로 분류가 있다.

국가라는 틀도, 무림이라는 형식도 없는 자유의 강호. 오직 태양신만이 절대자이며 만백성은 모두 평등하다는 것이 천년신교가 꿈꾸는 세상이었다.

그 꿈이 하루아침에 깨져 나갔다.

천년신교가 무너지면서 칠적의 꿈도 무너지고 만 것이다.

하지만 눈앞에 기회가 있다. 요원하기만 했던 그의 꿈을 이뤄줄 실체가 현존하고 있는 것이다.

이제는 옛말뿐인 좌도거봉(左道巨峰) 천년신교를 재건할 수만 있다면 무슨 짓이라도 할 수 있다. 발가벗고 춤추라 하면 출 것이요, 칼 물고 죽으라면 기꺼이 죽어줄 것이다. 이깟 굴종 따위, 천 번이고 만 번이고 감내할 수 있는 칠적이었다.

흐느끼는 칠적을 두고 공야숙이 입을 열었다.

"자네 말대로 내 손으로 수많은 수하들을 거두었네. 단지 내가 살아남기 위해……. 내 손에 신교의 피가 묻어나던 순간, 내 아들이 불귀의 객이 되어버린 그 순간에 귀 교와의 인연은 다한 것이네."

통곡에 가까운 칠적의 절규가 이어졌다.

"정녕 이대로 오백 년을 이어온 본 교의 명을 끊어놓을 작정이십니까?"

가끔 강호에 나가보았기에 공야숙도 풍문은 들은 바가 있었다. 천년신교는 안으로는 내분으로, 밖으로는 무림맹과 녹림천하문의 압박에 날이 갈수록 그 세력을 잃어가고 있다는 것이었다. 한때 교주까지 지낸 몸으로서 어찌 안타깝지 않겠는가?

그러나 천년신교와 공야숙의 사이에는 건널 수 없는 피의 강이 세차게 흐르고 있었다.

“무림맹의 버러지들도 균형의 묘를 모르진 않을 터. 신교를 지워 버리는 우를 범하진 않을 것이네.”

칠적의 안색이 일변했다.

무림맹, 분명 공야숙의 입에서 무림맹이라는 단어가 나왔다.

정파 연합, 무림맹.

과거의 공야숙은 이를 인정하지 않았다.

“무엇이 정(正)이고 무엇이 사(邪)인가. 오른손과 왼손일 따름이다. 서로 하는 일은 다르나 반드시 존재하여야 균형을 이루는 것이 좌, 우다. 그들이 무림맹이라면 우리도 무림맹이다. 그들이 우도맹을 자처한다면, 우리는 좌도맹이 될 것이다. 생각이 다른 상대를 인정할 수 없다면 인정하게 만들겠노라!”

공야숙의 교주 취임사는 칠적에게 새로운 길을 보여주었다. 나아갈 바를 보여주어 신념이 되게 만들었다.

한데, 정작 공야숙은 포기했는가?

아니다. 그래서는 안 된다.

자유 세상을 위해 걸어온 그간의 삶을 부정할 수는 없다.

칠적은 다시 이마를 땅에 찧었다.

“교주의 신념, 곧 저의 신념이었습니다. 곧 천하의 자유 세상을 꿈꾸던 좌도인의 신념이었습니다. 이제 와서 아니라 말씀하십니까? 신념을 위해 달려온 지난 우리의 행적을 통째로 부정하고 싶으신 겁니까?”

칠적이 어미 잃은 새끼처럼 울부짖었다.

‘신념, 신념이라…….’

그런 것이 있기는 했다.

그러나 불가능한 신념이다.

강한 자는 지키려 한다. 생각을 달리하는 자가 있다면 삭초제근을 해서라도 지키고자 한다.

천년신교는 강했다.

강해지는 순간부터 신념은 양광에 흩어지는 물안개처럼 사라졌다. 위협적인 또 다른 강자인 무림맹과 이해득실을 재단하며 수하들의 피를 강요했다.

공야숙은 실망했다. 그 모든 것에 염증을 느꼈다.

미물들의 영역 싸움과 다른 것이 무언가. 서로 죽이고 죽이는 짐승들과 무엇이 다르던가?

민초빈을 만나지 않았더라도 공야숙은 천년신교를 떠나기로 작정했었다. 그 시기가 빨라졌을 뿐, 결과는 달라지지 않았을 것이다.

"과거의 공야숙은 없네. 보다시피 죽을 날만 헤아리고 있는 늙은이일 뿐이지."

고개를 뽑아 간절한 애원의 눈길을 쏘아 보내는 칠적.

"신념은 끝나지 않았습니다."

두근!

칠적의 눈을 보는 순간 공야숙은 거센 심장의 박동을 느껴야 했다.

'결국 연화 존재를 알아챈 것인가…….'

공야숙은 낮게 심음성을 내뱉고 힘없는 음성으로 물었다.

"그렇군. 지밀단의 그 녀석인가?"

"지밀단… 의 그 녀석이라니요?"

칠적의 눈에 의아함이 그려졌다.

“……!”

모른다? 그럴 리가…….

그러나 칠적의 눈은 거짓을 담고 있지 않았다. 정말 모르고 있는 것이다.

아니라니…….

그 녀석이 연화의 존재를 모른단 말인가? 아니다. 이건 앞뒤가 맞지 않는다. 구맥진은 수라파천신공과 함께 교주에게만 전수되는 절진이다. 거기에 화산파의 천라요열진이 결합되어 구맥요열진으로 다시 태어난 천하의 절진이다. 그 녀석은… 뚫어버렸지만, 또한 그 녀석이 파훼법을 흘리지 않았다면 누구도 뚫을 수 없는 천하의 절진이란 말이다!

‘허점이 있다!’

지밀단을 움직일 수 없었고 칠적들이 그 녀석과 연결되지 않았다면, 세외 세력의 힘을 빌었다는 이야기다.

결론은 하나다.

그 녀석도, 칠적들도 아직 교를 장악하지 못한 것이다.

‘그렇다면!’

신령패의 동의를 얻지 못했다. 얻었다 해도 장로회의 동의가 없는 단독 발휘다.

즉은.

‘여기 있는 무력이 전부다. 포위망이 얇아. 아이들은 살 수 있겠어! 칠적, 실수를 했군.’

이렇게 되면 부딪쳐 볼 만하다.

공야숙은 한결 편안한 음성으로 물었다.

“그 아이가 누구라는 것도 알고 있는가?”

"······?"

"모르는 모양이군."

칠적의 노안에 모를 불안감이 서리기 시작했다.

간과하고 말았던 그때의 대화.

"그것이 수라파천도법인 줄은 저도 확신할 수 없습니다. 칠장로께서 그렇다 하면 그런 것이겠지요. 한데……."

"한데?"

"소녀는 본 교에 심상찮은 적개심을 가지고 있었습니다."

"그거야 뻔한 이야기가 아닌가. 혹세무민(惑世誣民)을 일삼는 인면수심(人面獸心)의 마귀 집단이라는 개가 웃을 소리를 어디서 주워들은 게지. 심려할 바는 아니야. 진실을 알고 나면 그런 낭설 따위는 기우로 묻혀 버릴 것이라 확신하네."

여사령은 좀 더 신중하자고 했지만 칠적은 일언지하에 묵살해 버렸다.

오랜 암흑을 뚫고 한줄기 내비친 서광. 그것이 바로 소녀의 존재였기에 냉정을 잃었던 것이다.

"모용가의 일을 기억하는가?"

기억한다. 어찌 잊을 수 있겠는가.

이덕패 그놈! 십 년의 공을 들여 키워놨더니 녹림과 장강수로채를 통일하자마자 칼을 돌려 버린 그놈의 작품을 어찌 잊을 것인가?

녹림천하문을 세우자마자 이덕패는 요녕의 패자 모용추를 끌어내렸고, 이를 눈감아준 대가로 무림맹에 천년신교의 비밀 분타의 모든 정보를 넘겨줘 버린 것이다.

원한이 하늘을 찔렀지만 어쩔 수 없었다. 그에게 머리를 숙이고 들어가 천년신교의 명줄을 구걸할 수밖에는.

천녀신교 역시 모용세가의 척살에 동참할 수밖에 없었다. 그러나 명실상부한 오대세가의 상석, 모용세가의 저항은 완강했다.

아마도 모용세가의 책사라는 자가 모용세가를 배신하고 도움을 주지 않았다면 모용세가를 한 달 만에 무너뜨리는 것은 불가했으리라.

"그 아이의 성이 영가네."

맞다. 모용가를 배신한 그자의 이름이 영가였다. 아마도.

"모용세가의 불구대천지수. 바로 영건원의 여식이지."

그자의 여식이 왜? 그자는 녹림천하문이 보호해 주고 있다지 않았던가?

"영건원. 내가 베었네. 모용추의 아들, 모용수의 사주를 받아… 좀 더 정확히는 지밀단주 비검의 사주였네."

"비, 비검!?"

"내 제자를 교주의 자리에 앉히려 왔겠지. 마교의 사주를 받은 전대 교주에게 부모를 잃은 그 아이를 말이야."

경악에서 극도의 실망으로 이내 허망함으로 칠적의 안색이 순식간에 일변했다.

"크크크……."

기괴한 웃음을 흘리며 부복해 있던 칠적이 비실비실 일어났다.

유일한 구명줄이 이제 보니 썩은 동아줄이다. 목에 드리워진 비수다.

멍한 시선을 수습하여 공야숙에게 돌리는 칠적.

좀 전처럼 울부짖던 초라한 늙은이는 그곳에 없었다. 나찰과 같은 흉포한 기운. 칠적은 마지막 남은 패를 꺼내 든 것이었다.

"천하의 마황불패가 허언을 하는군."

"……."

"아니면, 본인에 대한 과신인가?"

"……."

"무엇이든 상관없다. 오늘! 당신의 두 제자도, 화산의 그 계집도 모두 죽는다. 비검이라는 빌어먹을 놈도, 결코 살아남지 못한다!"

성난 돌개바람, 아니, 이제는 태풍이다. 느닷없이 일어난 실로 엄청난 살기가 수만 개의 송곳이 되어 공야숙에게 쏘아져 나갔다.

무형지기, 이미 칠적의 경지인 것이다.

그러나 공야숙은 무리없이 받아낸다. 내력을 사용치 못할 지금의 몸으로는 그렇지 못할 것임에도 그리되고 있다.

"……!"

"자네가 아이들을 어찌할 수 있을 것 같은가?"

조용하지만 힘있는 음성, 결코 음연침골산에 중독된 자의 목소리라고는 볼 수 없었다.

"불가! 누구도, 단 한 놈도 여기에서 빠져나갈 수 없을 테니까."

순간 공야숙의 주위로 폭급한 기운이 급격히 휘몰아친다. 뭉게뭉게 피어오르는 불그스름한 안개가 공야숙을 감싸기 시작한 것도 동시의 일. 음연침골산에 중독된 공야숙에게는 일어나서는 안 되는 현상이었다.

칠적이 놀란 표정을 지어 보이는 것도 잠시, 다시금 예의 속이 빈 허망한 웃음을 흘렸다.

"그렇군. 크크크, 완전히 당했어."

민초빈이 휘청대며 공야숙에 안겨 들었던 것은 시선을 뺏으려는 수작이었을 게다. 음연침골산 해약의 제조 비법은 이미 공개되어 있다. 천년신교의 살수들은 물론 비도들에게도 쫓긴 경험이 있던 민초빈이라면 충분히 대비를 하고 준비했을 것이다.

"공, 야, 숙."

세월의 윽박지름을 이기지 못하고 흐리멍덩해졌던 칠적의 안광에 새로운 기운이 넘실거렸다. 허탈과 분노, 그리고 그 대상에 대한 증오에 기인한 것이었다.

"당신은 나에게 영겁의 절망만을 안겨주는구나. 그때나… 지금이나."

바람에 나부끼듯 칠적의 백발이 하늘로 치솟아오름과 동시에 장포가 맹렬히 부풀어 올랐다.

세상을 공포에 몰아넣었던, 적수나찰의 전설이 재현되는 순간이었다.

공야숙의 코에서 검은 핏물이 주르륵 쏟아져 나왔다. 흘러내린 검은 피가 땅바닥에 떨어지자 미세한 연기가 피어오른다. 마침내 공야숙의 몸에서 모두 빠져나와 버린 음연침골산. 완벽한 해독이었다.

창백한 안색이지만 한결 평온한 표정이 된 공야숙이 칠적에게 타이르듯 조용한 음성으로 말했다.

"우리의 인연이 여기까지인 게지."

"아니! 말했지 않나, 인연은 남았어. 공야숙, 당신이 바로 인연의 고리야!"

"……."

"명을 받들라!"

갈아붙이듯 결연한 칠적의 사자후에 사방에 뿌려져 있던 마기가 들끓기 시작했다.

"천추만재(天樞滿載)! 일통강호(一統江湖)! 천년불패(天年不敗)! 신교천하(神敎天下)! 명을 받자옵니다."

중공산을 통째로 짓눌러 버릴 듯한 웅엄한 마성(魔聲).

공야숙의 눈은 더욱 가라앉았고 굳게 다문 입술이 의지를 대변했다.

"오늘 행사에 본 교의 존망이 달려 있다. 지고지순한 율법전 신령패를 들어 명하노라!"

칠적은 품에서 짙은 핏빛을 띤 옥패를 빼 하늘 높이 들어올렸다. 천년신교의 율법전의 상징, 신령패다.

갈위영과 석양동은 장포의 앞깃을 고이 펼치며 한쪽 무릎을 꿇고 고개를 깊이 숙였다. 보이지 않지만 필경 주위에 몸을 숨기고 있을 신교 고수들 모두 같은 모습을 취하고 있으리라.

칠적이 다시 외쳤다.

"공야숙의 눈을 파내어 영겁의 어둠을 내려라!"

"복명!"

"귀를 도려내어 영기를 떨구어라."

"복명!"

"혀를 남기어 진언케 하라."

"복명!"

허공에 던져지는 신령패. 빙글빙글 돌며 떨어지는 신령패는 서서히 바스러지기 시작하더니 땅에 이르기 전 한 줌 먼지로 변해 바람에 씻겨 버렸다.

던져진 신령패는 이제 누구도 회수할 수 없다. 절대 명령이 발동되었고, 이제 둘 중 하나는 완전히 소멸되어야 끝이 나는 혈전이 남았을 뿐!

공야숙의 장포가 다시 부풀어 올랐다.

공야숙의 이마와 가슴, 그리고 단전에서 붉은 점이 형상화되는가 싶더니 어깨와 기해, 그리고 인후에까지 붉은 점들이 밝은 빛을 내뿜기 시작했다.

붉은 점들은 물병에 떨군 한 방울 먹처럼 서서히 번져 가더니 공야숙의 온몸을 물들이기 시작했다.

슈우우욱!

그도 잠시, 혈운(血雲)은 순식간에 자취를 감춰 버린다.

공야숙은 깊은 숨을 코로 들이키며 눈을 감은 채 우뚝 서 있을 뿐이다.

푸우우우.

긴 한숨을 끝으로 숨이 멎어버린 공야숙.

호와 흡이 없어졌다.

아니, 호흡은 있다.

공야숙의 몸 전체가 호흡을 하고 있었다.

공야숙의 몸 전체가 기통로(氣通路)다.

공야숙의 감긴 눈이 서서히 뜨여졌다.

동공과 흰자위의 구별이 없는, 금방이라도 핏물을 뱉어낼 듯한 번들거리는 혈안(血眼).

동자가 사라졌으니 그 시선을 분간할 길이 없다. 그러나 그 시선에

놓여 있다는 느낌만으로도 칠적은 간담이 서늘해지는 충격을 받아야
했다.

그러나 물러설 곳 없기는 칠적이 공야숙보다 더한 상황이다. 공야숙
의 기세는 칠적의 결의를 더욱 굳게 만들어놓았다.

"과연 극마 공야숙! 하나, 더 이상 못 오를 산이 아니오."

"그래서 지껄이기만 하는 건가?"

쇠 주걱으로 무쇠 솥바닥을 긁는 듯한 거북한 목소리. 수라파천신공
은 공야숙을 철저히 바꾸어놓았다. 십이성, 극에 이른 수라파천신공의
실체였다.

십성의 성취 후에만 이지가 마성을 통제한다는 수라파천신공. 괴수
의 모습이나 공야숙은 지독히도 냉정한 모습인 것이다.

공야숙이 한 발을 내딛는다.

푸아악!

가히 태산이 성큼 다가서는 듯한 위압감!

검병과 도병을 잡은 석양동과 갈위영의 손이 수전증 걸린 마냥 떨리
고 있었다.

의지와는 상관없는 신체의 반응이다.

직감은 몸을 피하라 말한다.

그렇지 않으면 죽을 것이라 말하고 있었다.

병기조차 뽑지 못하게 하는 압도적인 강함이다.

"당신과 나의 인연이 다음 세상에서는 달리 얽히기를."

칠적의 나직한 음성.

두려움은 사지를 묶고 이성을 제압한다. 이래서는 본신의 실력을 모
두 뽑아낼 수 없는 일이었다.

칠적의 음성이 이를 깨우치게 한 것이다. 석양동과 갈위영이 번쩍 정신을 차리고 각자의 병기를 뽑아 들었다.

칠적의 손이 붉게 물들기 시작했다.

갈위영의 포원신도가 울어댔으며, 석양동의 한빙검(寒氷劍)이 미친 년 널뛰듯 떨어댔다. 처음부터 전력을 쏟아 부을 심산. 가진 바 진기를 모두 짜내 일전을 준비하는 것이다.

이 불덩이를 중심으로 불나방들이 어지러이 날아들었다.

하나같이 정련된 검과 같은 자들.

비도 흑랑대는 은신을 포기했다.

수라만마대는 기마를 포기했다.

현무검대는 예식을 포기했다.

그들의 비기는 공야숙이란 거대한 산 앞에서는 오히려 거추장스러운 것임을 순식간에 깨달을 정도의 고수들인 까닭이다.

공야숙이 그들을 향해 한 발, 두 발 서서히 움직이기 시작했다.

그러다 문득, 걸음을 멈추고 민초빈에게 일별을 던지는 공야숙.

"아이들을 부탁하오."

금방이라도 핏물이 튀어나올 듯한 소름 끼치는 혈안이지만, 속이 뒤집힐 듯한 끔찍한 음성이지만, 민초빈은 그 속에서 안타까움과 슬픔을 읽을 수 있었다.

적은 죽기를 작정했다. 가장 두려운 적인 것이다.

공야숙이라 한들 한 손으로 죽기를 작정한 열 손을 막을 수는 없다. 본인 역시 무사하지 못하는 것을 아는 것이리라.

다시는 정인을 볼 수 없을 것이라는 안타까움이요, 연화에게 결국 용서를 구하지 못할 것이라는 슬픔이리라.

민초빈은 아랫입술을 핏물이 고이도록 베어 물었다. 그녀의 장포도 맹렬히 부풀어 올랐다.

"당신은 기억력이 형편없어요!"

저만치 앞서 간 공야숙이 덜컥 멈춰 섰다.

"화산성약(華山聖藥)! 천지가 개벽하여도, 세상이 동강이 난다 해도 언제나 곁에 있어준다는 그 약속! 지켜요."

말을 마치자마자 민초빈은 일장에 크게 기운을 실어 칠적들을 향해 몸을 날렸다.

그러나 그뿐.

공야숙의 옆을 지나쳤다고 생각되는 순간 벼락 맞은 듯 부르르 떨더니 그대로 굳어져 버린 민초빈이다.

입도 열지 못하고 눈만 굴리고 있는 민초빈의 옆을 공야숙이 조용히 스쳐 지나갔다.

"가끔… 깨지기도 하는 것이기에 약속이라는 틀을 만들어놓은 게요. 귀랑!"

산채에서 튀어나온 커다란 백색 귀물.

귀랑이다.

귀랑의 눈 또한 짙은 자녹광을 머금은 채 번들거리고 있었다. 나름대로 기운을 모아 기회를 엿보고 있었던 것이다.

"이 친구. 살려라!"

귀랑이 고개를 갸우뚱거렸다.

갈등하는 것이다.

늙은 인간 수컷이 가공할 정도로 강하다지만 적은 너무 많고 또한 약하지 않다. 아직도 잔뜩 곤두서 있는 감각이 내뿜는 직감은 연신 경고성을 피워댔다.

필패!

자신이 도와준다 해도 승부를 장담할 수 없는 상황이다.

그런데도 한몫 단단히 해낼 암놈마저 빼내 달아나라 하는 것이니 갈등하지 않을 수 없는 것이다.

귀랑은 혈귀(血鬼)로 변해 버린 공야숙을 멀뚱히 쳐다볼 따름이다.

"제발……."

소름 돋는 쇳소리일지언정 간절함이 아니 읽힐 수 없다.

알 수 없는 족속들이 인간이다. 수컷은 암컷을 지키려고 일신의 안위 따위는 헌신짝처럼 버리는 종족들이 바로 인간이었다. 이 늙은 수컷도 다르지 않았다.

이 멍청한 수놈아! 본래 이런 상황에서의 암컷은 수놈보다 강한 법이다. 후회나 하지 말거라!

갈등은 길었지만 행동은 빨랐다. 순식간에 민초빈의 허리를 물어 든 귀랑은 뒤도 보지 않고 몸을 날렸다.

귀랑의 갑작스런 출현에도 당황하는 기색이 없던 칠적의 시선이 천천히 석양동에게 돌려졌다. 민초빈을 쫓으라는 명이다.

석양동 또한 갈등하는 기색이다.

말로만 들었던 수라파천신공을 목도한 것은 그야말로 충격이었다. 석양동은 갈위영에 비견되는, 아니, 오히려 능가하는 초절정고수다. 그런 만큼 석양동이 빠진다면 승부조차 장담할 수 없을 것이었다.

결정을 내리지 못하는 석양동에게 칠적의 책망이 서린 시선이 쏟아졌다. 시간이 없다는 뜻이다.

석양동은 어쩔 수 없이 몸을 날려 귀랑이 사라진 방향으로 몸을 날렸다. 몇몇의 흑랑대 비도들이 뒤를 따라나섰다.

그들이 장내에서 완전히 사라지는 모습을 끝까지 지켜보던 공야숙이 예의 쉿소리를 내뱉었다.

"훌륭한 그릇일세."

칠적의 얼굴에 가득한 주름살들이 묘하게 일그러졌다. 웃음이었다, 편안하고 자애로운.

"죽기에는 너무 괜찮은 녀석이외다."

공야숙은 조용히 고개를 주억거렸다.

"이제 우리의 인연을 정리해야겠지?"

"그래야겠지요. 내 능력이 모자라 손을 빌려야 하는 무례를 부디 용서하시길."

칠적의 양장에 서린 기운이 더욱 시린 빛을 발했다.

천천히 발을 놀리며, 그리고는 마침내 굉장한 속도로 쏘아져 나가기 시작하는 공야숙.

두 노인의 어깨에 매달린 짐이 오늘은 유독 더욱 무거워 보일 따름이었다.

"누구냐?!"

두 괴한. 말 그대로 기괴한 자들이다.

시종일관 건들거리는 거한은 몸 전체가 활처럼 꾸부정하고 다리도 반쯤은 구부려져 있어 긴 팔이 바닥에 끌릴 지경이다. 그럼에도 연화보다 족히 머리 세 개는 위에 있는 눈높이. 허리를 편다면 구 척은 족히 될 듯한 거대한 사내였다.

거한의 눈은 무채색으로 말라 있었다. 게다가 풍겨오는 퀴퀴한 냄새.

연화는 단박에 그 냄새의 정체를 알아차릴 수 있었다.

혈향, 피 냄새다.

감청색 무복에는 피 한 방울 흘린 흔적이 없지만, 분명히 막 살인을 저지른 자에게서만 풍기는 죽음의 냄새가 흘러나오고 있었다.

'무슨 일이……?

당장에 산채에 대한 걱정이 치밀어 올랐다.

그러나 눈을 뗄 수가 없다.

거한이 아니다. 거한의 옆에 조용히 서 있는 자. 기괴한 가면을 뒤집어썼으나 체구는 여인이라 할 만큼 가녀리고 별다른 기도도 느껴지지 않는다. 그러나 거한에게서 보다 더욱 짙은 냄새를 풍겼다. 혈향보다 더욱 암울하고 음습하다.

백면구인이 풍기는 저 기운의 정체가 무엇인 줄은 모르나 한 가지는 확실하다.

'강한 자!'

연화는 무의식적으로 등에 손을 뻗었다.

'이런!'

경황 중에 흘린 칼이 잡힐 리 없었다.

"저런, 저런, 싸워보려고? 그냥 뛰어내리리라니까 그러네. 피차 피곤한 일은 만들지 말자고."

호의를 가지고 온 자들이 아니다.

경박한 입과는 달리 거한의 몸에서는 살기가 줄기줄기 풀어져 나오고 있었으니 재고의 여지는 없었다.

연화는 오랫동안 막아두었던 기혈을 슬그머니 풀어놓기 시작했다.

동시에 파도처럼 밀려드는 고통. 연화의 이마에 땀방울이 송골송골

맺혀들기 시작했다.

시냇물 줄기에 거대한 파도가 덮여드니 이윽고 도도하게 흐르는 장강이 되고야 만다. 폭발적으로 늘어나는 굉장한 기세.

공야숙과 민초빈, 그리고 진이 지난 사 년 동안 알고 있던 연화가 아니었다.

그렇다. 연화의 무공은 멈추지 않았던 것이다. 멈추지 않았을 뿐 아니라 진이 얼마 전 얻었던 기연은 이미 일 년 전에 연화에게도 찾아왔다.

거부하고 싶었던 게다. 무한정 발전하는 자신이 두려웠던 것이다.

공야숙을 넘어서는 순간 그에게 칼을 돌릴 것만 같은 불길한 예감 때문이었다. 그래서 칼을 들지 않았다. 공야숙을 넘어설 날이 결코 오지 않기를 빌고 또 빌면서.

그러나 바람은 이루어지지 않았다.

풋! 제왕신공? 이 빌어먹을 수라파천신공은 머리통이 크자 제멋대로 성장해 버렸다. 그래서 스스로 기혈을 막아 숙수의 의지를 배반하는 건방진 수라파천신공을 묶어놓은 것이다.

하지만 이제는 그럴 이유가 없어졌다. 공야숙의 입에서 아버지를 죽였다는 말을 직접 들은 순간부터 돌이킬 수 없게 된 것이다.

죽여야 한다. 아버지를 처참한 죽음으로 내몬 자와 같은 하늘을 이고 살 수는 없다.

그러기 위해서는 이자들을 먼저 넘어야 할 것이다.

막아놓았던 기혈이 뚫리고 단전에서 비롯된 진기가 온몸에 흘러들자 불에 달군 쇠꼬챙이가 몸을 관통하는 듯한 엄청난 고통이 엄습해온다. 절로 비명이 입을 비집고 나왔지만 그런 추태를 보일 수는 없는 노릇.

"다시 묻는다. 너희들은 누구냐?"

연화는 갈아붙이며 물었다. 고통을 참아보려는 수작이지만 저들에게는 분노와 경계의 기색으로 보일 터였다.

"죽을 용기로 살아보라는 얘기들을 하곤 하지."

동문서답.

"틀렸어. 그냥 죽는 것이 나을 때가 더 많지. 사바 세계보다 지독한 이승이거든?"

"……."

"뛰어내려 죽으나 머리통이 뽑혀 죽으나 결국은 매한가지. 네년이 우리가 누군지 알아야 할 필요는 없을 게다."

거한의 말이 끝나기가 무섭게 그의 양손이 사라졌다.

사라졌다 믿을 만큼 재빠른 손놀림.

부우웅!

끔찍한 예기와 함께 한아름은 족히 넘는 방원이 연화에게 덮쳐들었다. 가로에서 세로로 변환하며 덮쳐드는 방원, 연화는 본능적으로 몸을 뽑아 올렸다.

그러나 아직이다. 진기는 아직 원활하지 못했다. 얼얼한 손발은 아직 마음처럼 움직여 주지 못했다.

피육!

'젠장!'

방원이 옆구리를 스치고 지나가는가 싶더니 시큰한 통증이 온몸으로 퍼졌다. 그러나 위험은 여전. 신형을 채 수습하기도 전에 방원은 다시 돌아와 어깨살을 한 덩어리나 훔쳐 가고 말았다.

턱!

날다람쥐 같은 움직임을 보이던 거대한 방원이 거한의 손에서 멈췄다. 가운데 자루가 달리고 양쪽 끝에는 거대한 칼날이 번뜩이는 쌍극도, 방원의 정체였다.

거한의 얼굴이 묘하게 비틀렸다. 필경 뜻밖이라는 표정을 담아낸 것이었다.

"들은 것과는 다르구나."

들어? 누구에게? 무슨 이야기를?

머릿속에서는 의문이 떠올랐으나 연화는 묻지 않았다. 중요한 순간인 까닭이다. 오랫동안 교통이 없어 말라 있던 임독양맥이 슬슬 연결되는가 싶더니 이내 봇물처럼 터져 나갔다. 이미 가보았던 길, 다시 가는 것은 의지만으로 되는 일이었다.

기해에 움츠려 있던 수라진기가 엄청난 속도로 온몸에 퍼져 나갔다. 죽어 있던 세포가 꿈틀대고 손끝의 감각들이 빠르게 예민해진다.

"제법 기대를 했건만… 그만 끝내기로 하자. 말했다시피 우리가 좀 바쁘다. 네년 말고 한 놈이 더 있지, 아마?"

"후우우……."

연화는 긴 한숨을 뱉어내며 고개를 뽑아 올렸다. 사내의 말을 듣기나 했는지 구겨졌던 몸을 일으키며 묻은 흙을 털어내는 모양이 여유롭기 짝이 없었다. 제법 큼직한 옆구리와 어깨의 상처 따위는 신경도 쓰이지 않는 마냥.

"……?"

거한의 눈에 그려지는 표정.

이것 봐라?

흑백이 분명해 더없이 맑아 보이는 연화의 눈이 거한에게 향했다.

"다음부터 누군가를 죽이려고 마음을 먹었다면 주둥이 닥치고 그냥 죽여라."

"……!"

"여기서 다음이란… 다음 세상을 말하는 것이닷!"

말 끝나기가 무섭게 흩어지는 연화의 신형. 어느새 연화는 거한에 이르러 있었고 그녀의 작은 주먹이 무서운 경기를 머금고 거한의 얼굴에 폭사되었다.

깡!

후두두둑!

거한은 본인의 의지와 관계없이 두 줄의 고랑을 남기며 오 장여나 밀려나 버렸다.

우우웅…….

연화의 일격으로부터 얼굴을 보호한 거대한 쌍극도는 사시나무마냥 떨어댔고 더불어 사내의 손목도 덩달아 요동쳤다.

그러나 연화는 물러섰다. 제이격을 쏟아냈더라면 당황한 거한을 더욱 곤욕스럽게 할 수 있었을 것임에도 주저없이 몸을 뺀 것이다.

'빌어먹을 자식!'

연화는 쌍극도의 도신에 막힌 주먹을 쥐락펴락하며 백면구인을 노려봤다.

이격을 뽑아내려 할 때 투로에 끼어든 이질적이고 위험한 예기. 이것이 연화의 몸을 물리게 만든 것이다.

"이, 이년이!"

백면구인의 도움이 아니었더라면 큰 낭패를 당하고 말았을 것이라는 사실을 모를 리가 없는 거한의 얼굴이 치욕에 잔뜩 달아올랐다. 저 멀리 남만의 밀림에 산다는 붉은 원숭이처럼.

씨익 웃는 연화.

"홍후자(紅猴子) 아저씨, 다시 한 번 해볼까?"

격장지계다. 백면구인은 모르되 거한에게는 확실히 먹혔다.

"네년의 가랑이를 찢어놓을 것이다!"

부우웅!

거한의 손에서 던져진 쌍극도가 거대한 방원을 그리며 굉장한 속도로 날아들었다.

몸을 뽑아 마주치는 연화. 쌍극도와 부딪쳤다고 생각되는 순간, 연화의 신형이 급격히 틀어지더니 백면구인을 향해 쇄도해 나갔다.

실로 눈 깜짝할 사이에 벌어진 일. 거한이 어, 어? 하는 사이 연화의 우각은 이미 백면구인의 두정을 향해 꽂혀 내리고 있었다.

이에 대항하는 백면구인의 막연한 손놀림. 힘없이 휘휘 젖는 모양에 지나지 않으나 그 순간 그의 손에서는 수십의 예기가 피어났다.

'잘못됐다!'

가슴이 철렁 내려앉은 불길함. 이대로 나가면 백면구인의 얼굴을 뭉개놓을 것이 분명하건만, 직감은 달리 말해 왔다.

마음이 일자마자 연화는 각을 수습하고 허공을 밟아 몸을 뺐다.

찌리릿!

지면에 내려서자마자 오른발에서 전해지는 불쾌한 전율. 전해지는가 싶더니 이내 그 마저 느낄 수 없다.

비틀비틀, 술 취한 마냥 휘청거리는 연화. 그녀의 오른발은 이미 마비되어 있는 것이었다.

"가증스런!"

독이다. 연화는 재빨리 혈로를 봉쇄해 독이 퍼지는 것을 막았다. 그러는 사이 백면구인은 다시 연화를 향해 망연한 손놀림을 펼쳐 보였다.

"흐음!"

역시나 기파는 감지되지 않았지만 살갗이 돋아나는 예기는 분명히 느껴졌다. 한 발이 목각이니 둔할 수밖에 없는 움직임. 예기가 오른팔을 스쳐 갔고, 그 순간 오른팔마저 뻣뻣하게 굳어갔다.

'도대체 뭐야!?'

독공이 분명하거늘 함께 피어나는 예기는 이해할 수가 없다. 암기라면 연화의 눈을 피할 수는 없을 터, 그렇다고 이기어형에 독을 실어 보내는 지경의 고수라 볼 수도 없었다. 그 정도라면 이미 살아 있지 못할 것이니.

연화의 몸이 급격히 회전했다. 칼 없이 발현한 청운회피풍검. 연화의 몸에서 비롯된 거센 회오리가 장내를 휘어 감았다. 그와 동시에 연화의 요혈을 찍어오던 예봉이 꺾여 나갔다.

'된다. 할 수 있어!'

이가 없으면 잇몸이 대신하는 법.

칼이 없으니 수도(手刀)를 치켜드는 연화다.

잠력을 일시에 격발하여 발경하는 수법은 대동소이, 단지 위력의 차이가 있을 뿐이다.

청운회피풍검이 발현되는 외중에 우장에 모인 기파가 묵직하다.

푸아악!

청운회피풍검의 회전력에 장력을 실어 백면구인에게 쏟아내기 시작하는 연화. 거센 돌개바람처럼 몸은 막무가내로 회전하고 있으나 수도의 발경과 수습이 전광석화와 같고 원활하니, 백면구인도 투로를 흘려 내기에 급급하다.

급급하다? 아니다.

너무나 자연스럽게 흘려 버린다. 꼭 필요한 만큼만, 연화의 청운회 피풍검이 발경한 순간만 같은 힘을 이용해 흘려 버리고 있었다.

백면구인은 생각한 것보다 더욱 고수였다.

쇄애액!

'이크!'

등 뒤에서의 암격. 거한의 쌍극도다.

연화는 좌장에 기운을 실어 백면구인을 밀어내고 미령보를 밟아 몸을 뽑아냈다.

이미 겪어본 바, 쌍극도에는 정면으로 부딪치면 손해임을 모르지 않았던 것이다.

동시에 위에서 쏟아지는 예기.

거한이 구석에 밀어붙이면 백면구인이 결정타를 날리는 것이 이들의 수법인 모양.

오른손이 엄밀한 투로를 그리며 날카로운 예기를 백면구인에게 내뿜어졌다.

'없다?'

속절없이 허공을 격한 수도.

쇄애액!

실수를 인정하기 전에 허리를 갈라오는 살벌한 기파가 엄습한다.

선택의 자유는 두 사내의 몫, 거기에 섣부른 차례를 부여한 것이 연화의 실수였다.

손해를 감수하더라도 거한과 백면구인 중 하나는 쓰러뜨려야 해결
될 문제다.

'허리! 반 푼 내준다.'

또다시 미령보. 그러나 방원의 영역을 벗어나기에는 부족한 움직임
이다.

아니나 다를까? 방원의 날카로운 끝이 옆구리를 스치고 지나갔다.

살점이 통째로 뜯겨져 나간 듯 아찔한 통증이 밀려왔으나, 주저할
여유는 없었다.

방원의 뒤에 돌아 붙어 신형을 날리는 연화, 방원을 방패삼아 거한
을 노리려는 것이다.

거한의 안색이 일그러졌다.

백면구인이 연화의 뒤로 따라붙었으나 거리를 좁히지는 못하는 상
황. 쌍극도도, 연화도 굉장한 속도로 거한에게 덮쳐들고 있는 것이니
난감해진 모양이었다.

동귀어진의 마지막 수라도 써볼 요량인가.

그럼에도 연화의 두 눈은 고요할 뿐 결연한 흔적 따위는 비치지 않
는다.

이것은 거한도 마찬가지. 아니, 이제는 비릿한 미소마저 피어올랐
다.

'무슨?'

동귀어진할 생각 따위는 애초에 없었다.

회피할 수밖에 없을 것이다.

방원을 받아내기 위해서는 머리 위로 날아들 때 중심의 손잡이를 잡
아채야 한다. 거한이라 하더라도 날이 선 방향으로 받아낼 수 없는 게

다. 그 순간, 최소한 한 손과 몸의 중심은 흐트러뜨릴 수 없으니 거동에 제한이 있을 수밖에 없고, 병기를 포기하고 몸을 빼야 하는 선택을 할 수밖에 없을 것이다.

연화가 노리는 진정한 의도는 거한의 병기 자체를 깨버리는 것이었다.

한데, 저 여유만만한 미소. 불안하기 짝이 없다. 게다가 회피의 기미조차 보이지 않는 저 태연한 태도는…….

"키키키키."

그때 울려 퍼지는 소름 끼치는 조소.

음성은 아이와 같으나 실린 음공은 사기(邪氣)가 가득하다. 동시에 거한의 어깻죽지에서 뭔가가 불쑥 솟아올랐다.

그 형상을 알아보기도 전에 하늘로 솟아오르는 작은 형상(形象), 허공에서 튕겨지는가 싶더니 연화의 머리 위로 떨어져 내렸다.

실수다. 쌍극도를 방패 삼았기에 오히려 움직일 방위가 제한되어 버린 것이다.

멈추면 백면구인에게, 이대로 돌진한다면 거한에 이르기 전에 괴물체에게 앞이 막히고 만다. 일방적인 손해다.

결국 선택의 길은 하나.

연화는 쌍극도의 방패를 포기하고 괴물체를 향해 솟구쳐 올랐다.

활로는 없다. 오직 혈로뿐.

연화는 허공에서 곧장 쇄도하는 괴물체를 혈로의 돌파구로 판단했고, 생각이 일자 주저없이 선택을 한 것이었다.

그리고 이것이 연화의 마지막 실수였다.

허공으로 도약한 연화를 중심으로 괴사내들의 진형이 형성됐다.

거한과 백면구인이 십이지(十二支)를 점하고 괴물체가 사괘(師卦)에 위치하니 십육방위(十六方位)가 모두 사문(死門)이다.

연화의 주변으로 죽음이 짙게 깔렸다.

아차 싶은 순간, 먼저 연화의 등을 파고드는 것은 백면구인이 쏘아 보낸 수천 개의 예기였다. 그리고 거한의 쌍극도가 복부를 파헤쳤고, 마지막으로 괴물체에서 쏘아낸 경기가 머리를 강하게 강타했다.

온몸에서 피안개를 뿜어대며 천목애로 너풀너풀 떨어져 내리는 연화. 천목애의 입구를 가로막은 운무는 순식간에 연화를 집어삼켜 버렸다.

회수된 쌍극도를 등에 꽂고 천목애를 내려다보는 거한.

"살지 못한다."

어느새 그의 옆에 서 있는 백면구인에게 뱉는 말이다.

백면구인은 듣지 못한 듯, 천목애의 밑으로 향한 시선을 거두지 않았다.

"키키키. 팔딱팔딱 맛있게 생긴 계집이었는데. 아깝다. 그치, 형?"

거한의 어깨에 사뿐히 내려앉아 순박한 표정을 지어 보이는 작은 인영. 열 살 남짓의 아이 같은 체구에 또한 어린아이 같은 순진한 얼굴이다. 바로 괴물체의 정체였다.

음욕을 드러낸 천박한 언행과 양손에 끼고 있는, 제 몸 길이보다 더욱 길법한 조(爪)만 아니라면 소박한 시골 소동이라 생각할 수밖에 없는 용모. 그렇기에 더욱 기괴한 분위기를 풍기는 자였다.

"저런 계집 잘못 품었다가는 목 달아나기 십상이다. 그만 가자."

백면구인은 대답도, 움직임도 없었다.

백면구에 가려져 있는 그의 얼굴 중 유일하게 드러나 있는 눈에는 만족하지 못한 기색이 어렴풋이 드러나 있었다. 죽음을 확인하지 못한 것이 못내 걸리는 모양.

"목숨이 열 개라도 여기에서 떨어지면 부족하다. 우리에겐 아직 할 일이 많아."

비로소 돌아서는 백면구인이다.

"주군의 명입니다."

돌연 들려오는 음성.

세 사내는 당황하지도, 음성의 주인을 찾으려고도 하지 않았다.

"이곳 상황은 모두 정리되었으니 다음 목적지로 이동하라는 명이 계셨습니다."

목소리는 그들의 답을 기다리지 않고 바람처럼 사라져 버렸다.

그러나 사내들은 움직이지 않았다. 무언가를 결정하려는 모양새.

거한이 마침내 입을 열었다.

"주군의 명이다. 우리는 그저 따르면 되는 일."

비로소 세 사내가 움직이기 시작했다.

"키키키. 계집, 운이 좋아. 앞으로의 삶은 덤이라 생각하고 충실하려고 노력해 보라고."

거한의 어깨에 올라가 있는 작은 사내가 남긴 기괴한 음성이 아무도 없는 천목애에 울려 퍼졌다.

누구에게 한 말인가? 분명한 것은 천목애의 천 길 낭떠러지로 곤두박질쳐 버린 연화에게 한 말이 아니라는 것이다.

그들이 사라지고 잠시 후.

천목애에 홀로 외로이 서 있던 소나무가 서서히 일그러지기 시작했다. 마침내 소나무의 모습이 완전히 바뀌었으되 그것은 사람의 형상이었다.

백색 배자와 하늘거리는 하피의(霞帔衣)를 곱게 차려입은 농염한 자태의 여인. 아름다운 외모와는 달리 하얗게 질려 있는 안색이었다.

"덤으로 얻은 삶이라……."

울컥!

한 덩어리 각혈이 여인의 입에서 흘러나왔다.

혼비공이 들켰다.

여지없이, 속속들이 읽히고 말았다.

그녀의 위치를 정확히 읽어낸 세 사내가 일시에 쏘아 보낸 무형기가 경락을 파고들었다.

혼비공이 이토록 능멸당할 비기던가?

혼비공을 극성으로 익힌 와타나베도 죽었고, 자신도 그 꼴이 날 뻔했다.

아니다. 혼비공이 약한 것이 아니라 자신의 수련이 모자랐고, 또한 그들이 강한 것이다.

사십여 년 전 사라진 공야숙과 민초빈, 그리고 그들의 두 제자.

천년신교의 고수들.

여기까지는 예측한 바다.

그러나 정체불명의 절정고수 세 명과 또한 정체를 알 수 없는 백여명의 괴한은 궁의 정보망에 없었던 자들이다.

가능한 것인가? 이곳에 집중된 궁의 눈을 피해 백여 명이 넘는 사내가 움직이는 것이 과연 가능한 것인가?

천지밀궁의 암약사 조원 비취(翡翠)는 예감했다.

"큰일이 벌어지고 있어. 보고해야 해!"

비취는 비실비실, 위태한 걸음을 옮기기 시작했다.

무서운 속도로 곤두박질치는 연화의 신형. 이대로 골짜기로 떨어진다면 시신조차 온전하지는 못할 것이다.

진기는 흩어지지 않았지만 손가락 하나도 움직이지 않는다.

우득!

뭔가에 부딪쳤고 엄청난 충격이 요추를 거쳐 뒤통수까지 전해지지만 통증은 느껴지지 않았다. 막아놓은 혈로가 풀린 모양, 독이 퍼지는 것이다.

'치사한 놈들…….'

여러모로 불리한 입장에서의 싸움이었다. 칼은 들지도 못했고 몸도 온전하지 못했다. 물론 준비된 상태에서 적을 맞이하지 못한 명백한 자신의 실책이다.

이제 와서 그따위 후회야 한들 무엇 하리.

눈앞이 급격히 어두워지고 맹렬한 바람의 파찰음도 차츰 멀어져 갔다.

독이 오감 전부를 먹통으로 만드는 것이다.

'차라리 잘된 일일지도…….'

이제 사부를… 그를 죽이지 않아도 될 것이다. 원수를 살려둔다는 안타까움보다는 오히려 안도하게 되는 마음이란…….

'아빠, 미안… 유모도 미안… 하지만 난 할 수 없었을 거야. 사부의… 그자의 심장에 칼을 박는 따위의 짓은…….'

아득히 멀어져 가는 의식 속, 누군가 웃는다. 희미하지만 아름다운 미소.

‘안녕… 아진…….’

환한 미소의 그가 손을 흔들고 있다.

그때다.

무언가 강력한 힘이 느껴진 것은.

제멋대로 흐늘거리는 몸이 무엇인가의 흡입력에 빨려드는가 싶더니 이내 따뜻하고 부드러운 품이 느껴진다.

‘뭐……?

눈을 본 것도 같다. 차갑기 짝이 없는 낯선 시선이지만… 분명히 사람의 눈이다.

그러나 여기까지다.

연화의 뇌는 더 이상의 사고를 지속하지 못했다.

제6장

미궁 속으로

믿어야 했다.

직감이라는 놈이 가슴을 두드릴 땐 의심을 하지 말아야 했다.

진은 미친 듯이 달렸다.

불안하게 요동치는 두 눈.

'빨리……'

여느 때처럼 운공을 끝내고 산행을 했다.

내공이라는 놈이 육체를 점하는 순간 신체의 단련은 의미가 없을지도 모른다. 그러나 진은 단 하루도 거르지 않고 오직 본신의 힘만으로 산행을 했다. 육신에서 흐르는 땀이 주는 성취감도 축기 못지않은 까닭이었다.

구암봉.

이곳은 눈에 덮여야만 피어나는 설화(雪花)가 자생하는 유일한 곳이다. 꽃잎은 마취제로, 잎과 뿌리는 칠보산마저 해독할 수 있는 공능이 있기에 버릴 것이 없는 영초가 바로 설화다.

거우 이까짓 것을 캐내기 위해 삼십 리를 오는 것이 아니었다.

아니, 연화가 산채로 돌아갈 때 자신도 행동을 같이했더라면 이렇게 가슴을 졸이지 않아도 될 일이었을 게다.

공야숙의 저런 기운은 익숙했다.

소름이 돋게 하는 끈적거리는 불쾌함.

오늘같이 과한 날도 있겠거니 하고 안심해 버린 것이 불찰이었다.

쿠구궁!

구암봉에 쌓인 만년설마저 무너져 내리게 한 경천동지(驚天動地)할 폭음.

'사단이다!'

있는 것을 모두 쏟아 부어 희뿌연 잔상만을 남기고 마는 신법이건만 그마저 답답하고 더디게 느껴질 따름이다.

일각을 만 년같이 보내고 이윽고 도착한 구릉.

진의 몸이 일순간 굳어버렸다.

구맥요열진이 열려 있다. 지난 십일 년 동안 단 한 번도 이리 무방비로 열려 있던 적이 없었거늘…….

그래, 연화가 돌아가면서 닫지 않은 걸 게다.

진은 천천히 진 안으로 들어섰다. 그 순간, 기연과 함께 다가왔던 명경지수와 같은 평정이 저잣거리 광녀마냥 날뛰었다.

혈향(血香) 때문이다. 너무나 짙은 피 냄새.

그, 그래, 귀랑 이 녀석이 또 뭘 잡아온 거다. 이번엔 덩치가 큰 놈이겠지. 피를 이렇게나 많이 흘릴 놈으로…….

아무도 밟지 않은 처녀설이 뿌드득거리며 요란한 비명을 질러댔다.

아니다. 이것 또한 진의 바람일 뿐.

팥죽을 업어놓은 마냥 땅은 질척거릴 따름이다. 눈길을 뭉개놓은 무수한 발자국 때문이었다.

진은 걸음을 멈추었다.

불신이 가득한 자녹안. 믿고 싶지 않은 것을 결국은 보고야 말았다는 부조화만이 자녹안을 무채색으로 흩뜨려 놓았다.

이곳이 인세인가? 지옥의 나락이 아니던가?

곱게도 빻아진 피륙 파편들. 작은 내를 이루어 흐르는 피의 개천. 검은 연기를 뿜어대며 예전의 존재를 증명하는 산채의 터. 그 중심으로 또다시 부서져 있는 이름 모를 시체들.

꾸이익.

누군가의 몸에서 흘러나온 내장이 진의 무심한 걸음에 터져 나갔다. 그럼에도 진은 피하려 하지도 걸음을 멈추지도 않았다.

토악질이 치미는 피비린내가 가득한 이 참상은 그저 꿈일 따름이리라.

'사실이 아니다. 사실일 수가 없어…….'

그때!

진의 눈이 매섭게 돌아갔다 싶은 순간 그의 신형이 쏘아져 나갔다.

흔들리는 눈동자. 진의 두 눈에는 주체할 수 없는 불안이 담겨 있었다.

"귀랑? 안 돼!"

신법마저 얽힌다.

그러나 주저할 겨를이 없다.

귀랑이 위험하다. 끊임없이 도움을 청하고 있다! 사부들도, 영호성조차 당장에 어쩌지 못했던 귀랑이!

너무나 선명하게, 귀랑의 고통이 전해지고 있었다.

'얼마 버티지 못한다. 더 빨리!'

진은 용천혈로 진기를 더욱 밀어 넣었다.

맹렬히 두드려오는 귓바퀴의 파찰음 사이로 전해지는 또 다른 소음.

싸우고 있다, 귀랑이 위험 신호를 연신 발호할 정도의 상대와.

이윽고 또다시 눈길이 끊겼다. 사방에 뿌려진 혈흔들, 역시나 채 식지 않은 더운 피들에 의해서다.

이곳에도 있다. 하나같이 목과 머리가 짓이겨져 있는 수십 구의 시체들. 귀랑에게 당한 게다.

"빨리……."

적송 숲을 빠져나오는 순간!

귀안과 마주쳤다.

기다렸다는 듯, 빌어먹을 왜 이제야 왔냐는 듯, 책망이 실린 커다란 귀안이 진의 눈과 정면으로 마주쳤다.

그 눈이 서서히 뒤집어졌다.

더운 입김을 한 번 내뱉은 귀랑이 진에게 한 발을 옮겨보지만 비틀비틀.

털썩!

귀랑은 맥없이 무너져 내렸다. 이윽고 귀랑이 깔고 누운 바닥을 중심으로 파문처럼 커져 가는 피 웅덩이…….

"안 돼!"

또 다른 귀염(鬼焰)이 타오른다.

귀랑의 혈흔이 선명한 한 자루 장검을 들고 백의장포를 머리까지 뒤집어쓴 자!

죽인다!

세영검이 뽑히는가 싶더니 눈부신 백선(白線)이 백의장포인의 목 언저리를 향해 일직선으로 그어졌다.

챙!

냉정을 찾지 못한 검은 단 일 합 만에 팅겨났고 수습하지 못한 투로의 균열로 백의장포인의 장력이 밀려들었다.

펑!

너풀너풀 떨어져 내리는 진. 그러나 몸을 비틀어 검으로 땅을 짚고 다시 솟아오른다.

기괴한 각도로 꺾이는 허리를 이용한 임기응변과 굉장한 속도로 어우러지는 일단세!

백의장포인도 미처 예상을 못한 듯 주르륵 뒤로 물러서며 손이 어지러워졌다.

그때다.

발밑에서 밀려드는 수십 개의 예기. 복병이다.

쉬쉬쉬쉭!

눈 더미 밑에서 쇠꼬챙이 같은 협봉검이 치밀한 구조를 형성하며 솟아올라 진의 투로를 붕괴시켰다. 다시 몸을 뺄 수밖에 없는 상황.

그사이 눈 속에서 솟아난 다섯의 백의인. 이들 역시 눈구멍에 붉은 칠을 해놓은 면사로 얼굴을 가렸다. 기도가 엄밀하고 하나같이 날카로운 예기를 간직한 자들, 일류를 한참이나 상회하는 고수들이다.

진은 이를 갈아붙였다.

"너희 잡놈들에게는 볼일이 없다. 비켜라. 비키지 않으면 모조리 벤다!"

대답이 없다. 백의인들은 장포인을 둘러싼 채 예의 협봉검을 진에게 겨눌 따름이다. 지껄일 시간에 덤비라는 게다.

"난 기회를 줬다!"

말 끝나기가 무섭게 진의 전신에서 발산된 예기! 영호성과 공야숙의 그것에는 미치지 못하나, 이것은 분명히 무형기다. 발경을 넘어 무형기만으로 인마를 상해할 수 있는 경지. 전신진력을 뽑아내 단숨에 승부를 볼 요량인 것이다.

주춤주춤, 협봉검의 백의인들에게서 약간의 동요가 엿보인다. 이 정도일 줄은 예상치 못했던 모양.

그 순간,

"그렇다면 나도 기회를 주지."

비부에서 흘러나온 마냥 거북하기 짝이 없되 남녀노소를 분별할 수 없는, 그런 음성이 머리까지 뒤집어쓴 장포 안에서 흘러나왔다. 백의 장포인이 서서히 손을 들어 어느 한 방향을 가리켰다.

귀랑이 쓰러져 있는 곳이다.

순간 진의 귀안에 당황의 기색이 스쳐 지나갔다.

아직 살아 있다. 귀랑은 실낱처럼 가느다란 생명을 이어가고 있었다.

"저 괴물을 데리고 멀리 가서 조용히 살아라. 너의 사부라는 작자들도 잊고, 복수 따위는 꿈도 꾸지 말 것이며, 세상도 잊어라. 그것이 네가 선택할 수 있는 유일한 길이다."

이해할 수 없다. 손속을 부딪쳐 본 바, 결코 자신의 아래가 아니다.

어쩌면 사부들의 경지를 본 자. 게다가 그를 둘러싼 다섯의 고수가 있으니 진에게 승산은 그리 많지 않은 것이었다.

그런데 왜 인가? 결코 선택할 수 없는 길을 강요하며 물러서려 하는 이유는?

백의장포인은 스스럼없이 뒤돌아섰다. 할 말을 다 했으니 더 이상 볼일이 없다는 듯.

어찌해야 하는가? 기어이 저놈들을 붙들어 이게 대체 웬 날벼락이며, 사부들과 연화를 어찌한 것인가를 추궁을 해야 하는가?

의미없는 갈등이다. 어차피 진의 선택은 한 가지뿐이었다. 귀랑은 죽지 않았다. 죽게 내버려 둘 수는 없는 일인 것이다.

진이 백의장포괴인에게 물었다.

"사부들은… 죽었는가?"

행여나 하는 심정으로 물었지만 백의장포인은 말없이 느릿한 걸음을 옮길 따름이다.

"네놈이 내 가족의 털끝이라도 건드렸다면, 너는 오늘을 틀림없이 후회하게 될 것이다."

마침내 둔덕을 넘어 사라져 버린 백의장포인. 목소리는 다음이었다.

"죽음이라… 네가 말한 죽음이 호흡이 끊기고 혈액의 흐름이 멈추며 오장육부가 썩어가기 시작하는, 삶과 구분되는 그런 것이라면 분명히 그들은 죽지 않았다."

"……!"

이 무슨 개떡 같은 소린가? 좀 알아듣게 말하란 말이다!

진은 몸을 날려 둔덕 위로 올라섰다.

그러나 없다. 몸을 숨길 곳이 없는 허허한 벌판이건만, 이어지던 그들의 눈길 발자국마저 끊겨 있었다. 하늘로 솟아 버린 것처럼.

"니기미!"

진은 백의장포인의 뒷모습을 되새김질했다. 걸음걸이, 보폭, 체형. 얼굴은 보지 못했으나 다시 만나면 절대로 놓치지 않을 것이다.

"조용히 살라고? 모두 잊고 조용히? 내 대답은 이것이다!"

진은 가운뎃손가락을 하늘을 향해 치켜세웠다.

크르르릉······.

"아차!"

비로소 생각이 난 듯 뒤돌아서 귀랑에게 뛰어드는 진이다.

크르르릉······.

"조금만 참아라."

거칠고 답답한 호흡. 살아 있지만 죽어가고 있다. 도무지 살 수 있을 것 같지가 않다.

마음이 조급해진 탓인지 진은 몇 번을 헛손질한 끝에 품에 넣어둔 환단 주머니를 빼 들 수 있었다.

그러나 이번엔 환단 주머니의 입구가 열리지를 않는다. 빌어먹을 주둥이를 왜 이렇게 단단히 동여매 놓았단 말인가.

"니기미! 열려라! 열리란 말이다!"

푸욱!

결국 환단 주머니를 찢어버리는 진이다.

몇 알의 환단이 눈과 피가 뒤범벅이 된 땅바닥으로 나뒹굴었다. 진은 엉금엉금 기어 황색 빛을 발하는 환단 한 알을 집어 들었다.

다급히 귀랑의 고개를 들어 환단을 입에 밀어 넣으려는 진.

"······!"

진의 이색안에 참담한 절망이 떠올랐다. 귀랑의 목이 반이나 잘려 있었던 것이다.

"이 염병할 자식들아! 살려놓게 해놨어야 데리고 조용히 살던가 할 것 아니냐!"

이미 자취를 감춰 버린 백의장포괴인에게 퍼부어보지만, 실상은 제 자신을 다그치는 말이다. 도무지 진정이 되질 않은 것이다. 빌어먹을 십수 년을 익힌 옥녀심공과 태양공은 어딜 가고 심장은 이리도 널뛰는가.

흥분하고 초조할 때가 아니었다. 귀랑을 살릴 수 있는 사람은 오직 자신뿐임을 진은 되새기고 또 되새겼다.

"살린다. 내가 살려낼 것이다!"

긴 숨을 내뱉고 다시 정신을 집중시켰다.

비로소 안정적으로 일어서는 옥녀심공과 태양공. 음양이 일어나 조화를 부리고 중단전에서는 청허도의검의 정자(靜字) 결이 샘솟는다.

하단전이 묵직해지고, 가슴에는 청량한 기운이 뚫고 지나갔다.

채 가시지 않은 격동이지만 비로소 찾아온 평정. 손의 떨림도 씻은 듯 가라앉아 있었다.

진은 품에서 가죽 보쌈을 꺼내 들었다. 시술도다.

의술에는 별다른 재능을 보이지 못했던 진이었지만 귀랑의 상세는 상식으로도 파악할 수 있는 정도였다.

여전히 벌컥벌컥 쏟아지는 방대한 양의 피. 동맥에 손상이 간 것이다.

그러나 동공이 아직 열리지 않았고 혀는 말려 들어가지 않았다. 아직 머리로 피가 들고 있다는 의미이고, 곧 동맥이 몽땅 잘린 것은 아니라는 얘기이기도 하는 것이다.

넘어갈 듯 차 오르는 호흡. 핏덩이가 기도를 틀어막고 있을 터였다. 오백 근 들소도 맥없이 넘겨 버리는 것이 기도패쇄인 바에야 먼저 숨구멍을 터야 했다.

진은 시술도를 잡아 들고 어린아이 머리가 드나들 만큼 크게 벌어진 상처 안으로 손을 들이 넣었다.

크르릉. 쉬이이―

귀랑의 호흡이 거북한 끓는 소리를·내며 급속도로 약해져 갔다.

'제발……'

드디어 거칠게 뿜어져 나오는 숨길이 손끝에 느껴졌다.

'아래로 석 자.'

진은 시술도를 깊숙이 찔러 넣었다.

쉬이익~ 커어어어어―

귀랑의 가슴이 크게 부풀어 오르는가 싶더니 큰 숨을 뱉어놓았다. 드디어 숨길을 터놓은 것이다.

"그래! 그렇게 숨 쉬어. 살 수 있어!"

숨이 트이기는 했지만 가슴팍의 박동은 더욱 잦아들어 갈 뿐이다. 그동안 흘려 버린 피가 너무 많았던 이유다.

"빌어먹을 똥개 자식아! 나한테도 기회를 달란 말이다!"

알아듣기라도 한 듯, 힘없이 고개를 젖혀 보이는 귀랑. 하지만 귀랑의 머리는 다시 풀썩 떨어져 내리고 만다.

"넨장할!"

더 이상 피를 잃는다면 사지가 경련되고 오장이 괴사하고 만다. 머리로 가는 피가 부족하게 되면 살아도 산송장이나 다름이 없다.

손상을 입은 경동맥을 찾아 꿰매야 한다.

진의 손길이 귀랑의 목을 휘저었다.

귀랑의 네 발이 버둥거렸다. 고통에 의한 몸부림이라기보다는 경련에 가까운 움직임이었다. 좋지 않다. 경직이 시작된 게다.

모질게 맘을 먹은 진의 손길이 더욱 빨라졌다.

"여기!"

규칙적으로 솟아나는 혈압이 느껴지는 곳, 귀랑의 경동맥이었다.

목뼈 바로 옆을 지나고 있는 왼쪽 경동맥. 역시 아직 완전히 잘려 나간 것은 아니다. 그렇다면 희망은 있는 것이다.

꿰매려는 생각은 버렸다. 근육 속에 파묻혀 있는 동맥에 바늘을 가져다 대기도 힘들거니와 차분히 살을 벌이고 꿰맬 시간은 더 더욱 없었다.

진은 터져 있는 경동맥을 잡은 엄지와 검지에 내력을 집중시켰다.

태양공의 진기를 이용한 삼매진화. 태워서 막을 셈이다.

그러나 뿜어지는 피가 너무 많았다. 태워서 막기 전에 새로운 피가 달구어진 손을 식혀 버리고 마니…….

"제발… 제발 좀 붙어라."

포기할 수 없다. 절대로 그럴 수는 없는 일이다.

짐승이라지만, 말 한마디 나눌 수 없는 미물이라 말할지 모르지만 진에게 있어서 귀랑은 벗일 따름이다. 구명지은을 입은 과거지사를 제쳐 두고라도 귀랑은 가족이자 친구다.

친구를, 동료를, 가족을 더 이상 잃고 싶지 않았다.

필사적으로 내력을 손끝에 밀어 넣어 동맥을 막으려 발버둥 치고 있

을 때,

뒷덜미를 감싸드는 따스하고 포근한 훈기.

어미가 새끼의 털을 골라주는 듯 귀랑의 혀가 부드럽게 쓸고 가는 감촉이었다.

서서히 고개를 돌리는 진. 귀랑은 졸린 듯 반쯤 감긴 눈으로 진을 지그시 응시하고 있었다.

진은 거세게 도리질을 쳤다.

"헛소리! 절대 그만 못 두겠다, 이 똥개 자식아! 누구 맘대로 그만둬? 넌 내 허락 없이는 못 죽는다! 또 헛소리 지껄이면 내 손으로 죽여 버릴 테… 쿨럭!"

진의 입에서 검붉은 핏덩이가 울컥 뱉어졌다.

격동이다. 격동이 지나쳐 일으킨 태양공의 조화가 일순 깨진 탓이다.

그러나 진은 개의치 않았다.

아무도 눈앞에서 죽게 하지 않을 것이라 다짐했다.

자신의 나약함을 더는 저주하고 싶지 않았다.

그 순간,

펑!

머릿속이 하얗게 탈색된다.

간절함이 이른 것인가?

아니다. 이런 느낌…….

낯설지 않다.

머리로 피가, 아니, 진기가 몰리는가 싶더니 눈이 밝아진다.

영호성과의 대전에서, 그에게 엉망으로 패하며 쓰러지고 나서, 또다시 흑혈단의 고수와의 싸움에서… 그때 무의식과 의식의 경계에서 어렴풋하기만 하던 그 느낌이다. 도저히 움직일 수 없었던 몸을 움직였던 때의, 바로 그 느낌이 틀림없었다.

미간에 진기가 집중된다.

진기가 맞는가?

모르겠다. 어쨌든 그 뭔가가 인당을 열어젖혔다.

귀랑의 두터운 가죽 안 탄탄한 근육이 보이고, 세맥이 보이고 요혈이 보인다. 그 안쪽을 들여다봐야 한다는 의지가 일자 그마저 꿰뚫어 보인다.

진정 보이는 것인가?

아니다. 진실로는 머릿속에 그려진 것이다.

상단전. 상단전의 무리가 의념 속 실체를 구체화시킨 것이다.

상단전의 무리라니… 익힌 적이 없다.

하단전에 축기하는 옥녀심공과 태양공. 중단전에 머무는 청허도의 검.

그러나 상단전은 염두에 둔 적이 없다. 냉정을 잃지 않고 진실을 보는 눈을 상단전의 공능이라 배웠으니 기실 상단전을 여는 무리란 없다. 축기를 이루고, 마음의 평정을 찾으면 자연 열리는 것이 상단전이라 했거늘…….

틀렸다.

상단전의 무리는 존재한다.

의념이다. 의념을 조율하고 현실에서도 그 움직임을 현실화시키는 것이 바로 상단전의 무리다. 날카로운 눈썰미가 갖추어졌다 해서 진정한 상단전이 열렸다 말할 수 있는 것이 아닌 게다.

이제야 깨닫는다. 무공을 익히지 않은 예전의 자신이 칠흑의 어둠을 볼 수 있었던 이유를, 관절염 따위에 의지하지 않고도 궂은 날씨를 예측하고 정확히 맞출 수 있던 이유를.

아직도 주인을 모르는 이 몸은 이미 상단전의 무리를 담고 있었던 것이다. 그야말로 길 가다 금 한 덩어리를 집어 든 기분.

그러나 기뻐할 겨를은 없다.

경동맥 두 가닥. 잘린 것은 왼쪽.

명확히 보이니 의념을 집중시킬 수 있고, 진기를 쟁점화 시킬 수도 있다.

치이이익!

귀랑의 벌어진 목으로 하얀 김이 뿜어져 나왔다. 쏟아지는 피의 양 또한 순식간에 줄어들었다.

성공한 것이다. 그러나 이미 흘린 피의 양이 너무 많았다.

'한번 해보자.'

된다.

의지가 일자 귀랑의 뼈 위로 혈관이 덮이고 그 위로 다시 벌겋고 탄력 넘치는 근육들이 덮여진다.

잘려진 부위가 명확히 보이니 주저할 이유가 없었다. 진은 곧바로 귀랑의 목 안 근육을 촘촘히 꿰맸다. 그리고 지방질의 내피를, 마지막으로 두터운 거죽까지 놀라운 속도로 모두 꿰매었다.

비로소 진의 입에서 안도의 한숨이 터져 나왔다.

귀랑의 숨은 여전히 위태롭기 짝이 없었다. 그러나 진의 입가에는 미소가 피어올랐다.

귀랑의 존재감은 더 이상 줄어들지 않고 있다. 흘린 피의 양이 많아

혼절한 것일 뿐, 죽지는 않을 것이었다.

기력을 모두 쇠진한 듯 힘없이 일어서 피 범벅인 손을 닦다가 문득.

"흐음……."

진이 짧은 침음성을 뱉었다. 다시 한 번 자신의 팔을 뚫어져라 쳐다보는 진. 그러나 역시 실망이 떠오른다.

방금까지만 해도 생생하던 상단전의 무리가 사라져 버린 것이다. 구결이 있을 리 없고 경로조차 모르니 운용을 되살릴 방법도 요원했다.

"차차 생각해 봐야겠군."

당면한 문제가 시급했다.

귀랑의 상세는 하루 이틀의 요양으로는 어림도 없는 중상이다. 산채는 이미 흔적도 없이 불타 버렸고, 겨울의 중공산에서는 약초를 캐낼 방법도 없는 것이었다.

"연공실은 남아 있으려나?"

연공실은 산채에서 가까운 동혈인데, 우연히 민초빈이 발견한 곳이다. 여름에는 건조하고 냉하여 채소나 약초를 보관하기 좋은 반면, 겨울에는 비바람이 들이치지 않아 제법 훈기가 감도는 곳이기도 했다.

무엇보다 연공실에는 종유수가 가득 담긴 웅덩이가 있다.

종유수는 자상에 효험이 있는 금창약의 수원(水原)으로 쓰일 만큼 약효가 있으니 귀랑의 상처에도 유용하게 쓰일 수 있을 것이다.

진은 들것을 만들어 귀랑을 조심히 밀어 옮겼다.

그 순간, 진의 눈에 이채가 떠올랐다.

귀랑이 깔고 누웠던 곳에 누런 색을 띤 뭔가가 반짝이고 있었던 것이다.

진은 조심히 땅을 솎아내고 그것을 집어 들었다.

동그랗고 한가운데 정교한 구멍이 뚫려 있는 구슬, 금주(金珠)다.

진은 이 금주를 안다. 소박한 산채의 살림 중에 유일하게 사치스러운 물건, 민초빈의 머리 장신구인 것이다.

"사부……."

진의 어깨가 가늘게 떨렸다.

진은 종유수에 목까지 잠긴 귀랑의 목에 손을 가져다 댔다.

미약하지만 고른 맥과 숨결. 타고난 체력까지 겸비했으니 다시 일어나는 것은 오직 시간문제일 터였다. 귀랑의 머리를 몇 번 곱게 쓰다듬은 진은 연공실을 나섰다.

산채 터에는 참상이 그대로 펼쳐져 있었다.

끔찍한 살육의 장이 펼쳐져 있으나 진의 표정은 한결 편안했다. 비록 시신들의 상태는 엉망이었지만 체형만 보고도 알 수 있었다. 백의 장포인의 말처럼, 사부들의 시신은 물론이고 연화의 것도 찾아볼 수 없었던 것이다.

그렇다면 그자의 말은 무엇인가?

삶과 죽음의 기준으로 본다면 살아 있다 했다. 달리 죽는 것이라도 있는가? 아니, 사부들과 연화가 그리 호락호락한 사람들이던가?

실종, 유괴, 납치. 세 사람과는 도무지 어울리지 않는 단어들이다.

모든 궁금증을 답해줘야 할 그들은 놓쳤지만, 진은 걱정하지 않았다.

"조용히 살라 했겠다."

조용히 살지 않으면 다시 찾아와 조용히 시켜준다는 뜻이 아니면 무어랴.

당장은 이곳에서 무슨 일이 벌어진 것인지에 대해서 알아내야 하는 것이었다.

진은 다시 시신들을 살펴보기 시작했다.

기백에 가까운 시신들. 죽어 혼백이 흩어졌으니 살아생전 기백을 가늠할 길은 없었다.

그러나 그들의 상태를 파악하는 것은 어렵지 않았다.

단 일격이다. 일도를 막지 못하고 사혈을 베였다. 아니, 통째로 뜯겨져 나갔다. 그것도 두세 명씩 뭉텅이로.

"후우… 제왕도법이라더니, 과연 엄청나구나."

진은 공야숙의 경지를 짐작만 하고 있을 뿐 실체를 직접 목도한 적은 없었다. 장내에 펼쳐진 상황은 공야숙의 진신진력이 그가 상상한 것 이상이라는 것을 말해 주고 있었다.

"음?"

어느 순간부터 시신들의 상태가 이상해졌다. 구맥요열진이 끝나는 부분의 시신들은 참혹하나마 모두 깊은 자상이거나 신체의 일부분이 잘려 나가 널브러졌다. 그러나 산채 쪽으로 갈수록 시체가 뉘어진 폭이 일정하며 하나같이 갈기갈기 찢겨져 있는 것이었다.

시체의 상태야 그럴 수도 있다. 그러나 시신들이 뉘인 모양새가 아무래도 이상하다.

진은 시신들의 간격을 재기 시작했다.

다섯 자 아홉 푼. 모두 같다. 바둑판처럼 모두 일정한 간격을 유지하고 있는 것이었다.

"진법?"

다른 무엇이 아니라면 격자방진(格子方陣)이다. 차륜전으로 적의 견

고한 방벽을 뚫는 공격진이 장사진(長蛇陣)이라면, 장사진과 같은 공격을 막기 위한 방어진이 바로 격자방진인 것이다.

"방어라……."

이 정도의 숫자로 방어를 했다고 해서 이상할 것이 없는 내용이었다. 사부들 같은 초절정고수를 두고 이들은 부담을 가질 수밖에 없었을 것이다.

문제는 이것이다.

진법을 유지한 채 모두 죽었다?

'모두 동시에 당했단 말인가? 진형이 흐트러질 사이도 없이 한꺼번에?'

아무리 사부들이 합격을 한다고 해도 이것만은 불가하다. 일시에, 그것도 진형을 벗어날 사이도 없이 한꺼번에 도륙할 수 있는 무공은 진이 알기로는 없었다.

진은 다시 갈가리 찢어진 시신을 살펴보았다.

"응?"

비로소 진의 눈에 뜨이는 것. 시신의 등에 박혀 있는 어린아이 손바닥만한 하얀 빛깔의 파편이었다.

사기(沙器)다. 다른 무엇이 아니라면 흙을 빚어 찻잔이나 밥그릇으로 쓰는 사기의 파편이었다.

진의 눈이 또다시 번뜩였다. 지독한 시기(屍氣)와 피비린내 때문에 놓치고 있었던 낯설지 않은 냄새가 언뜻 스쳐 간 것이다.

진은 사기 파편을 코로 가져갔다.

먼저 깊이 배어 있는 피비린내를 지웠다. 다음은 쾌쾌한 시체의 노린내, 그리고…….

화약 냄새.

"그렇다면 그 폭음이!"

왜 그 순간에는 몰랐던가? 한때는 지겹도록 들었던 지옥의 소음이거늘.

"서, 설마!"

진은 도리질을 쳤다.

연공실 안 깊숙한 곳에 묻어둔 총탄이라 해봐야 저격소총탄과 권총탄을 합쳐도 채 이십여 발이 남지 않았다. 그 정도의 화약으로 이 많은 고수들을 단박에 눕어버리는 위력이 나올 리 만무한 노릇이었다.

세영검의 검병에 내장된 둔감폭약? 세영검은 진의 손을 떠난 적이 없으니 이 또한 용의점이 될 수 없었다.

"흐음……."

그러나 분명히 화약이었다. 게다가 제한된 지역의 인마를 폭발이 아닌 파편으로만 살상했다. 폭풍 효과가 없고 적은 양으로도 위력을 발휘하는 고급 화약인 것이다. 도둑놈들이 금고 딸 때나 쓰는.

'그런 물건이 이 시대에 있었는가?'

있을 리 없다. 이런 효과를 발휘하는 폭약은 플라스틱이나 농축 니트로글리세린 액체형 폭발물이어야 한다. 말도 안 되는 비약이다.

'이 시대에 맞게 생각하자. 그래, 화포…….'

그러나 이 또한 못지않게 말이 안 된다. 포탄으로 자기를 쏠 수는 없다. 쏘는 순간 자기는 깡그리 깨져 나갈 것이니 그렇다.

설사 어찌어찌 화포를 썼다고 하자. 그러면 화포를 어디서 썼단 말인가?

주변에는 온통 눈밭. 이 정도의 위력을 발휘할 화포라면 최소 이천

근은 나가야 한다. 이것을 끌고 왔다면 최소한 바퀴 자국이라도 있어야 하는 것이다.

그러나 없다. 의심스러운 발자국은 지천에 깔려 있지만 화포를 싣고 왔을 화차(火車)의 흔적이라 할 만한 것은 없었다.

"미쳐 버리겠네……."

머리를 쥐어뜯으며 자신의 무지에 저주를 퍼부으려던 진은 말꼬리를 흐렸다.

몇몇의 이상한 시신들 때문이었다.

"……!"

한곳에 집중된 대여섯 구의 시신들은 달랐다. 대부분은 온몸에 걸쳐 골고루 파편상을 당했건만 이들은 얼굴에만 파편이 집중적으로 박혀 있는 것이었다.

어떻게 이것이 가능한 것인가?

진은 그 시신들이 밀집된 중간에 섰다. 그들의 입장이 되어 보려는 것이다.

두리번두리번, 얼굴 높이로 파편이 쏟아지는 방향을 가늠해 보지만 그렇다면 다른 이들도 얼굴에만 파편상을 입어야 하고, 또한 겹치는 부분이 있기 때문에 전체가 동시에 피해를 입었다는 점도 설명되지 않는다.

"……!"

순간 머리를 스쳐 가는 하나의 가정!

진은 천천히 하늘을 향해 고개를 들어올렸다.

눈을 쏟아 붓던 구름은 자취를 감추고 맑디맑은 하늘이 높기만 하다.

그러나 진은 하늘 외에는 아무것도 없는 그곳을 바라보며 중얼거렸다.

"니기미……."

그렇다. 하늘이다.

화탄은 하늘에서 터졌다!

여기에 섰던 자들은 뭔가가 머리 위에 있다는 것을 알았고 그것을 쳐다봤다. 때문에 얼굴만이 파편에 노출된 것이다.

특히 이자… 손톱만한 파편에 미간이 깨끗하게 관통당해 그나마 곱게 죽은 축에 속하는 사내의 얼굴에는 죽음의 순간이 적나라하게 그려져 있었다.

그러나 그에게서는 죽음을 감지한 순간의 것이라고는 볼 수 없는 애매한 표정이었다.

'의아' 였다.

뭔가를 봤으되, 그게 뭔 줄은 몰랐던 게다. 아마도 저승에 가서도 그것이 무엇인 줄은 모를 것이다.

'하늘이라… 젠장!'

자신들을 죽인 물건을 봤다면 그것은 하늘에 얼마간 둥둥 떠 있었다는 이야기가 된다. 누군가는 이것의 접근을 봤을 터이나 위협적이라 생각하지 못했을 것이다. 아니, 어쩌면 마지막 순간에서야 이것이 자신들의 머리 위에 와 있다는 것을 알았을 정도로 은밀히 접근했을 수도 있었다.

하늘을 유유히 떠다니는 폭탄이라니…….

대체 이게 뭐냔 말이다!

한 겹을 벗겨내면 더욱 알 수 없는 껍질이 드러나는 형국인 것이다.

확실한 것은 오직 하나밖에 없었다.

'뭔가 잘못되어 가고 있다!'

문득 떠오르는 그들.

"설마……."

진 역시 소총과 폭약을 가져올 수 있었다.

하물며 한진회, 그들은 오랫동안 일을 꾸미고 계획했다고 했다. 그런 것이라면, 그들이라고 해서 무기를 가져오지 않았다는 보장은 없는 것이다.

아니다. 아닐 것이다.

지나친 비약이다. 그들이 설사 무기를 가져왔다고 해도 무어 할 일이 없어 이런 궁벽진 곳까지 와서 이리도 거창하게 일을 벌여놓았을 것인가?

진은 머리채를 감싸 쥐었다.

여기에서 밤낮 생각해 봐야 결론이 나올 수는 없는 일이었다. 백의 장포인과 기괴한 자들을 추적하거나, 그들을 불러들여 족치는 수밖에는 이 난관을 헤쳐 나갈 길이 없었다.

그러나 쉬이 움직일 수도 없는 노릇이었다.

어디서부터 뭘 시작해야 할지도 모를뿐더러, 무엇보다 귀랑은 아직 보살핌이 필요한 상황이었다.

일단은 연공실에서 지내면서 귀랑이 완전히 회복하는 것을 지켜보고, 혹여 사부들과 연화가 돌아올지도 모를 일이니 당분간은 연공실에서 지내는 것이 유일한 선택이었다.

마음을 결정한 진은 주위를 둘러보더니 긴 한숨을 내뱉었다.

산채가 모두 불타 버렸으니 당장 밥을 해 먹을 솥 하나도 남아 있는 것이 없었다.

솥?

쌀도 없다.

"뭘 먹고사나……."

한 치 앞을 분간하지 못할 어둠 속. 어둠의 일부인가? 하지만 그곳에는 분명 호흡을 하는 하나의 인영이 꿈틀대고 있다.

일견 가녀린 체구이건만 온몸을 휘감고 있는 채 아물지 않은 자상들이 뒤범벅인 여인. 다름 아닌 연화다.

흔들흔들, 술에 잔뜩 취한 듯 앉아 있는 모양새가 위태롭기 짝이 없다.

쿵!

아니나 다를까. 연화는 제 몸을 가누지 못하고 우악스럽게 누워버린다. 모로 누워버린 연화의 오공에서 거무튀튀한 액체가 새어 나오기 시작했다.

끊임없이 흘러나오던 검은 액체가 서서히 잦아들 무렵, 연화의 몸이 슬슬 움직여지기 시작했다. 그녀의 등가죽이 뱀의 뱃가죽과 같은 공능이라도 있다면 모를까, 연화는 아직도 대자로 뻗어 있기에 제 발로 걸어 나가는 것이 아니었다.

뼈 위에 바로 살을 덮어놓은 듯한, 터질 듯 붉어져 있는 핏줄만이 가득한 손이 발목을 잡아끌고 있는 것이다.

드드드득.

울퉁불퉁한 바닥에 퉁겨 연화의 머리가 연신 튀어 올랐지만, 마른 장작과 같은 손의 주인은 신경 쓰지 않은 듯 그저 끌어내는 데에만 여넘이 없었다.

이윽고 동혈 밖으로 벗어나는 연화와 연화를 끌고 있는 인영.

여전히 볕은 풍족하지 않았지만 동혈에서와는 달리 사람을 구별할 정도는 충분하니 비로소 연화를 잡아끄는 인물의 진면목이 드러났다.

바닥까지 늘어져 있는 성근 백발, 죽은 자나 가질 법한 암울하고 탁한 눈빛이 저승사자를 연상케 하는 노인이었다.

"벌써 그 정도라니. 과연 놀랍군요."

어둠 저편, 말과는 달리 전혀 놀란 것 같지 않은 목소리가 흘러나왔다.

"또 무슨 일이냐?"

노인의 섬연한 시선이 고정된 곳. 어둠 속에서 한 사내가 천천히 걸어 나왔다.

"그 아이의 상태를 보고하는 것이 바로 제 임무입니다."

"흥! 빌어먹을 임무 나부랭이 헛짓거리를 하다 옥황상제 배알한 놈이 기백은 된다. 네놈도 염왕 면상이 궁금하다면 계속 게 있거라."

사내가 손사래를 쳤다. 다분히 농이 섞인 과장된 행동이었다.

"나는 전혀 궁금하지 않소이다. 나는 그저 그분의 말을 전하러 왔을 뿐이……!"

사내는 말을 맺지 못했다. 노인이 연화의 다리를 내팽개쳐 버리더니 그야말로 빛과 같은 속도로 사내에게 달려들었던 것이다.

팡! 팡! 팡!

허리춤에 놓여 있던 노인의 손이 사라졌다고 생각하는 순간, 기괴한 경로를 그린 손바닥 형체가 흑의인의 머리라 할 만한 공간에 불현듯 나타났다. 흑의인은 손에 쥔 도를 채 뽑지도 못하고 도집째로 이를 맞

받아야 했다.

가까스로 장력을 막아내기는 했으나 흑의인은 손목이 부러진 듯한 충격을 받고 이 장여나 밀려나고 말았다.

숨돌릴 새도 없이 다시금 섬전과도 같은 칠권(七拳)을 뽑아내는 노인.

흑의인의 얼굴에는 더 이상 미소가 머물러 있지 못했다.

엄밀한 투로, 게다가 살심이 담긴 권형이 도무지 피할 공간을 주지 않고 만변의 변화를 머금은 채 사방 천지에서 조여 오는 까닭이었다.

그야말로 흑의인의 머리가 곤죽이 되어 터져 나갈 수밖에 없는 그때!

"멈추라!"

낮고 잔잔한 음성. 그러나 그 음성은 노인의 진기의 흐름을 방해했고, 게다가 투로를 매끄럽게 연결할 수 없는 교묘한 시간에 터져 나온 것이었다.

이 짧은 시간에 사내는 신형을 수습하고 몸을 뺄 수 있었다.

노인의 얼굴이 험악하게 일그러졌다.

"오늘은 뭐가 이리 꼬이는 게 많더냐! 네놈도 노부의 화를 돋우려 왔더냐?!"

"나 역시 그 아이와 마찬가지로 당신의 화를 돋운 적이 없소."

목소리와 함께 물결처럼 흘러나오는 청의중년인, 지밀단주 비검이었다.

한숨을 돌린 흑의인은 크게 난망한 표정을 지으며 오체투지했다.

"삼가 목낭적, 주군을 뵈옵니다."

노인의 얼굴은 더욱 일그러졌으되, 동시에 그의 온몸에서는 살갗을 저미는 살기가 터져 나오기 시작했다.

"주군? 오호라! 네놈이 그 똥물에 튀겨 먹을 놈이구나. 본 교의 원수를 끌어들여 교를 움켜쥐었다니 안 봐도 뻔한 그릇이다만, 그래도 나는 시험을 해봐야겠다!"

비검을 향해 몸을 날리는 노인. 갈지(之) 자로 힘차게 밟아오는 품형, 마군보(魔軍步)와 함께 그의 쌍장이 허옇게 달아올랐다.

퍽!

상리를 벗어난 기괴한 투로를 그리며 비검의 안면을 향하던 노인의 일장은 그대로 비검의 얼굴을 작렬하고 말았다.

"……!"

그러나 비검은 아무 일도 없었다는 양 편안한 신색을 유지하고 있을 뿐이다.

"크윽……."

오히려 침음성은 노인에게서 흘러나왔다.

검지가 잡혔다. 잡혔을 뿐 아니라 형편없이 꺾여 버리기까지 했다. 십성의 공력이 실린 추혼팔장(追魂八掌)이 전낭 털다 붙들린 배수(扒手)마냥 단 한 수에 손가락이 잡혀 꺾여 버린 것이다.

완전히 탈골되어 버린 손가락을 부여잡고 주춤주춤 물러서는 노인. 그의 얼굴에는 고통보다는 불신이 더욱 크게 그려져 있었다.

"일장로, 나는 최대한 예를 갖추었다 판단하고 있소. 그러나 당신이 권주를 마다하고 벌주를 받고자 한다면, 나는 그 뜻을 거스를 생각이 없소이다."

차가운 음성과 함께 벌레를 쫓는 마냥 그저 휘이 젓는 손짓.

퍼버벅!

그 순간 노인, 천년신교의 일장로인 종리명은 만 근 바위에 받친 마냥 큰 충격을 받고 십 장 뒤로 튕겨 우악스레 지면에 구겨지고 말았다.

"쿨럭!"

종리명의 입에서는 검붉은 각혈덩어리가 뱉어져 나왔다.

이번에도 마찬가지다. 종리명은 당장의 고통보다는 이것이야말로 있을 수 없는 일이다, 라는 표정을 지어 보이고 있었다.

"이, 이건……."

염라혈장(閻羅血掌). 종리명이 아는 바, 비검이 펼쳐 보인 것은 분명 염라혈장이었다.

염라혈장은 이미 실전됐다. 영령사자만에게만 전해지는 염라혈장은… 그의 혈육들까지 모조리 도륙되면서 완전히 사라졌단 말이다!

"어떻게… 네, 네놈이……!"

여전히 표정의 변화가 없는 비검.

"당신은 알 바 없소. 알 바 없을 뿐 아니라 당신은 그 아이의 목숨을 부지시켜야 한다는 맡은 바 소임을 다하면 그뿐이오."

현격한 힘의 차이. 그럼에도 종리명의 눈에서 타오르는 불길은 거두어질 줄 몰랐다.

"누구냐, 너는?"

말없이 물끄러미 종리명을 바라보는 비검.

그를 바라보던 종리명의 안색이 순식간에 만변했다. 놀라움, 경악, 그리고 이내 싸늘한 그것이었다.

"너는 내가 아는 누구와 닮았다. 내 생각이 맞느냐?"

"……."

"너는… 그의 아들이구나. 그런데도 그 빌어먹을 놈과 손을 잡다니… 모용추가 지하에서 복장이 터지고 말겠구나.”

비검은 여전히 말이 없다. 억울하게 죽어간 그의 아버지를 말함에도 한 치의 동요조차 보이지 않는다. 감정 따위는 애저녁에 말라 버린 목석처럼.

“교주님은… 어찌 되었느냐?”

종리명의 허탈하고도 허망한 음성.

비로소 비검의 입이 열렸다.

“공야숙 전 교주를 말하는 것이라면… 그는 아직 죽지 않았소.”

한동안 말이 없던 종리명, 이윽고 그는 긴 한숨을 내뱉었다.

“약속은… 반드시 지켜라.”

“당신이 그 아이를 살려놓는다면, 그리될 것이오.”

거기까지다. 비검은 지체없이 돌아섰고 목낭적이 그 뒤를 따랐다.

종리명도 더는 묻지 않았다. 더 물을 수 없다 해야 옳다.

종리명의 몸은 매미 날개마냥 떨리고 있었다. 격동이다.

교주는 죽는다. 변하지 않을 사실이다.

교를 배신했고 교주 독문무공을 장로회의 허락 없이 유포시켰으니 명분도 갖췄다.

그러나 교를 배신한 여느 교도들에 대한 처벌처럼 투석질에 맞아 죽게 할 수는 없었다. 전대 교주로서의 명예로운 죽음은 불가하지만 최소한… 오랜 친구가 투석질에 뭉개지고 사지가 뜯겨 나가는 처참한 죽음에 이르는 것을 방조할 수는 없었다.

아침나절에 비검의 수하라는 자가 던져 놓고 간 반송장 계집아이의 목숨과 그의 개죽음을 바꾼 것이다.

그것만이 그에 대한 종리명의 마지막 배려였다.

마지막 배려? 아니다. 천년신교가 적도들의 손에 들어가 버린 지금
으로선 종리명이 할 수 있는 일의 전부였을 뿐이다.

빌어먹을… 막았어야 했다.

그날 밤, 오랜 기다림이 결실을 맺었다며 잔뜩 흥분한 칠적이 찾아
와 자리를 비운 사이 교를 맡아달라는 부탁을 해온 그때라도 말렸어야
했다.

공야숙의 진전을 찾았으니 일단 교주 직에 앉혀 구심점을 잡고 후일
을 차분히 준비하면 다시 천년신교는 예전의 부흥을 누릴 것이며 수많
은 신도들은 자유를 찾을 것이라 했다.

칠적은 실패했다. 미련한 놈, 총단을 비워놓을 땐 그만큼 신중해야
한다고 그리도 당부했거늘…….

그는 안다.

지난밤, 교의 총단으로 들이닥친 자들.

그들은 권력을 틀어쥐려는 신교 내의 반란자들이 아니었다. 외부인
들이었다. 그것도 천년신교와 한 이불을 덮을 수 없는 적도의 무리들
이었다.

칠적이 교의 주력을 모두 빼내간 그 시간에 그 이방인들은 천년신교
를 마음껏 도륙하고 욕보이고 말았다.

그리고 그 사이에는 그자가 있었다.

이덕패! 그 똥물에 튀겨 죽일 놈!

팔아넘긴 게다. 녹림천하문의 개잡놈들에게 천년신교를 팔아넘겨
버린 것이다.

비겁이라니.

놈은 이덕패와 손을 잡고 총단이 무주공산이 되어버렸을 때를 기다

리고 있었던 게다.

녀석이 모용추의 아들이 맞는다면… 그래서는 안 되는, 아니, 그럴 수가 없는 일이다.

녹림천하문의 문주 이덕패.

바로 그놈이란 말이다. 네놈 아비를 비명에 가게 만든 흉수가 바로 그 천하의 개잡놈이란 말이다!

"모용추, 네놈 아들은 괴물이 되고 말았구나."

제7장

내가 운명을 선택한 것이
아니라 운명이 나를 선택했다

개봉(開封).

역사를 거론할 땐 빠지지 않는 이름난 고도(古都)이자, 한때 인구 백만이 넘어섰던 대도시.

엄청난 규모의 장원이 그 수를 헤아릴 수 없이 빽빽하게 들어서 있고, 장원 사이를 가로지르는 관도는 마차 두 대가 겹쳐 지나가도 여유가 있을 만큼 넓으니 과거의 영광이 고스란히 남아 있는 거대한 상업 도시였다.

이미 달빛도 모습을 감춘 시각. 한 사내가 넓은 관도 한복판을 비실비실 걸음을 옮기고 있었다.

술이 과한 것인가. 여전히 흥청거리는 개봉에서는 특별한 것 없는 사내들의 작태다.

그러나 이 사내는 흔히 볼 수 있는 주사꾼과는 어딘가 달라 보인다.

후두두둑!

복부에서 비롯된 검붉은 액체가 하의를 적시고 가죽신에 고이기가 무섭게 넘쳐흐르며 사내가 지나온 길을 표시하고 있다.

울컥!

유난히 붉었던 사내의 입술은 도무지 혈색을 찾아볼 수 없고, 곱게 기른 짧은 턱수염은 입에서 비롯된 검붉은 액체에 성겨져 있다.

힘들게, 겨우겨우 한 발씩 걸음을 옮긴 사내가 마침내 멈춰 선 곳.

이곳 개봉에서는 크다 말할 수 없는 장원의 앞이다. 대문이 가문(家門)이라, 장원의 규모처럼 평범하기 짝이 없는 출입 대문 위에는 작고 초라한 현판이 걸려 있다.

정류지(停流地).

흐름이 멈추는 곳. 괴이한 이름의 현판이다.

실상은 그렇지 않더라도 현판만은 갖은 미사어구를 가져다 붙여 멋들어지게 걸어놓기 마련이거늘, 장원의 현판은 초라했고 그 의미 또한 스스로 붙였다고는 믿을 수 없을 만큼 자괴적이었다.

그러나 사내는 알고 있었다, 이곳은 진실로 세상의 모든 것이 흘러 들어 와 멈추는 곳임을.

사내는 둥근 문고리를 힘겹게 잡아 들었다.

터엉!

묵직한 문고리는 나무 문짝에 부딪쳐 고요한 개봉의 밤을 갈라놓는 목탁음을 벌여놓았다.

그것을 끝으로 사내는 맥없이 거꾸러져 버렸다.

잠시 후, 출입문이 빠끔히 열리며 주위를 훑어보는 눈 몇 개가 드러났다. 이내 그 눈들의 주인이 만신창이가 된 사내를 끌어들이고는 소리없이 문을 닫았다.

　창백한 안색의 사내가 화려한 비단과 망사로 치장된 멋들어진 사주침상(四柱寢牀) 위에서 가쁜 숨을 몰아쉬고 있었다.
　당장에라도 숨을 놓을 듯한 창백한 안색이지만 사내의 드러난 얼굴은 소녀들의 방심을 흔들어놓을 만한 아름다움이 곳곳에 배어 있었다.
　청수냉검, 한빙검의 주인, 천년신교 비도 흑랑대의 대주. 누워 있는 수려한 남자를 가리키는 말은 이외에도 수없이 많았으나 그가 원하는 이름은 그의 본명 석양동이라는 이름 석 자뿐이었다.
　이르기 전,
　중공산은 희망이 움트고 있는 곳이었고,
　이르고 난 후,
　중공산은 그 자체로 거대한 묘지가 되고 말았다.
　중공산에 뼈를 묻지 않은 천년신교의 교도는 오직 석양동뿐. 그러나 살아 있으되 살아 있다 말할 수 없을 정도로 기식이 엄연한 지경. 그나마 이 상태를 유지할 수 있었던 이유는 바로 그가 누워 있는 사주침상의 주인의 힘이라 할 수 있었다.
　사주침상의 맞은편, 화려한 방의 장식과 걸맞게 옥과 금으로 치장된 수돈(繡墩) 아래로 길고 아름다운 곡선을 가진 여인의 다리가 곱게 포개져 있었다.
　커다란 금강석이 박힌 반지가 오지마다 주렁주렁 끼워져 있음에도 천박하게 보이지 않는 투명하고 고운 손이 열을 살피는 마냥 석양동의 이마에 올려졌다.
　가녀린 팔의 곡선이 은은하게 드러나는 붉은 하피의. 그 끝에는 여인의 눈부시게 하얀 목덜미가 드러났다. 아롱이는 화등잔의 미려한 불빛에 뿌옇게 채색된 솜털은 여인의 색감을 더해줄 따름이다.

촉촉하게 젖어 있어 더욱 육감적인 여인의 입이 조용히 열렸다.

"어찌 되었는가?"

느릿하면서도 끈적한, 그러나 거부할 수 없는 위엄이 실린 음성.

"개봉 내 연통자들 모두에게 기별을 넣어두었습니다. 수상쩍은 자가 침입하면 즉시 보고를 해올 것입니다."

세월의 깊이 속에 경험과 현명함이 농익은 장년인이 다소곳이 말했다. 여인이 다시 물었다.

"와룡각(臥龍閣)은?"

"불이 꺼진 지 일각이 되었습니다."

"깨워."

"하, 하나……."

"이 사람 누군지 알아?"

장년인은 난처한 표정을 거두지 않으면서도 고개를 끄덕였다.

"이 사람을 이렇게 만든 자들이 우리의 경계막을 뚫지 못할 것이라는 확신… 있어?"

"……."

"가서 깨워."

여인의 단호한 한마디에 중년인은 더 이상 토를 달지 못하고 물러갔다.

석양동의 숨이 한결 편해져 있었다. 여인은 이제 혈색이 제법 돌아온 석양동의 얼굴을 뚫어버리기라도 하려는 듯 한시도 눈길이 흐트러뜨리지 않았다.

그러기를 한 식경. 여인의 예의 포근하고 부드러운 미소는 순식간에 거두어지고 대신 시리도록 차가운 얼음장이 들어찼다.

"누가 올 거야."

누구에게 말을 한 것인가? 기식이 엄연한 석양동에게 한 말이 아님은 분명했다.

"굉장히 강할 거구……"

"죽이면… 되는 건가?"

모호하게 울려 퍼지는 묵직한 사내의 음성.

"그게 가능하다면."

"괴물이군."

희미하게 웃는 여인. 순박하면서도 요염하기 짝이 없는 그녀의 눈웃음은 도무지 지금의 상황에 어울리지 않았다.

"남말하기는."

여인은 여전히 미소를 지우지 않으며 문밖으로 시선을 돌렸다. 열린 문밖에는 어둠뿐이지만 틀림없이 목소리의 주인은 어딘가에 기대어 서 있을 것이었다.

"이 사람 알아? 청수냉검이래나?"

"몰라."

"유치하지? 상상력이 참 부족한 사람들이야. 난 이 사람 예전 별호가 더 맘에 드는데."

"……"

"소견즉(笑見則) 필참사(必斬死). 이 사람 웃는 모습을 본 사람은 모두 반으로 갈려 죽었대. 꽤 길지? 특이하기도 하고."

"……"

어둠에 기대어 있는 사내는 여전히 말을 아꼈다. 그러나 지금의 침묵은 여태까지와는 달랐다.

소견즉 필참사. 한때 천하를 쩌렁쩌렁 울리게 만들었던 희대의 살인마이자 절정고수. 그가 저리도 만신창이가 되었다면 그를 노리는 자들을 미루어 짐작할 수 있는 것이다.

"할 수 있겠어?"

"해봐야겠지… 뭘 줄 거야?"

"뭘 원해?"

"알잖아."

"그러게 뭘 물어?"

"……."

사라진 것인가. 처음부터 아무도 없었다는 마냥 여전히 어떠한 기척도 느껴지지 않았다.

그러나 그녀는 안다. 그는 갔다. 자신을 저주하면서도 그들을 막기 위해 전장으로 향하는 것이다.

밤이면 야수가 되어버리는 괴물, 야살귀(夜殺鬼). 이번에는 꽤나 힘든 싸움이 될 것이다.

그래도 걱정하지 않는다, 그는 충분히 강하므로.

다시금 석양동에게 눈길을 두는 여인의 입가에는 예의 희미한 미소가 번져 갔다.

잘 정돈된 기와 지붕.

반쪽난 달빛 아래 어두운 그림자가 빛살처럼 쏘아져 나간다. 사람의 형상, 한 번의 도약에 십여 장씩 뽑아져 나감에도 불청객의 존재를 알려주어야 할 기와들은 꿀먹은 벙어리마냥 조용할 뿐이다.

우뚝!

급작스레 멈춰 서는 두 개의 형상. 그제야 두 형상의 진면목이 드러난다.

찰싹 달라붙은 검은 붕대와 같은 것으로 탄탄해 보이는 육신은 물론이고 머리끝까지 촘촘히 동여맨 두 명의 사내. 거울로 비춰놓은 것처럼 모든 것이 너무나 닮아 있는 그들이었다.

앞선 사내의 시선이 지붕의 내림마루가 이루어낸 그늘을 노려보며 말했다.

"쥐새끼군, 아주 커다란 쥐새끼야."

"살이 아주 통통한 맛있게 생긴 놈이지?"

입쯤으로 보이는 붕대가 빠끔대며 동시에 같은 모양으로 벌어졌지만 음성은 앞서 있던 자와 뒤처져 있던 자의 입에서 번갈아가며 흘러나왔다.

이들의 이죽거림에 지붕의 내림마루 벽에 기대고 앉아 별이 총총한 밤하늘을 하릴없이 바라보고 있던 사내가 엉덩이를 툭툭 털고 일어섰다.

제멋대로 헝클어진 검은 머리카락은 사내의 얼굴 모두를 덮고 있었기에 모습을 알아볼 길이 없다. 하지만 그 자체로도 모로 세워놓은 예리한 칼과 같은 섬뜩함을 풍기는 사내, 그는 야살귀라 불리는 남자였다.

야살귀가 희미하게 웃으며 두 사내를 번갈아 보았다.

"그렇군. 두 마리… 뿐인가?"

마주 보는 괴사내들. 소리도 없고 붕대에 가려져 드러나지는 않았지만 붕대 안의 얼굴은 필시 웃고 있을 터였다.

또다시 둘의 입은 동시에 움직였지만 음성은 앞선 사내의 입에서만 흘러나왔다.

"재미있는 녀석이야. 그런데 어쩌나, 놀아주고 싶지만 형들이 할 일이 좀 있어서 말이야."

야살귀는 동쪽으로 잔뜩 기운 덩그런 만월을 일별하고 고개를 조용히 주억거렸다.

"나 역시 자고 있어야 할 시간이다."

두 괴사내는 다시 마주 보며 웃었다. 그러나 전과는 다른, 축축한 살기가 배어든 음침한 웃음소리와 함께였다.

"크크크. 그럼 가서 자빠져 자라. 형들은 이 집에 잠시 볼일만 보고 갈 거니까."

이번에는 뒤처져 있던 사내의 음성이다. 그러나 앞서 있던 사내와 놀랄 만큼 흡사한 목소리였기에 이제는 누구의 입에서 나온 누구의 목소리인지 분간조차 힘들 지경이었다.

"내 집이다."

비로소 붕대 사이로 유일하게 드러나 있는 괴사내들의 눈에 이채가 서렸다.

"이 집주인은 계집인 걸로 아는데?"

"맞아."

"형들 눈에는 네가 계집으로 안 보이고."

"맞아."

앞선 사내가 고개를 설레설레 흔들었다.

"형들한테 까불다 좆된 새끼들을 여기서 세우면 정주(鄭州)까지 일

열 종대로 왕복시킬 정도는 된다. 너도 그 대열에 끼어보련?"

어느새 대기를 찢어버릴 것 같은 가공할 살기가 뭉게뭉게 피어났지만 마실 나와 농 따먹기를 하는 듯한 세 남자의 대화는 평화로웠다.

"줄 서는 건… 별로다."

괴한들의 입은 굳게 다물어졌다. 그들 말대로 그들은 매우 할 일이 많은 까닭에 농 따먹기나 할 시간은 정말로 없었던 것이다.

앞선 사내의 손목에서 한줄기 가느다란 편(鞭)이 풀어져 내렸다. 조금 뒤처져 있던 사내도 등에 매달린 커다란 구환도(九環刀)를 빼 들었다.

그러나 야살귀의 손에는 아무것도 없었다. 대신 두 주먹을 굳게 말아 쥘 뿐.

'적수공권이라…….'

비룡이마(飛龍二魔) 중 맏이, 일마(一魔)는 실망했다.

천고의 절기라 한들 전장에서 박투술은 사치다. 사람을 죽이고 자신을 보호하기에는 맨주먹보다 돌이라도 집어 드는 것이 낫고, 돌보다 칼이 낫고, 칼보다 독이 낫다는 것은 삼척동자도 아는 사실이다.

상관없다. 비룡이마, 그들 형제는 바퀴벌레 한 마리를 밟아 죽일 때도 최선을 다할 따름이다.

취이익!

경호성은 없었다. 별안간 귀곡성을 울리며 야살귀의 안면을 향해 날아드는 편.

팟!

야살귀가 서 있던 곳엔 기와 파편이 편에 맞아 산산이 부서져 솟아올랐으나 야살귀는 이미 그곳에 없었다.

동시에 뒤처져 있던 비룡이마가 꺼지듯 사라졌다.

때그르룽……

기분 나쁜 공명을 내뱉는 구환도는 일 장여 허공에서 불현듯 나타났다. 그곳은 빗살을 피해 도약했던 야살귀가 머무른 곳!

푸아악!

구환도에 백린이라도 숨겨놓은 것인가? 거대한 불길이 대기를 작렬했다.

화기(火氣)를 정면으로 부딪치는가 싶더니 튕기듯 다시 몸을 빼내는 야살귀.

하지만 그곳은 이미 한줄기 경기가 차지하고 있는 자리였다.

취이익! 때그르르, 푸아악!

숨 쉴 틈 없이 이어지는 연수합격.

야살귀는 거침없이 몰아치는 비룡이마의 합격을 겨우겨우 받아낼 따름. 매 순간이 위기의 연속이다.

그러나 금방이라도 피를 뿌리며 쓰러질 것 같던 야살귀는 매번 특유의 부드러운 보법과 가벼운 놀림으로 비룡이마가 펼쳐 낸 죽음의 그물을 벗어났다.

전각들의 지붕이 한여름 연못의 연꽃잎과도 같이 빼곡한 개봉의 한복판.

비록 수차례 살수를 벗어났다고는 하나 별다른 공세를 취해보지도 못하는 야살귀와 우세를 점하면서도 결정적인 수를 내고 있지 못하는 비룡이마는 들판의 메뚜기처럼 지붕 위를 뛰어다녔다.

이런 숨바꼭질하기를 한참 후, 별안간 야살귀는 얼어붙듯 멈춰 서버렸다.

예의 기괴한 괴성을 내뿜으며 한줄기 호곡선을 그려오던 편이 무방비한 야살귀의 등을 노리며 짓쳐 왔으나 야살귀는 그저 등을 내보이고 있을 뿐이다.

텁!

피하기에 급급했던 지난 일들이 무색하게도, 한 번의 손놀림으로 편의 머리를 잡아채 버리는 야살귀.

취이익!

편의 끝이 크게 갈라지더니 야비한 혓바닥이 날름거린다. 초점없는 탁한 눈에서 번들거리는 살기를 쏘아 보내는 살아 있는 진짜 뱀.

비룡이마가 부리는 편의 진정한 정체였다.

"사곡편(蛇哭鞭)이라……."

야살귀는 작은 머리에 걸맞지 않게 커다랗게 입을 벌리며 날카로운 독아(毒牙)를 번뜩이는 뱀의 머리를 손가락으로 지그시 눌렀다.

피빗!

뱀의 머리는 맥없이 터져 나가 버렸다. 빳빳한 경기를 두르고 있던 사곡편은 힘없이 늘어져 버린 것도 동시의 일이었다.

이 장면을 말없이 목도하고 있던 일마(一魔)는 이제는 무용지물이 되어버린 사곡편을 미련없이 집어 던져 버렸다.

그리고 이번에는 그의 양손에서 기다랗고 흐느적거리는 편이 다시 흘러나왔다.

또 다른 사곡편이되, 하나는 번들거리는 짙은 녹색을 띠고 있었고 또 하나는 검은 바탕에 선명한 노란 기형 무늬가 새겨진 뱀이었다.

녹두사(綠頭蛇)와 칠보사(七步蛇). 슬쩍이라도 물리는 날엔 다섯 번 숨 쉬어보기도 전에 황천행을 독촉한다는 지독한 독물을 지닌 독사들인 것이다.

"그 좋은 것들을 쓸데없는 곳에 쓰는군."

상대의 성문절기를 몸보신 거리로 치부해 버리는 야살귀의 여유.

치명적인 독을 품은 뱀을 병기로 삼는 비룡이마를 상대로 수백 초 동안 별다른 수를 내지 못했던 야살귀였지만, 그의 얼굴에는 초조함도 당혹감도 없었으며 있을 법한 땀방울 하나도 보이지 않았다.

야살귀는 여전히 뒷짐 진 여유로운 자세로 주위를 천천히 훑어보기 시작했다.

"이곳이면 적당하겠어. 자, 시작해 볼까? 비룡 형씨들."

비룡이마는 서로 마주 보았다.

그간 수세에 몰린 척하며 이곳까지 유인한 얄팍한 수에 넘어갔다는 문제도 있었지만, 무엇보다 자신들은 전혀 안면이 없었던 이가 한번에 그들을 알아봤다는 것에 서로에게 의문을 표시한 것이었다.

"우리 집은 가만히 앉아 있어도 이것저것 들리는 것이 많은 곳이거든?"

사곡편을 든 일마(一魔)가 말했다.

"이로써 네 연놈들이 죽어야 할 이유가 세 가지나 생겼다."

구환도를 든 이마(二魔)의 입 쪽 붕대가 들썩거린다.

"형들 바쁜데 까분 죄!"

다시 일마.

"내 귀염둥이 머리통을 까부순 죄."

말이 끝나기가 무섭게 일마는 지면을 스치듯 낮게 신형을 쏘아왔고 이마는 야살귀의 상위를 점하며 녹아내릴 듯, 거센 화공을 실은 구환도 를 내려치면서 동시에 소리쳤다.

"알지 말아야 할 것을 안 죄!"

두 줄기의 사곡편은 야살귀의 사방(四方)을 잠식하며 야살귀의 요혈을 물어갔고 구환도는 예의 사뜩한 화기를 내뿜으며 야살귀의 팔위(八衛)를 차지하며 압박하기 시작했다.

야살귀의 사방 팔위는 온통 사문(死門)뿐이다!

"갈!"

태산 같은 사자후와 함께 야살귀의 신형이 일마에게 맞쏘아져 갔다.

뽑아낸 일권. 강력한 경기였지만 비룡이마가 만들어낸 엄밀한 살인망을 상대하기에는 무식하리만치 단순한 대응이었다.

일마의 얼굴을 감싼 검은 붕대가 묘하게 일그러졌다.

승리의 확신에 찬 회심의 미소다.

두 개의 사곡편이 야살귀의 충권(衝拳)에 정면으로 맞서는가 싶더니 순식간에 강(强)에서 유(柔)로 형질을 변환하고 야살귀의 팔을 감아 타기 시작했다.

멈칫!

그 순간 일변하는 일마의 눈빛.

예의 확신은 온데간데없고 당황한 기색이 역력하다.

흘러내린 머리카락으로 얼굴 태반을 가리고, 바싹 말라 있는 입술만을 드러내 놓은 사내. 야살귀의 마른 입술에 흡사 웃음과도 같은 비릿한 것이 걸려 있는 것이었다.

불안이 확신으로 바뀌는 데에는 많은 시간이 필요치 않았다.

일마는 실수를 했다. 녹두사와 칠보사의 독을 믿고 야살귀가 내놓은 팔을 물어뜯어 버렸다면, 혹은 바위를 두 토막 내는 사곡편의 순수한 힘으로 야살귀의 팔을 취했더라면 잃은 것보다 얻는 것이 많았을 것인즉.

그러나 일마는 눈앞의 건방진 사내의 팔 따위가 아닌 확실한 죽음을 원했다. 사곡편이 강에서 유로 변화되었던 찰나, 쉬이 팔을 취하지 않고 확실한 죽음을 불러올 사혈(死穴)을 노렸던 짧은 여유.

전장에서의 이러한 사치가 불러오는 결과는 하나뿐이다.

야살귀는 손목을 휘감은 귀곡편의 면도(鮸刀)와도 같은 비늘에 살갗이 갈가리 찢겨져 나가는 것도 도외시한 채 사곡편을 잡아챘다.

본인의 힘과 상대의 힘이 한곳으로 더해지자 감당하지 못하고 중심을 잃은 채 튕기듯 당겨지는 일마.

실수를 만회하려는 노력 따위는 해볼 사이도 없었다.

퍼억!

단단한 사람의 머리가 꿰뚫리는 데도 어째서 썩어 문드러진 호박 터지는 소리가 나는가에 대한 일마의 의문은 더 이상 답을 얻을 수가 없었다.

야살귀는 자신의 팔에 꿰어 있는 일마의 머리채를 잡아 빼더니 집어 던져 버렸다.

일마와 자신의 피로 뒤범벅된 팔은 그 자체로 핏덩이였다.

야살귀는 핏덩이를 자신의 입으로 가져갔다.

간질에 걸린 마냥 부들거리는 입술. 마른 입술이 벌어지며 붉디붉은 혀가 빠져나오는가 싶더니 피에 감긴 자신의 팔을 핥기 시작했다. 아껴놓은 전병을 혼자 먹으려는 아이처럼, 그는 자신의 팔을 탐닉할 따름이다.

이마의 시선은 야살귀에게 있지 않았다. 그저 머리가 터진 채 맥없이 널브러진 일마를 물끄러미 바라볼 따름이다.

"형은… 누가 머리 만지는 걸 참 싫어했는데……."

이마의 고개는 야살귀에게 돌려졌다. 야살귀의 몸에서 한층 암울한 기운이 흘러나오고 있다는 것을 감지하지 못한 것은 아닐 텐데도 이마의 표정은 그다지 변하지 않았다.

"우리가 누구인지는 알고 있는 듯한데."

"……."

이마의 전신에서 한여름 지면에서 올라오는 아지랑이와 같은 것이 유유히 흘러나오기 시작했다.

"잘못 안 거다."

"……."

아지랑이는 마침내 거대한 불길이 되어 타오르기 시작했다.

"지금부터 확실히 가르쳐 주마, 왜 우리가 비룡인지."

온몸을 감쌌던 검은 붕대는 한 줌 재가 되어버렸고, 더욱 기세를 올리는 화염은 그 재마저 태워 무(無)로 화해 버렸다.

화룡강기(火龍罡氣). 죽음의 불꽃의 정체였다.

이마의 두 눈에서 불꽃이 튀어 올랐다. 불꽃과도 같은 그 무엇이 아닌, 세상을 태워 버릴 듯한 진정한 화염이 눈구멍에서 폭사되고 있는 것이었다.

"타앗!"

야살귀를 향해 한 덩어리의 화염구가 날아들었다. 빠르지는 않았으나 열기의 세력권은 넓다.

야살귀는 그대로 도약하여 몸을 피했다. 그러나 열기는 등 뒤에서도 느껴졌다.

그리고 앞에서도!

향전살적세(向前殺賊勢)의 수법. 단순한 초식의 형태였으나 투로의 깊이와 화염이 만들어낸 범위가 넓어 함부로 대적할 수 없는 위력을 머금은 것이었다.

근원은 한 곳이나 세 곳에서 일어나는 무공. 이것이 향전살적세를 만나니 지옥이 탄생했다.

화염지옥(火焰地獄)!

일마의 독무지옥(毒霧地獄)과 어우러지게 되면 그곳이 바로 현세의 지옥이 되었을 것. 일마의 독공은 이제 다시는 세상에서 구경할 수는 없을 터이지만, 이마의 화공만으로도 죽음의 전령 역할에는 부족함이 없었다.

야살귀가 머물러 있는 곳은 허공. 야살귀가 의탁하거나 박차고 몸을 빼낼 어떤 것도 존재하지 않는 곳이다.

펑펑!

그러함에도 야살귀는 몸을 틀어 화염의 세력권에서 벗어나 있었다. 그의 발끝에서 뿜어진 족풍(足風)은 화염을 잠시간 걷어낸 것 외에도 그 반발력을 이용해 몸을 빼내도록 한 것이었다.

화염으로 이글거리는 이마의 두 눈이 잠시 이채를 띠었다.

"운룡대구식(雲龍大九式)이라……."

곤륜의 최상승 경신공부.

허공에서 아홉 번이나 위치를 바꾸는 비밀은 바로 족풍이다.

족풍은 역행이다.

저단(低丹)에서 천극(天極:머리)으로 흐르는 것이 기의 순리. 순리를 거스르면 반드시 탈이 나고야 만다. 탈없이 역행의 묘리를 살릴 수 있는 무공은 오직 곤륜의 상청무상신공(上淸無上神功)뿐.

야살귀의 내력이 드러나는 순간이었다.

“네놈이 누구이든!”

임무와 복수보다 중요하지 않다.

운룡대구식을 연이어 펼쳐 냈지만 채 신형을 수습하지 못하고 있는 야살귀에게 화기를 머금은 구환도를 던져 내는 이마.

때그르르르르르!

구환도는 정신을 빼놓을 정도의 요란한 쇳소리와 화기를 진득하게 머금고 야살귀에게 날아들었다.

야살귀는 지면에 이르지도 못하고 다시 도약해야 했다.

이마의 본신과 화염구, 그리고 구환도라는 세 개의 화염덩어리는 야살귀가 조금 전까지 몸을 추스르려던 지면 위에서 격렬하게 부딪쳤다.

세 개의 화기가 만난 바로 이 장 위, 야살귀가 머무른 곳이다.

어우러져 맹렬히 회전하는 세 개의 불기둥.

하나의 거대한 불기둥이 되는가 싶더니 불기둥은 더욱 구체화되기 시작했다.

거대한 아가리를 벌이는 승천하는 화룡의 형상.

화룡승천(火龍昇天)!

그물을 쳐 먹이를 한곳으로 몰아가 결국 죽을 자리를 확인하는 무위, 비룡의 실체다.

무모한 회피, 그러나 알고서도 그리할 수밖에 없다. 또한 그것이 화룡승천의 안배다.

미처 손을 써보기도 전, 거대한 화룡은 야살귀를 한입에 삼켜 버렸다.

그러나……

‘헛!’

흔들리는 이마의 눈빛.

칼끝에 걸리는 것이 없다.

빠져나갈 시간도, 공간도 없었건만 살을 가르는 느낌이 없다.

기실 화룡으로 보이는 것은 모두가 환영이다. 다른 누구에게도 보이지 않을 터이지만 비룡승천의 엄밀한 투로에 갇힌 자에게만큼은 차마 감당할 수 없는 화기가 느껴졌을 것이다. 비단 느낄 뿐만 아니라 실제로 그 화기에 불타 죽기까지 하는 완벽한 환영이다.

승천하는 화룡의 환상 속에 갇혀 당황하는 자는 일마의 독무에 당하지 않을 수 없다. 그러나 일마가 없는 지금, 이마가 직접 베어야 하는 것이었다.

그러나 베었다고 생각하는 순간, 야살귀는 허깨비처럼 사라져 버렸다.

"이형환위(以形換位)……."

이마가 펼쳐 낸 화룡처럼 그가 베어낸 야살귀도 거짓인 것이다.

이마는 비로소 공포에 절은 눈으로 주위를 훑었다.

이내 그의 등 뒤에서 느껴지는 이질적이고도 위험한 어떤 기운.

이마는 천천히 몸을 돌렸다.

그곳에는 여덟 마리의 악귀(惡鬼)가 구석에 몰아둔 먹이를 향해 고개를 치켜들고 있었다.

"파, 팔각선(八脚仙)……."

여덟 개의 다리를 가진 귀선(鬼仙).

환영도 거짓도 아닌 실체다.

전설 속 현심정종(泫心正宗)의 현종운영의(泫宗雲影意) 절초, 팔각선의 현신이었다.

여덟 개의 다리가 노리고 들어오는 곳은 이마가 차지한 작은 공간을 제외한 모든 곳. 반보라도 움직이면 그곳이 곧 사문(死門)이다.

"살아 있었구나, 십구호."

드디어 야살귀의 진면목을 파악한 모양. 그러나 이마의 사고는 더 이상 연장될 수 없었다.

희뿌연 광채를 머금은 여덟 가닥의 빛무리.

이마가 본 마지막 세상의 모습이었다.

이마는 머리가 괴이한 방향으로 꺾인 채 서서히 무너져 내렸다.

"키키키킥."

야살귀의 웃음. 섬뜩한 쇳소리가 섞인 광소다.

화룡승천이 아주 헛물을 켠 것은 아닌 모양. 야살귀는 한쪽 다리를 질질 끌며 쓰러진 이마에게 다가갔다.

입에서 흘러내리기 시작한 *끈끈한* 침. 동시에 번져 나가는 암울하기 짝이 없는 기운. 쩍 벌어진 이마의 목에서 흘러내린 피를 목도한 야살귀의 변화였다.

"크으윽……."

주춤주춤, 이마의 시체에서 물러서는 야살귀의 얼굴이 흉악하게 일그러졌다. 지독한 고통과 싸워내는 표정이다.

"크와와와왁!"

무릎을 끓고 머리를 감싸 쥐며 내지르는 괴성이 개봉의 밤하늘을 갈랐다.

그때!

슈슈슈슉!

어둠에서 날아와 야살귀를 옭아매는 수십 가닥의 밧줄.

야살귀는 미친 듯이 몸부림치며 밧줄들을 끊어냈으나 다시 수십 가닥의 밧줄이 날아와 그의 몸 전체를 꽁꽁 옭아맬 뿐이었다.

"크으……."

힘에 부친 듯 야살귀가 서서히 늘어질 무렵, 그의 앞에 가녀린 인영이 깃털처럼 표효히 내려앉았다.

그녀다.

숨 막히는 색감이 온몸을 휘감고 있는 그 여인이었다.

그녀의 이름은 목여염. 정류지, 강호무림에는 천지밀궁이라 알려진 신비 문파의 주인인 그녀였다.

목여염이 소매를 휘두르자 희뿌연 운무가 야살귀를 감싸 안았다. 이윽고 잠들 듯 고개를 떨어뜨려 버리는 야살귀다.

"바보… 그냥 쫓아버리기만 해도 된다니까."

아이처럼 잠든 야살귀를 품에 안은 목여염은 개봉의 어둠 속으로 사라져 갔다.

＊　　　＊　　　＊

타는 듯한 갈증.

"무, 무울……."

연화의 눈이 번쩍 뜨였다.

희뿌연 영상. 눈꺼풀을 들어올렸다는 느낌은 분명하나, 감았을 때와 다름없이 시야에 들어온 것은 없다.

보지 못한다는 것, 공포다.

손으로 비벼보기라도 했으면 좋으련만, 남의 것인 양 육신은 바람을 매몰차게 외면할 뿐이다.

"후우우~"

연화는 심호흡을 하며 마음을 진정시켰다.

조바심은 심마의 근원, 서두를 이유가 없으니 평정심을 가져오면 되는 일이다.

탁한 공기일지언정 폐부에 가득 차 오름이 느껴진다. 또한 근원지를 가늠하지 못할 정도의 통증이 전신을 경직시킨다.

죽은 자는 느끼지 못할 고통. 살아난 게다.

어찌 된 것인지 현재의 상황 또한 몹시 궁금했지만, 먼저 몸 상태를 알아야 했다.

진기의 손상은 막대하지만 몸 상태를 점검할 정도의 진기는 남아 있었다.

연화는 기해를 열고 몸 구석구석으로 진기를 흘려보내기 시작했다.

진기의 흐름이 껄끄럽게 넘어가는 부분.

'요추! 어긋났군. 부러진 것이 아니었나? 아니, 부러졌었어. 중추신경이 지나가는 곳인데, 그것도 다시 이어졌어. 어떻게 이런 일이…….'

신경은 한 번 끊어지게 되면 다시 잇는다는 것은 불가능하다. 요행히 붙는다 해도 온전히 제기능을 할 수는 없는 법이다.

그런데도 거짓말처럼 말끔하게 붙어 있는 것이었다.

'더 살펴보자.'

곳곳이 꼬이고 틀어져 있다. 그러나 수라파천신공의 공능이라면 가만히 내버려 둬도 치유될 경미한 정도다. 괴한들에게 당한 순간을 생각하면 기적에 가까운 상태인 것이다.

연화가 가진 의학적 상식으로는 도무지 이해할 수 없는 상황이었다.

"흐음……."

별안간 들려오는 메마른 침음성. 연화는 소스라치게 놀라고 말았다. 지척에 이르기까지 알지 못했다니…….

낯선 자에 대한 경계심이 일어났으나 그것은 마음뿐, 육신은 겨우 꿈틀거리는 정도로 의지를 대변할 뿐이었다.

"그 지경이었거늘, 스스로 의식을 차렸다? 본인의 상태를 모르지 않을 터, 비명 한마디 내지르지 않는 계집이라… 그놈이 너를 살리려 한 이유가 대강 짐작이 되는구나."

그놈?

그러고 보니 낯선 자가 기억난다. 단애로 떨어지는 자신을 교묘한 수법으로 낚아챈 사내.

그를 말하는 것인가?

의문투성이다.

만 장 천목애에서 그녀가 떨어지기를 기다린 끝에 구해낸 사람은 누구이며, 살려내라 명한 사람은 또 누구이며, 이유도 없이 불편한 심기를 드러내고 있는 노인의 음성은 무엇인가?

'……!'

연화는 의문을 지속할 수 없었다.

살기다. 볼 수는 없지만 분명히 느껴진다. 묵직하게 응집된 기파, 그것이 향한 곳은 다른 어느 곳이 아닌 바로…….

'무릎? 앉은뱅이로 만들겠다는 것인가? 말하는 투로 보아 나를 치유한 것이 분명하거늘, 이제 와서 대체 왜?'

또 다른 의문들이 치솟았지만 위기를 벗어나는 것이 우선.

"죽이려 한데도, 앉은뱅이로 만든다 해도 귀하의 몫이겠지요."

잔뜩 갈라져 있지만 차분하고 평온한 음성. 그러나 이것은 교묘히 상대의 심맥을 파고들어 흐름을 흩뜨려 놓는 교묘한 시간에 흘러나온 것이었다.

아니나 다를까? 살기가 팽팽하던 공기가 일순 흐트러졌다.

"움직이려 해도 그리하지 못하는 것은 잘 아실 테니, 내 무릎을 박살 내기 전에 물 한 잔 주실 아량은 없으신가요? 목이 너무 마르네요."

이번에는 더욱 큰 동요다. 살기는 여전하지만 응집된 진기는 거두어졌다. 상대는 들어올린 장(掌)을 슬그머니 내렸을 게다.

"보이지 않을 터."

"눈 빼고는 멀쩡하니까요."

"……."

시간을 벌었다. 그러나 더욱 강렬해지는 살기다.

'죽이기로 했어. 괴팍한 자군.'

연화는 남은 진기를 모조리 발끝으로 밀어 넣었다. 약간의 시간이 필요했던 것은 회심의 일격을 펼치기 위해서는 이 과정이 필요해서였다.

"호랑이에게 날개를 달아줄 수는 없는 노릇. 노부를 원망하지 말거라."

연화는 작은 미소를 얼굴에 그려 넣었다.

해탈에 이른 고승과도 같은 그녀의 모습에 당황한 것인가. 모질게 마음먹은 종리명의 얼굴에 갈등이 스쳐 갔다.

그 순간.

파바박!

물구나무를 서는 형태로 섬전과도 같은 연화의 양각(兩脚)이 종리명의 안면에 쏟아졌다.

그러나 급히 풀어낸 월영각이 엄밀할 수는 없는 노릇. 놀라기는 했으나 종리명은 연화의 발길질을 모두 흘리고 몸을 빼내 버렸다.

시력을 잃은 탓에 발경을 집중하지 못한 탓이리라.

'젠장! 틀렸어.'

한동안 움직이지 않았던 몸을 급히 움직인 탓인지, 극심한 통증이 몸 구석구석을 난도질했다.

대적세(對敵勢)를 취하고는 있으나 더 이상 뽑아낼 경력(勁力)은 없었다. 그야말로 뻔한 주먹질도 피해낼 기력이 없는 상태인 것이다.

잔뜩 긴장한 채 종리명의 반격을 기다리는 연화.

그러나 종리명은 성근 눈썹에 파묻힌 눈을 동그랗게 드러내며 부르르 떨고 있을 따름이었다.

"바, 방금 그것은……."

극심한 동요가 담겨 있는 음성이다. 종리명의 소매를 들어 연화가 남긴 발자국을 불신이 담긴 눈으로 쳐다보며 수전증 걸린 마냥 부들부들 떨어댔다.

"월영각 하뢰퇴(河雷槌)라고 해요. 꽤 괜찮은 기습이었는데 실패했군요. 이젠 얌전히 죽어야겠죠?"

볼 수는 없으나 종리명의 음성에서 뭔가를 느낄 수 있었던 연화는 제법 능청을 떨어댔다.

그러나 종리명이 귀담아들은 말은 연화의 능청 따위가 아니었다.

"월영각 하뢰퇴?"

고개를 가로젓는 종리명.

"아니야. 이, 이건 뇌추(雷鎚)… 뇌추다. 그와 내가 어렸을 적에 고기를 잡으려고 만들었던… 그 뇌추가 틀림없어."

종리명은 더욱 떨리는 음성으로 물었다.

"너, 너는 공 교주와 어떤 관계냐?"

살기는 사라졌다. 사라졌을 뿐 아니라 종리명의 음성에는 호의마저
담겨 있었다.

반면, 연화의 얼굴은 더할 나위 없이 굳어졌다.

"나는… 나는 공 교주란 사람은 모릅니다."

종리명의 안색이 다시금 야차와 같이 변한 것은 순식간. 극심한 표
정 변화요, 일 촉에 만변하는 감정의 기복이었다.

"네가 노부를 기망하려는 것이냐? 하늘 아래 유일한 절대존(絶對尊)
이시며 천하 좌도맹의 천상태제이신 천년대황(千年大皇) 공야숙 교주
의 뇌추를 네년이 어찌 아느냐고 묻는 것이다."

연화의 작은 어깨가 떨려갔다. 이내 굳게 쥔 주먹도 지면을 받치고
있는 두 다리마저 거칠게 흔들리기 시작했다.

"나, 나는… 공 교주라는 사람은 몰라요. 내가 아는 공야숙은 생명
의 은인이요, 인자한 아비이며, 지엄한 스승일 뿐입니다. 마교의 교주
따위… 아빠의 원수 따위가 아니란 말이에요!"

부지불식간에 덮쳐든 종리명의 가공할 경기에도 한 점 흐트러짐없
이 받아내던 여걸은 사라지고 상처 입은 작은 새끼 사자가 흐느끼고
있을 뿐이다.

속절없이 흘러내리는 눈물. 도무지 걷잡을 수 없는 혼돈과 슬픔이
심장을 파고든다.

"크억."

연화의 입에서 덩어리째 피가 토해졌다. 심마는 채 정비되지 않은

그녀의 내부를 다시금 헤집어놓았다.

연화는 물먹은 짚단처럼 흐물흐물 쓰러져 버렸다.

지독한 냄새.

목구멍을 간질이며 부드럽게 넘어가는 액체.

액체가 위장에 닿았다고 생각할 무렵 온몸을 파고드는 송곳 같은 기운.

모든 것을 느끼고 분별할 수 있지만 꼼짝할 수가 없었다.

아니, 움직여서는 안 된다.

스며드는 기운을 받아들이고 인도하는 것에만 집중해야 한다.

거칠고 서툴지만 곳곳에서 막혀 버린 혈로와 맥을 연결시키려 하는 의도를 지닌 진기다.

누군가 치료하는 것이다.

누구인지 의심할 필요는 없었다.

'살려놓고, 죽이려 했고, 또다시 살린다? 아니, 이건!'

개정대법(開頂大法)이다. 이심통(移心通)이다.

대체 왜?

이런 식으로 근본을 소진시키면 결국 목숨을 내놓고야 말 것을⋯⋯.

종리명의 전혀 일관성없는 행동에 연화는 어리둥절할 수밖에 없었다.

의문이 이어지기도 전에 또다시 입에 담겨지는 액체. 처음보다는 덜하지만 역시나 지독한 악취를 풍겼다. 그것은 잡식성의 생명체, 그중 특히 인간이 배출한 인분(人糞)이 풍기는 냄새와 흡사했다.

숙변(宿便)은 치백호역절풍(治白虎歷節風), 즉 뼈마디가 아프고 놀려

지지 않는 병에는 묵힌 똥만한 약이 없다는 것이다. 그러나 소나 염소와 같은 채식성 동물의 마른 변을 가공해 불편한 관절에 고약처럼 붙이는 것을 말한다.

'서, 설마 용루?'

의가에서 말하는 용루(龍淚:용의 눈물), 기실 용의 변을 말하는 것이고 좀 더 엄밀히 말하자면 사족사(四足蛇)라 불리는 도롱뇽의 똥이다. 사족사는 볕이 전혀 들지 않은 깊은 동굴에서 서식하는데, 몸통은 심장이 비칠 정도로 투명하고 두 눈은 완전히 퇴화해 사라져 버렸다. 그럼에도 빛을 감지할 수 있는 기관이 따로 있는 것인지 약간의 불빛이라도 비출라 치면 깊은 동굴로 몸을 숨겨 버리고 마니 사족사를 잡기란 그야말로 하늘의 별을 따는 것과 같은 것이다.

인분의 그것과 같은 구린내와 거북한 맛. 그러나 이것은 몸속의 탁기를 모조리 빼내는 공능이 있어 무공을 수련하는 자에게는 천고의 영약에 다름 아니며, 개정대법에서 시전자의 진기를 받아들이는 데에는 반드시 필요한 약이니 그 가치가 돈으로 환산할 수 없음은 두말하면 피곤한 일이 되는 것이다.

연화조차 책으로밖에 접한 적이 없는 용루인 것이다.

게다가…

개정대법이라니…….

불가하다. 개정대법은 완벽하게 일치하는 두 진기에 의해서만 소통이 가능하다. 같은 심법을 익혔더라도 각자의 체질에 의해 조금씩은 변형되기 마련, 결국 완벽한 개정대법을 타통시키는 일은 자신과 완전히 똑같이 생긴 사람을 찾는 것만큼이나 성공할 확률이 적은 것이다.

그러나 되고 있다. 불가하다고 믿는 일이 지금 몸에서 일어나고 있었다.

‘이자가 익힌 무공이…….’

수라파천신공이다. 달리 설명할 길이 없다.

종리명이 두정을 통해 흘려보내는 기운은 실로 막측(莫測)할 지경. 융통성도 없고 무엇엔가 쫓기는 듯 급하기 짝이 없으니 매 순간 긴장의 끈을 놓을 수는 없었다.

그러기를 두 시진.

거센 폭풍우처럼 들이닥치던 종리명의 기운은 서서히 잔바람이 되었고 마침내는 아이의 순결처럼 미약해지더니 이내 완전히 거두어졌다.

종리명의 손은 머리에서 떼어졌지만 연화는 내부로 침습한 이질적인 기운을 다스리고 어르느라 주위의 사정을 파악할 겨를이 없었다.

또다시 한 시진이 흐르고.

“후우우우…….”

긴 숨을 내뱉으며 연화는 눈을 떴다.

다시는 볼 수 없을 것 같았던 세상의 모습이 희뿌옇게나마 그려졌다. 예전처럼 온전하지는 않지만 다시 무언가를 볼 수 있다는 기쁨에 비명이라도 지르고 싶은 심정이었다.

“되긴… 되는구나.”

꺼져 가는 음성.

연화는 비로소 창백한 안색으로 정좌해 있는 종리명을 발견할 수 있었다.

단박에 알 수 있다. 기력이 잠시 쇄한 것이 아니라, 과도한 개정대법의 운용으로 본원진기까지 모조리 소진하여 서서히 죽어가고 있는 것이었다.

왜 인가? 어째서 생면부지인 자신을 위해 목숨을 초개와 같이 버릴 생각을 한단 말인가.

"이로써… 나는 공 교주에게 진 빚 중 하나를 갚았다."

뜻 모를 말을 중얼거리는 종리명. 창백한 안색이지만 편안해 보였다.

"당신은 큰 실수를 했어요."

"……?"

"당신이 말하는 공 교주는 불구대천지수. 당신이 나를 살려놓았으니 이제는 어쩔 수 없네요. 그는… 내 손에 죽을 겁니다."

놀라지 않는다. 오히려 종리명은 해탈한 고승처럼 편안하게 웃었다.

"그래… 그렇게 된 것이군. 너의 성이 혹, 영가더냐?"

연화는 굳은 표정으로 말이 없었다. 종리명은 개의치 않고 말을 이었다.

"십육 년 전, 나는 감가촌에 사는 영가 성을 가진 시신을 수습했다. 일도에 사혈을 베어낸 솜씨, 한때 천하제일가의 일원이었던 그에게 자비를 베풀 정도의 손속과 자상을 확인하고 혹시 난 그가 아닐까도 생각해 봤다. 그러나 거기까지였지. 더 이상 확인할 수 있는 사실은 없었다. 한 가지 이상한 점은 그에겐 딸이 하나 있었는데 그 아이의 행방도 묘연했다는 것이다. 내가 기억하기로는 그 아이의 이름이 영연화다."

"……."

흔들리는 연화의 눈. 애써 감추려 하지만 감춰지지 않는다. 고통이다. 그날의 끔찍했던 기억이 떠오른 것이다. 종리명은 그것을 놓치지 않았다.

“그래, 역시 그랬었군. 그가 널 데려다 키운 모양이구나. 결국 제 놈 심장에 칼을 틀어박아야 될 운명을 가진 아이를…….”

“…….”

“그를 죽이고 싶다고 했느냐?”

“…….”

“죽여라.”

“……!”

혼란에 빠지고 만 연화다. 그는 필경 공야숙과 적지 않은 인연이 있었다. 그리고 그의 지금까지의 언사에서 그 인연들이 결코 죽이고 죽는 따위의 적대적이 아니었다는 것을 말해 주고 있었다.

그런데 죽이라 한다. 그것으로 끝인가?

그저 중공산으로 돌아가서 그의 심장에 칼을 밀어 넣으면 끝나는 것인가?

“네 살던 곳에 그는 없다.”

종리명은 연화의 머릿속에 들어앉아 있는 마냥 모든 것을 읽어내고 있었다. 놀라운 일이었으나 연화는 내색하지 않았다.

“이것 하나는 기억해라. 네 아비의 복수를 하려 한다면, 너는 한 명을 더 죽여야 한다.”

“……모용수.”

공야숙과 민초빈의 대화를 들어 알고 있다. 모용추의 아들 모용수라 했다.

“달리 비검이라 불리는 자다. 너는 강하지만 그는 더욱 강하다. 그리고 그자의 뒤에 있는 자들 또한…….”

연화가 종리명의 말을 끊고 물었다.

“저의 아버지는… 나쁜 사람이었나요? 그렇게 참혹하게 죽어야 할 만큼 나쁜 짓을 했나요?”

한동안 물끄러미 연화를 주시하던 종리명. 마침내 그의 입이 열렸다.

“그가 한 짓은… 비검이 왜 내게 널 살려내라 했는지 도무지 이해할 수 없을 정도다.”

“……그렇다면 대체 왜?”

“그건 네가 풀어야 할 과제인 듯하다.”

쿠우웅!

별안간 지축이 흔들리는 묵직한 울림이 퍼져 나갔다. 속이 빈 쇳덩이를 거대한 바위로 내려칠 때나 날 법한 웅장한 공명이었다.

이곳에서는 아무것도 볼 수 없을 것임에도 종리명은 어둠 속, 어느 한곳을 주시하며 말했다.

“입구를 막아놓았으니 잠시의 시간은 벌 수 있을 것이다.”

“무슨 시간을……?”

“네가 두 가지 중 하나를 선택할 시간. 저들이 오면 그들을 따라가서 너의 궁금증을 푸는 것이 네가 선택할 수 있는 첫 번째 기회다. 그리고 다른 하나는…….”

종이명은 세간이 널브러져 있는 한쪽 벽 구석을 가리켰다.

“삼성의 공력을 실어 밀어내면 일곱 자 반경의 구멍이 드러날 것이다. 구멍에 들어가는 순간부터는 절대 뒤돌아보지 말고 멈추지도 말고 전진해야 한다. 반 시진을 그리 가다 보면 빠져나갈 수 있을 것이다. 나가서 우로 십 보. 잣나무 밑을 파보면 얼마간의 건량과 은자가 있다. 그걸 들고 해가 지는 방향으로 달려라. 하루 반나절을 가다 보면 마을

이 나올 것이다."

도망을 치라는 게다.

할 말은 다 했다는 듯 종리명은 비실비실 일어섰다.

아니다. 당장에 숨을 놓을 듯 헐떡이던 종리명에게선 활화산과 같은 폭발적인 기운이 뿜어져 나오기 시작했다.

놀라는 연화다. 개정대법의 와중에 종리명의 몸 상태를 속속들이 들여다볼 수 있었다. 종리명의 지금의 모습은 있을 수 없는 일인 것이다.

"어떻게……."

연화는 말을 맺지 못했다. 뒤돌아선 종리명의 천주혈(天柱穴)에는 두 개의 구멍이 뚫려 있었고 구멍에서는 핏물이 흘러내리고 있는 것이었다.

"섭… 섭령구혼술?"

섭령구혼술(攝靈求魂術)은 결코 영혼을 구하는 술법이 아니다. 단 일각의 동안 무적이 되기 위해 영혼과 육신을 파괴하는 저주의, 그리고 최후의 수법일 뿐이다. 틀림없이 양백과 상성에도 손가락 구멍이 뚫려 있으리라.

"대체 왜? 난… 난 그럴 만한 가치가 없는 아이란 말이에요!"

종리명은 말이 없다. 그저 걸음을 옮길 따름이었다.

"후회할 거예요! 후회할 거라구요!"

종리명은 이미 어둠 속으로 사라졌다.

'날더러 대체 어쩌란 말이야! 난… 난…….'

불현듯 떠오르는 그의 모습. 진의 아름다운 미소였다.

'그를 만날 테야. 그를…….'

머리는 뒤죽박죽이고 가슴은 혼탁할 따름이다. 그저 진을 만나고 싶다는 생각뿐이었다.

연화는 종리명이 가리킨 벽을 향해 일장을 날렸다.

종리명은 홀가분한 표정이었다.

일월(日月). 아주 오래전, 그가 알았던 모든 사람들은 종리명이라는 이름 대신 일월이라 불렀었다.

교주 일차 관문 후보 일월. 그는 스무 명의 일월 중 한 명이었던 것이다.

스무 명의 일월들에게는 천년신교의 비급이 한 권씩 모두 지급되었다. 그러나 누구 하나 지도해 주는 사람은 없었다. 구결의 이해와 익히는 방식은 스스로의 몫.

이후로는 생존의 경쟁이다. 얼마나 빨리, 얼마나 높은 수준까지 익히느냐는 싸움이었다. 그것은 경쟁 따위의 한가한 것이 아니었다. 생존을 위한 사투였다.

서로를 죽이는 것이다, 마지막 한 명이 살아남을 때까지 계속.

어린 종리명은 두려웠다. 너무 무서워 구석에 처박혀 엉엉 우는 것밖에는 할 수 없었다.

그때 그가 다가왔다.

"걱정 마, 내가 지켜줄게."

그는, 공야숙은 정말로 지켜주었다. 수라파천신공의 마기를 이기지 못한 다른 일월들이 미쳐 날뛰며 서로를 죽이고 있을 때, 공야숙은 종리명을 끝까지 지켜주었다.

그러나 그 지옥에서 살아남을 수 있는 자는 오직 한 명뿐. 이후 이차 관문에 들어가서도 같은 과정을 겪어야 하겠지만 후일 따위는 생각할 겨를이 없었다.

공야숙이 모두를 이겨 버리면, 결국 종리명도 죽여야 한다. 그것만이 자신이 사는 유일한 길일 것이므로.

죽기 싫었다. 교주 따위는 아무래도 상관없었다.

그저 죽는 것이 무서울 뿐이었다.

종리명은 자신을 지키기 위해 싸우고 있는 공야숙의 등을 찔렀다.

잊을 수 없다.

핏물을 게워내면서 종리명을 향한 그의 눈을.

증오였어야 한다. 원망이었어야 한다.

그러나 그의 눈은 다른 것을 말하고 있었다.

'녀석, 그거야. 그렇게 너도 강해질 수 있잖아.'

"그, 그렇게 보지 마… 그런 눈으로 보지 말란 말이야!"

힘없이 쓰러져 있던 공야숙의 가슴에 돌칼을 박아 넣으려는 순간, 종리명은 정신을 잃고 말았다.

다시 깨어날 때는 이미 나흘이 지난 후. 눈을 뜬 종리명을 환한 미소로 맞아준 이는 다름 아닌 공야숙이었다.

"바보, 내가 모두 쓰러뜨리고 나서 날 찔렀어야지. 한 녀석이 남았었잖아."

종리명은 울었다. 가장 믿었을 자신에게 뒤에서 암격을 당하고도 또 지켜준 것이다. 울지 않을 수가 없었다.

"미, 미안해… 형… 정말로 미안해……."

공야숙은 교주가 되었다.

그리고 종리명은 신교 역사상 교주가 되지 못한 일월 중에서 유일하게 살아남은 사람이 되었으며 장로의 직책까지 얻게 되었다. 숱한 반대 속에 교의 율법까지 뜯어고치면서까지 공야숙은 종리명에게 한 약속을 끝까지 지킨 것이었다.

그러나 종리명은 공야숙을 지켜주지 못했다. 공야숙의 척살령이 발동되었을 때에도 절대불변의 신령패 앞에 종리명은 침묵할 수밖에 없었다.

그리고 지금 이 순간에도…….

그러나 그의 제자를 살렸다. 가진 모든 것을 나눠주었고 자신의 운명을 선택할 기회도 주었다.

'교주, 이 정도에서 봐줘야겠소. 더 이상은 힘에 부치는구려.'

쿠르르르!

입구를 막아두었던 돌무더기들이 마침내 무너져 내렸다.

일어서는 종리명.

엄지를 명치 부근에 깊이 밀어 넣었다.

"크아아아악!"

종리명의 입에서 터져 나오는 고통에 찬 비명. 섭령구혼술의 마지막 과정이었다.

이내 그의 벌겋게 달아오른 두 눈이 전방을 향해 쏘아졌다.

싸늘한 시선을 흘리고 있는 목낭적을 향해…….

"이것이… 비검에게 전하는 나의 마지막 진언이다."

쌍장을 허옇게 달구는가 싶더니 튕기듯 목낭적에게 쏘아져 가는 종리명.

그를 향해 새하얀 백선을 그리며 수십 개의 도검이 날아들었다.

제8장

세상은 생각보다 좁다

중공산의 겨울은 혹독하다. 눈이 쌓이기 시작하고 누군가 쓸어내지 않으면 겨우내 차곡차곡 쌓여 초봄까지는 한 겹도 녹지 않는 곳이다. 동식물은 자취를 감춰 버리고, 따라서 사냥꾼도 드나들 곳이 되지 못한다.

겨울이 되면 중공산은 그야말로 죽음의 산이 되는 것이다.

이런 면에서 본다면 진이 익힌 태양공은 중공산의 겨울을 나기에 매우 유용하다고 할 수 있다. 뼈를 깎아낼 듯한 삭풍이 불어닥쳐도 이미 십성의 경지에 이른 태양공은 무리없이 이를 막아주는 것이다.

넨장맞을… 좀 따뜻하다고 살 수 있겠난 말이다!

배가 불러야, 아니, 최소한 하루 한 끼라도 제대로 먹어야 태양공이고 나발이고 일으켜 볼 것이 아니난 말이다.

몽땅 날아갔다.

봄부터 가을까지 돌밭 갈아엎으며 지어놓은 알곡 하나까지 몽땅 타 버렸으며 소금에 절여놓은 고기도 귀랑을 돌보는 사이 산짐승에게 홀랑 털리고 말았다.

"이런 우라질!"

진이 신경질적으로 그릇을 내동댕이쳤다.

아직도 데굴데굴 구르고 있는 나무 그릇에 담겨 있던 탁한 액체가 여기저기 흩뿌려졌다.

"풀뿌리에 나무껍데기 죽이라니……."

지난 일주일간 먹은 음식이었고 지금 뒹굴고 있는 나무 그릇에 담긴 액체의 정체기도 했다.

근방 오십 리를 통째로 뒤졌건만 토끼 한 마리도 잡을 수 없었다. 진의 사냥 솜씨가 어설픈 탓도 있지만 사냥할 토끼가 없다는 이유가 더욱 컸다.

"이렇게 되면 할 수 없다."

진이 세영검을 빼 들었다. 이윽고 그의 눈이 향하는 곳. 한 달째 종유수에 죽은 듯 잠겨 있는 귀랑에게로다.

"친구 좋다는 게 뭐냐."

칼을 쥐고 귀랑에게 다가서는 진의 이색안이 퀭하다. 도무지 이성이라고는 찾아볼 수 없는, 반쯤 뒤집혀 있는 눈이었다.

"뒷다리 하나만 잘라 먹자."

꿈틀.

한 달 동안 꿈쩍도 않던 귀랑의 전신이 순간적으로 경기를 일으켰다.

진도 움찔.

“그래, 그래. 다리는 좀 그렇고, 꼬리로 하자. 어차피 별로 필요도 없는 물건 아니냐.”

진이 꼬리곰탕을 생각하며 귀랑의 꼬리를 집어 드는 순간, 귀랑의 다리가 미세하게 허우적거렸다.

“조금만 참아라.”

허우적거리거나 말거나 진은 입맛을 다시며 잘라낼 어림을 잡고 있을 뿐이다. 조금이라도 많은 고기를 얻어 보려고 몸통 쪽으로 바짝 잘라내려는 순간,

귀랑의 눈이 번쩍 뜨여졌다.

“……”

물끄러미.

진과 귀랑은 눈을 마주친 채 한동안 서로를 바라보고만 있었다.

마침내 어색하게 흘리는 한마디.

“이, 일어났냐?”

크르릉…….

재빨리 세영검을 등 뒤로 숨기는 진. 하지만 귀랑의 꼬리를 잡고 있는 왼손은 채 수습하지 못했다. 귀랑이 힘겹게 고개를 돌리더니 붙들려 있는 자신의 꼬리를 쳐다보았다.

“아! 이, 이거 꼬리털이 유난히 빠진 것 같아서 손질을 좀 해줄까 해서 말이지…….”

크르릉…….

둘은 언어로써 의사 소통을 하는 것이 아니다.

심통(心通). 서로의 감정을 읽고 반응하는 것이다. 귀랑은 진의 감정의 기복을 읽음으로써 의사를 파악한다는 이야기다. 그러므로 입으

로 뱉어놓은 유치한 변명 따위는 애초에 쓸데없는 짓이었다는 얘기
다.

"그래, 인마! 배고파 미치겠다! 그러니까 친구를 위해 그깟 꼬리 하
나 희생하지 못하겠다는 거냐?"

크르릉…….

"달리면서 방향을 바꿀 때 필요하다고? 사기 치지 마! 내가 살던 곳
에서는 꼬리 자른 개들도 잘만 뛰어다니더라, 이 치사한 자식아! 그래,
안 먹는다. 더럽고 치사해서 안 먹어!"

배를 곯고 나니 말도 많아지고 생억지를 부리는 진이었다.

크르릉.

"흐음……."

진과 귀랑의 고개가 동시에 연공실의 밖으로 돌려졌다.

순식간에 얼굴이 환하게 밝아지는 진이다.

"저 녀석들에게 먹을 것이 좀 있으면 좋겠는데……."

좀처럼 인적이 없는 중공산에 사람의 기운이 느껴진 것이다.

저들이 누구든 간에 그들의 짐에는 먹을 것이 있어야 했다. 그렇지
않다면 귀랑을 다시 기절시키는 한이 있어도 오늘은 기어이 꼬리곰탕
을 먹고야 말겠다는 다짐을 하는 진이었다.

연공실을 빠져나온 진의 신형이 순식간에 흩뿌려졌다.

"왜 하필 이곳이에요?"

뾰족한 여인의 음성. 숙연연은 발밑까지 빠져드는 눈길을 헤치며 불
평을 늘어놓았다.

이에 한 짐 가득 등짐을 지고 숙연연의 뒤로 따라오고 있던 사내, 묵

진민 역시 나오는 말이 곱지가 않다.

"이게 다 누구 때문인데, 그래? 그럼 내려가서 사지가 토막 나고 불알이 갈리는 형을 당하든지."

사색이 된 숙연연이 묵진민에게 성난 눈초리를 휘둘렀다.

"저 빌어먹을 자식은 말을 해도 꼭……."

"네가 불알이 갈리는 형을 겁낼 이유가 있더냐?"

숙연연과 묵진민을 이끌던 사내, 깊게 눌러쓴 곰털모자와 얼굴 전체를 뒤덮은 수세미 같은 수염들을 차치하고라도 호감이 가는 인상이 결코 아닌 사내가 이죽거리는 것이었다.

"대주는 참!"

곰털모자의 사내, 함철원의 말은 틀림이 없었다. 숙연연은 갈릴 불알이 없는 여자인 것이다.

"서둘러라. 해가 지기 전까진 묵을 곳을 찾아 봐야 해."

이남 일녀(二男一女)는 눈 덮인 중공산 자락을 다시 헤치며 나아갔다.

십이 년째다.

처음 여덟 명이었던 동료는 그 기간 동안 병들어 죽거나 나름대로 살길을 찾아갔고, 이제는 그들 셋만이 남아 정처없는 방랑 생활을 하고 있었다.

역마살이 끼었냐고?

여행 따위는 취미 활동으로도 즐길 생각이 없는 함철원이었다.

따뜻한 방구석 놔두고 남아의 호연지기가 어떻고 하며 싸돌아다니는 녀석들은 개인적으로 미친놈, 이라 불러주고 있는 것이다.

그렇다면 대체 왜 십이 년 동안이나 동냥질과 도적질로 연명하며 스스로 미친놈이라 부르는 자들과 같은 짓거리를 하고 있냐고?

그 넨장맞을 꼬맹이 놈, 마수족의 마지막 후예인가 뭔가 하는 그 썩을 자식 때문이다.

마수족의 일은 교단에서 심혈을 기울여 추진했던 일이었다.

마수족, 그들은 악마를 숭배하는 이교도들인 것이다. 과거 교의 본단의 교리에 정면으로 부인하다가 석천산으로, 결국엔 남만의 밀림에까지 쫓겨난 자들. 교의 분열을 우려했던 본단에서는 그들을 제거하는 것이 당연한 과제였고 순탄하게 일은 처리되는 듯했다.

그러다가 우연히 발견한 순음지체의 남아. 바로 마수족장의 아들이었다.

세상에! 순음지체의 남자 아이라니… 그야말로 듣도 보도 못한 경우였으니 교단이 발칵 뒤집힌 것은 당연한 수순이었다.

교는 남자 아이의 생포를 명했고 함철원과 포교원 음양대의 정예 무사들이 그 일을 맡게 되었다.

그러나 생포 작전은 실패했다.

아이가 투신자살을 한 것이다.

음양대 대원들 사이에서는 시체라도 찾아 돌아가자는 의견이 일부 있었으나 그건 모르는 소리다.

태양선교는 임무의 실패한 자를 어찌 처리하는지 한 번이라도 봤다면 그런 소리는 할 수 없을 것이다.

죄송합니다. 다시는 이런 일이 생기지 않을 것입니다. 다시 한 번만 기회를 주신다면… 이런 상투적인 변명 따위는 늘어놓을 겨를도 없다.

너 실패?

댕경!

이런 식인 것이다.

그날부터 함철원들의 도피 행각은 시작되었다.

태양선교는 강호무림과의 충돌을 피해왔기에 널리 알려지지는 않았지만, 그 규모와 역사는 구파일방의 세력에 못지않다. 중원 천지에 태양선교의 눈이 없는 곳이 없으며, 힘이 미치지 않는 곳이 없다. 오백 년 전, 태양선교의 소극적인 포교 방식에 불만을 품은 일부 세력이 떨어져 나와 강호에 뛰어들어 세운 분파가 그 유명한 천년신교라는 데야 말해 뭐 하겠는가?

방대한 태양선교의 정보망을 피해 떠돌이 낭인으로, 혹은 저잣거리 상인으로, 때로는 어촌에 숨어들어 가 어부 생활도 해왔다. 함철원은 한곳에서 삼 개월 이상 머물지 않고 계속 이동하며 그들의 감시망을 피해왔던 것이다.

오늘 그들이 꽁꽁 얼어붙은 중공산을 오르는 이유는 오직 한 가지. 개방에게 얼굴이 드러났다는 정황이 파악된 때문이었다. 그것이 숙연연의 방정맞은 행실 때문이기는 했지만, 어차피 이동할 때는 됐으니 공연히 생사고락을 같이해 온 동료를 타박할 필요는 없었다.

그런 면에서 중공산은 꽤 괜찮은 은신처였다. 본래 사람의 출입이 드물고 삭풍이 불기 시작할 무렵이면 그야말로 사람은 코빼기도 볼 수 없는 곳이 중공산이고 보면, 그들이 몸을 숨기기에는 더없이 좋은 장소인 셈이니 함철원의 판단은 적어도 아직까지는 현명한 것이었다.

겨울을 날 식량도 충분히 준비되었고 어피로 만든 피풍의도 듬직하다. 문제는 지낼 만한 적당한 장소를 물색한 것이었는데, 근방 사냥꾼을 잡아다가 문책해 본 바 그런 곳이 한 군데 있었다.

"천목애라……."

듣기로 중공산에서 물을 구하기 쉽고, 입구가 좁아 맹수의 공격에 방어할 수 있는 지형은 천목애가 가장 적당하다는 것이었다.

그러나 사냥꾼은 한 가지 사실을 함철원들에게 말해 주지 않았다.

천목애에는 늑대를 가장한 집채만한 괴물이 살고 있다는 것이었다.

결코 자신을 살려주지 않을 것을 직감한 사냥꾼이 함철원 일당을 저승길의 동료로 삼으려 한 것이다.

하지만 그들이 파훼된 채 복원이 안 된 구궁요열진을 지나기 전, 길모퉁이의 커다란 바위 뒤에서 기다리고 있는 물체는 그동안 이 근방을 금단의 구역으로 인식시켜 놓았던 거대한 늑대가 아니었다.

여러모로 짐승보다 더욱 위험한, 그것도 일주일 동안 피죽밖에 못 먹어 눈에 뵈는 것이 없는 한 마리 인간이었다.

"그거 밥이냐?"

"헉!"

함철원은 그야말로 심장이 멎을 만큼 놀라야 했다.

공포에 질린 사냥꾼이 사람은 살지 않는다고 해서 철석같이 믿기도 했거니와 그의 감각을 완전히 숨기고 지척까지 다가선 생명체가 있을 것이라고는 꿈에도 생각해 보지 않았기 때문이다.

얼굴을 온전히 가린 산발한 머리와 다 찢어 너덜거리는 복장 상태, 그리고 왠지 중성적이어서 거북한 목소리를 지닌 사람… 이라기보다는 괴생명체였다.

창! 스르릉! 팅!

순식간에 함철원과 묵진민, 숙연연이 각자의 병기를 뽑아 들었다.

이들이 지금껏 태양선교의 엄밀한 정보망을 번번이 빠져나갈 수 있었던 이유는 함철원의 주도면밀함과 빠른 눈치 때문이기도 하지만 위험에 직면했을 때 이를 돌파할 수 있는 무위가 출중한 이유도 적지 않았다.

누구도 그들이 중공산에 숨어들었다는 것을 알게 해서는 안 된다! 때문에 사냥꾼을 죽였고 땅속 깊이 묻어버리기까지 했다.

여기에 예외가 있어서는 안 되는 것이다!

함철원들이 의미심장한 눈빛을 서로 교환하고 막 일검을 내지르려는 찰나,

"그 쇠붙이들은 내가 관심이 없고, 짊어지고 있는 짐 속에 밥 있냔 말이다."

괴생명체의 입에서 튀어나온 말이다. 그 시기가 참으로 절묘하여 함철원의 발도(拔刀)와 초식의 연계를 엉키게 만들어놓았다.

'우연이다.'

모든 상황이 절정고수의 등장을 알려주고 있으나 함철원은 그 모든 것을 우연이라 생각하고 싶었다. 그만큼 지금의 상황이 뜻밖이고, 괴생명체의 등장은 비현실적이었다.

마음을 다 잡고 다시 내력을 끌어올리려는 순간,

"그게 먹을 것이길 바란다. 솔직히 나는 네 녀석들도 맛있는 고기로 보이니까."

음식을 가지고 있지 않다면 그들이라도 잡아먹겠다는 의미. 기가 막힌 것은 둘째 치고 함철원은 괴생명체가 한 말이 왠지 진심일 것 같다는 생각을 떨쳐 버릴 수 없었다.

상황을 논리적으로 파악하고, 대책을 수립하여 해결책을 도출해 내는 그 일련의 과정들이 굉장히 짧은 함철원이다. 이러한 능력이 지금껏 그들의 목숨을 부지할 수 있게 만든 원동력이었다.

“사, 사해가 동도라, 형장께 음식을 나누어주지 못할 이유는 없으
나…….”

쉬이익!

함철원의 말이 끝나기도 전에 바위 위에 웅크리고 있던 진의 신형이
흩어지는 듯하더니 어느새 함철원의 면전에 나타나 있었다.

‘여, 역시!’

그들 셋이 합공한다 해도 승부를 장담할 수 없는 절정고수나 가능할
신법. 함철원의 직감은 이번에도 틀리지 않은 것이었다.

“없으나?”

도대체가 구걸하는 자의 모양새가 아니다.

맞다. 구걸은 약자가 강자에게 비치는 비굴이다. 강자라면, 약탈이
라 해야 옳다. 즉은 괴생명체는 함철원들을 허약하기 짝이 없는 허섭
스레기로 봤다는 것이고, 현재까지 벌어진 상황으로 봐서는 그리 무리
가 없는 판단이었다.

그러나 이놈아, 무공이 강하다고 다 이기는 것은 아니다. 어떻게 이
기냐고? 지금부터 가르쳐 주지.

“아, 아닙니다. 애들아, 밥 차려라.”

“예!”

토시 하나 달지 않고 묵진민은 등짐을 풀어놓기 시작했고 숙연연은
화섭자에 불을 지폈다. 십 년이 넘게 도피 행각을 해오며 손발을 맞추
어온 그들. 부가 설명 따위는 필요없는 것이다.

그리고 잠시 후, 진은 손에 든 죽통을 보고 눈만 끔뻑거리고 있어야
했다.

처음엔 애네들이 장난하나 싶었다.

예쁘장한 계집이 보퉁이에서 누런 빛깔의 알곡을 한 줌도 안 되게 빼내더니 준비한 죽통 네 개에 넣었을 뿐이다. 아무리 불리고 뜸을 들인다 해도 한 숟갈도 되지 않을 양이었던 것이다.

그러나 그것이 죽통에 눈과 함께 담겨지고 장작불 속에서 일 다경 동안 구워지고 나서는 굵은 죽통이 넘쳐 나도록 김이 모락모락 나는 밥이 담겨져 있는 것이었다.

"형장의 입에 맞을는지 모르겠습니다."

맞고 안 맞고, 신기한 것도 둘째 치고, 배고파 죽겠는데 따질 건 뭔가.

진은 허겁지겁 죽통밥을 입에 쑤셔 넣기 시작했다.

그렇기에 진은 함철원들의 입가에 언뜻 잔인한 미소가 스쳐 가는 것을 보지 못했다.

삽시간.

진이 죽통 하나를 말끔하게 비우는 데 걸린 시간이었다.

그리고 물끄러미…….

"제, 제 것도 드시지요."

"허허, 그럴 것까지야."

말과는 달리 진은 함철원의 죽통을 잽싸게 낚아채더니 다시 머리를 쑤셔 박았다.

그 모습을 바라보던 함철원의 표정이 차츰 썩어갔다.

그리고 숙연연을 향해 눈을 부라렸다.

'이거 뭐야? 확실히 넣었어?'

숙연연도 커다란 눈에 힘을 줘가며 온갖 의사를 전달했다.

'분명히 넣었단 말이에요. 확실히 보내 버리려고 두 봉지나 넣었는

데…….'

'근데 어떻게 아직도 멀쩡해. 지금쯤은 게거품을 물고 있어야 하는 거 아냐?'

'나도 몰라요. 젠장! 대체 저 녀석은 뭐지?'

"끄어억!"

진은 볼록 올라온 아랫배를 토닥이며 퍼져 앉았다.

"이야… 이거 정말 별미네. 이런 건 어떻게 만드는……!"

갑자기 말문이 막혀 버린 진. 이내 그의 얼굴이 빠르게 창백해졌다. 창백해졌을 뿐 아니라 입술은 급속도로 푸르스름하게 변해갔으며 눈 밑도 시커멓게 죽어버리기 시작했다.

"아니, 형장! 왜 그러십니까?"

근심하는 어조이나, 함철원의 얼굴은 웃음이 터져 나오는 걸 가까스로 참는 상태인지라 묘하게 일그러져 있을 뿐이었다.

그럼 그렇지. 제 놈이 칠보산을 무슨 수로 견뎌? 황소도 일각 안에 죽일 수 있는 양을 풀었는데…….

후다닥!

진이 느닷없이 벌떡 일어섰음에 마지막 발악을 하는 줄 알고 함철원은 깜짝 놀라 칼을 뽑으려고 했다.

그러나 진은 함철원을 향해서가 아니라 수풀을 향해 뛰어들었다.

그리고……

푸드드드득.

"험! 험!"

화려하게 울려 퍼지는 가죽 피리 소리와 겸연쩍은 헛기침 소리가 진이 뛰어든 수풀에서 들려온 것이었다.

함철원의 얼굴 가죽이 묘하게 일그러짐과 동시에 그의 얼굴을 뒤덮고 있는 수염들이 파르르 떨리기 시작했으며, 묵진민의 얼굴 역시 사정없이 구겨지더니 코를 틀어막았고, 숙연연은 헛구역질을 해대기 시작했다.

오장육부를 뒤집어엎는 가공할 구린내 때문이었다.

잠시 후, 함철원의 표정은 더욱 썩어버리고 말았다.

"어이～ 수세미 아저씨, 혹시 깨끗한 헝겊 가진 거 있나? 눈으로는 영 해결이 안 될 양이네."

숙연연은 급기야 입을 틀어막고 저만치 뛰어가더니 토악질을 벌여 놓기 시작했다.

함철원들은 멀뚱한 표정으로 진을 쳐다보고 있을 따름이었다.

자그마치 칠보산이다. 행여 설사약을 따로 가지고 다녔다면 실수를 할 법도 하건만 숙연연이 지니고 있는 독은 오로지 칠보산뿐이었다.

그러나 칠보산을 두 숟갈이나 먹은 놈은 한 달 묵은 변비를 해결한 마냥 개운하기 짝이 없는 표정일 뿐이었고, 실제로 놈이 퍼질러 놓은 양은 한 달치는 너끈히 됐다.

이놈이 사람인가?

그러나 함철원은 알지 못했다. 겨울이면 칠보산에 특효가 있는 설화의 뿌리를 고구마 대신 쪄 먹는 산채의 식구들에게는 칠보산 따위는 그저 성능 좋은 소화제일 뿐이라는 것을.

이 사람 같지 않는 놈이 물었다.

"이 깊은 산중에는 웬일이시오?"

뱃가죽에 기름칠이 되니 비로소 사람의 형상으로 변하는 진이었다.

당장에 반말지거리가 공대로 바뀐 것도 그렇거니와 굶주린 야수의 눈에서 총기를 되찾은 눈빛을 봐도 그렇다.

"하하하. 속세의 번민이 번거롭기 짝이 없어 몸을 쉬어보려는 소심한 중생이 찾을 곳은 한적한 산속일 뿐이더이다."

슬쩍 돌려놓기는 했으나 틀림이 없는 사실이기도 하다.

그러나 진은 의아한 눈길을 거두지 않았다. 본래 남의 말을 곧이곧대로 믿는 순탄한 성격의 소유자도 아니거니와 최근에 겪은 심상치 않은 일들은 그 정도를 심하게 만들어놓은 것이었다.

"겨울을 나기에는 혹독한 곳이오. 장소를 잘못 택하신 듯하오이다."

축객령이다. 그러나 함철원의 표정은 환하게 밝아졌다.

"그렇습니까? 형장의 충고를 감사히 받아들여……."

당장에 발길을 돌려 짐을 싸려던 함철원. 진은 자신의 선에서 어쩔 수 없는 인물이 분명했기에 중공산에서의 은신을 포기한 것이었다.

그러나 함철원은 한 발짝도 가지 못하고 멈춰 서야 했다.

낌새도 없었건만… 진은 어느새 함철원의 어깨에 팔을 턱하니 올려놓는, 다시 말해 어깨동무를 하고 있었던 것이다.

"하지만 나는 꽤 지낼 만한 곳을 알고 있지요."

씨익 웃는 진. 함철원도 썩은 미소로 마주했다.

"그, 그렇습니까?"

진에게는 함철원에게 얻어낼 것이 있었던 것이다.

귀랑은 아직 진이 필요했다. 정신을 온전히 차린다 해도 스스로 먹이를 찾을 정도까지는 돌봐줘야 했으니 아직은 사부들과 한진회의 흔적을 찾아 중공산을 뜰 수 없는 일이었다.

하지만 그렇게 하자니 당장 간병자인 자신이 굶어 죽게 생겼다. 중

공산의 긴 겨울을 보내고 귀랑을 치료하자면 함철원이 만년곡(萬年穀)
이라 말하던 신기한 곡식이 반드시 필요했던 것이다.

진의 갈등은 시작됐다.

모조리 파 묻어버리고 몽땅 빼앗아 버려?

그러나 밥까지 얻어먹었는데 그렇게까지 하는 건 좀 미안하고…….

조금 달라고 할까?

그러나 한 달은 먹을 양이 필요했다. ‘조금’으로는 어림도 없는 것
이다.

역시 두들겨 패고 몽땅 빼앗는 쪽이…….

진이 이런 저런 생각을 하고 있는 그 시각.

이 자식을 어떻게 하지?

힘으로는 어찌하지 못할 것이고, 살려두자니 찜찜하고…….

기왕 이렇게 된 것, 옆에 붙어서 기회를 보는 쪽이…….

동상이몽, 진과 함철원이 상대의 운명을 제 마음대로 재단하고 있는
그때였다.

크르릉.

둔덕 너머 허옇고 거대한 생물체가 비실비실 걸어 나오고 있는 것이
었다.

“귀랑?”

“헉! 마, 마수!”

진과 함철원은 동시에 소리쳤다.

진이 염려가 되었는지 귀랑이 연공실 밖으로 슬슬 기어 나오고 있는
것이었다.

아직 움직임을 자제하고 요양을 더 해야 하는 귀랑임에 진이 놀라는

것은 당연한 일이었다.

그러나 함철원들의 반응은, 귀랑을 처음 목도한 사람에게 경악과 막연한 두려움 정도는 대수로울 것 없는 반응일 것이나, 함철원에게는 이것들 말고도 맹렬한 적개심마저 뭉게뭉게 피어오르고 있는 것이었다. 그것은 숙연연과 묵진민도 마찬가지.

"저, 저게 어떻게 여기에……."

"맙소사!"

함철원 일당은 더 볼 것도 없다는 듯 병장기를 빼 들고 귀랑에게 달려들었다.

이교도들의 후예인 마수족을 사냥하기를 오 년.

마수족들은 오랫동안 세상에서 격리되어 있었고 특별한 무공조차 없었다. 그러나 마수족은 강했다. 타고난 체격과 산속을 누비며 사냥을 하고 살았던 단련된 육신으로 어지간한 무사 정도는 간단하게 쓰러뜨릴 정도였던 것이다.

그러나 그들이 진정 강했던 이유는 바로 그들이 키우는 가축들이었다. 농경보다는 수렵으로 생활을 연명하던 마수족은 우마(牛馬)보다는 늑대나 매와 같은 사나운 짐승들을 길들여 사냥에 사용했던 것이다.

그러나 그 짐승들은 가축이라는 유용하고도 친근한 표현이 전혀 어울리지 않는 놈들이었다.

사납기는 발정난 곰보다 더했고 뭘 먹여 키웠는지 덩치는 보통의 같은 종보다 두세 배는 족히 되었던 것이다. 무엇보다 마수와 보통의 짐승이 구분되는 가장 큰 특징은 모조리 흰색이라는 것과 마수족들의 특징이 고스란히 닮아 있는 이색안(異色眼)을 지니고 있다는 점이었다.

태양선교 고수들이 기백이나 희생되었던 가장 큰 이유는 정작 마수족의 전사라는 떨거지들보다 맹수 특유의 은밀성, 그리고 엄청난 힘을 지닌 마수(魔獸)들에 의한 것이었다.

당시 마수족 토벌의 선두에 섰던 함철원의 음양대였고, 마수들에게 가장 큰 피해를 입었던 이들도 함철원의 수하들이었다.

지금 함철원의 곁에 남아 있는 묵진민과 숙연연도 당시 동료들이 마수들에게 처참히 잡아 먹히던 장면을 직접 보고 들었던 인물들. 보통의 늑대보다 세 배는 되는 덩치와 흰털에 덮여 있는 데다가 자녹의 안광을 번뜩이는 귀랑이 나타났으니 경기를 일으키는 것이 당연한 일인 것이다.

무서운 속도로 귀랑에게 쏘아져 가는 세 사람의 신형.

귀랑은 이제 겨우 몸을 가눌 수 있는 정도, 그야말로 세 방향에서 쏟아지는 칼침을 모조리 받고야 말 위급한 순간이었다.

채챙! 퍽!

함철원의 칼이 무서운 속도로 귀랑의 정수리로 틀어박히려는 찰나, 맑은 쇳소리와 함께 함철원은 하늘을 향해 펄펄 날아가고 있었다.

묵진민과 숙연연도 사정은 다르지 않았으니 실로 눈 깜짝할 사이에 한때 태양신교의 손꼽히는 고수 셋이 눈밭에 형편없이 나뒹구는 순간이었다.

그들을 향해 서서히 다가서는 진. 세영검보다 더욱 싸늘한 한기가 서린 음성을 뱉어놓았다.

"얘 살리느라고 뺑이쳤다. 근데 날더러 그 짓을 또 하라고?"

"으으윽."

역시 한 무리의 장으로서 손색이 없음인가. 이미 졸도해 버린 묵진민과 숙연연과는 달리 함철원은 정신을 잃지 않았을뿐더러 칼도 놓치지 않았고, 몸을 가누며 비실비실 일어서려고까지 했다.

"네 연놈들은 방금 큰 실수한 거다."

중공산에 몰아치는 삭풍보다도 차가운 한마디.

함철원은 목덜미에 겨누어진 검끝에서 평생 처음 느끼는 지독한 살기를 감당해야 했다.

'서, 설마!'

함철원의 경악성은 비단 가공할 살기 때문에 터져 나온 것은 아니었다.

헝클어진 머릿결 사이로 번져 나오는 자녹의 불꽃.

어찌 잊을 수 있겠는가. 이 모든 불행의 시작, 바로 그 빌어먹을 마수족의 상징인 자녹의 불꽃이 십이 년 만에 다시 타오르고 있었으니.

그러고 보니 십이 년 전, 그때 그 아이가 눈앞의 괴인과 겹쳐져 보였다.

'그, 그 녀석이다! 살아 있었어!'

키만 훌쩍 커버렸지, 얼굴은 그리 변하지 않았다.

지금 이 순간 함철원은 날카로운 세영검은 두렵지 않았다. 진이 보여준 압도적인 무위 따위는 안중에도 없었다.

오직 한 가지 생각.

'돌아갈 수 있다! 더 이상 도망 다니지 않아도 돼!'

함철원은 태양선교의 교리 따위는 잘 알지도 못한다. 태양선교에 구명지은을 입은 것도 아니다.

한 줌 신앙심조차 없는 그가 태양선교로 돌아가고 싶은 이유는 오직 한 가지. 끼니 걱정하지 않고 따뜻한 잠자리가 보장된 예전의 생활을 하고픈 것이다.

그 모든 것을 가능하게 만들어줄 수 있는 인물이 눈앞에 있는 것이다.

함철원의 비상한 머리가 빠르게 돌아가기 시작했다.

십이 년이라는 시간이 짧다 말할 수 없지만 그 어리기만 한 아이가 이미 함철원을 능가하는 무위를 지녔으니 과연 순음지체다. 고로 어지간한 상황이 아니라면 무력 진압이란 불가하다. 결국 어떻게 해서든 곁에 붙어 있을 빌미를 만들어 기회를 엿보는 것뿐이리라.

"호의를 칼로써 갚는 것이오!"

예로부터 굴복하지 않는 용기는 추앙받아 온 바, 매서운 눈빛까지 빛내며 호통을 치는 함철원이었다.

그러나 함철원은 고사에서 빈번이 등장하는, 적에게 사로잡혀서도 눈알을 부라리며 큰소리 뻥뻥치는 등의 짓거리는 호연지기도 뭣도 아닌 그저 미친 짓일 따름이라 생각하고 있는 인간도 있다는 것을 먼저 생각했어야 했다.

"근데 이 새끼가 뭘 잘했다고……."

퍽!

함철원은 한 대를 더 얻어맞고 저만치 날아가 구겨졌다.

"컥! 이, 이보시오……."

함철원은 더 이상 객기를 부리지 못하고 다가오는 진을 향해 손사래를 내저었다.

씨익 웃는 진.

진은 함철원들을 해할 생각이 없었다. 신기한 뻥튀기 곡식을 맛깔스럽게 만들어내는 훌륭한 일꾼들을 왜 다치게 하겠는가 말이다.

함철원의 말마따나 호의를 보여줬으니 두들겨 패서 빼앗는 방향에서 잘 타일러 만드는 비법을 가르쳐 달라는 방향으로 선회하려던 참이었다.

그러나 함철원 일당이 귀랑을 공격하는 그 순간에 진은 다시 생각을 고쳐 먹었다.

부들부들 떨고 있는 함철원을 향해 내뻗어지는 세영검. 싸늘한 예기를 발하는 세영검 뒤로 진의 추상같은 한마디가 음산하게 흘러나왔다.

"오늘부터 네 연놈들은 도우미로 취직됐다."

고통스럽기는 하나 궁금하기는 더했기에 함철원이 고개를 뽑아 올렸다.

"도, 도우미?"

사악한 미소를 그리는 진.

"내가 살림에는 영 서툴거든?"

소위 살림 도우미, 이 시절의 개념으로는 시종.

그리고 진이 생각하는 실체는 노비를 일컫는 말이었다.

"대주, 정말 저 꼬마가 우릴 알아보지 못할까요?"

숙연연이 걱정스러운 표정으로 묻자 함철원은 어이가 없다는 표정으로 되물었다.

"꼬마? 뭐 하나만 물어보자."

"……?"

"네가 십이 년 전에 한 일이 뭐였냐?"

"그, 그거야……."

숙연연의 양볼이 벌겋게 달아올랐다.

당시 숙연연은 불과 열세 살. 제아무리 살벌한 교리로 교도들을 통제하는 태양선교였지만 열세 살짜리 여자 아이에게 칼을 들고 마수족을 사냥하라는 짓을 시킬 정도로 무식하지는 않았다. 당시의 숙연연은 말이 좋아 예비 전력이었지 실상은 무사들의 끼니를 책임졌던 부엌데기 꼬마였던 것이다.

"저 녀석보다 네가 많아봐야 두어 살이다. 꼬마라니… 게다가 녀석의 경지는 나로서는 짐작할 수 없을 정도다. 우리 셋을 일검에 날려 버리는 것을 직접 당하고도 꼬마라는 말이 나오더냐?"

"지금 그걸 말하는 것이 아니잖아욧!"

숙연연이 뾰족하게 소리치고서야 함철원의 표정이 심각해졌다.

"너희는 당시 직접 나서지 않았으니 저놈이 알아볼 일을 걱정할 필요는 없을 테지만, 언젠가 날 기억해 낼지도 모를 일이지."

잊을 수가 없을 것이다. 제 놈 인생에서 그리도 험한 날이 또 있었겠는가? 함철원을 기억해 낸다면 지금까지 펼쳐진 모든 상황을 고려해 봤을 때, 그땐 본의 아니게 참 미안하게 됐다, 라는 한마디로 해결이 나지는 않을 것이다.

"그럼 어떻게 하죠?"

묵진민이다. 우스꽝스러운 수건을 머리에 두르고 커다란 지게를 지고 막 산에서 내려오는 그였다. 함철원은 묵진민을 일별하더니 자신도 모르게 터져 나오는 웃음을 참으려 입을 틀어막았다.

"뭐가 우습습니까? 대주 꼴은 보기 좋은 줄 아십니까?"

그렇다. 그나마 묵진민은 나무꾼 행세라도 하고 있지만 함철원은 앞치마를 두르고 지금 빨래를 하고 있는 중인 것이다.

진은 숙연연에게 식사와 청소를 전담시켰고, 묵진민에게는 관물 정리와 땔감 수집의 임무를 맡겼다.

그리고 함철원에게는…….

그는 좀 복잡하다. 설거지와 빨래는 그래도 괜찮다. 수시로 뒷간 파는 것과 무시무시한 마수의 자상에 고약을 붙이는 일도 할 만하다.

그런데 대체! '쓰레기 분리 배출'은 뭐란 말인가?

분리 배출해야 할 쓰레기가 있기는 하냔 말이다.

있었다, 그것도 아주 많이.

어제는 음식물 쓰레기를 물기를 제거하지 않고 버렸다고 '원산폭격'이라는 무시무시한 고문 수법에 한 시진 동안이나 시퍼렇게 언 땅에 머리를 박고 있어야 했다.

"환경보호 몰라, 인마? 너같이 털 난 양심의 소유자들 때문에 사회의 환경 비용이 증가하고 쓸데없는 국세가 새나가는 거다."

환경보호는 개뿔이… 그러는 놈이 아무 데서나 오줌을 갈기나?

놈은 숱한 폭력에 굴하지 않고 살림 도우미 따위는 절대로 할 수 없다고 강짜를 부리던 함철원에게 앙심을 품고 물고 늘어지는 것이 틀림없었다.

서러움이 북받치던 함철원의 눈가에 이슬이 맺혀 들었다.

"한때는 잘 나가던 음양대의 대주였던 내가… 이 함철원이 이렇게 살 수는 없다, 절대!"

이내 함철원은 안색을 잔뜩 굳히더니 결연한 목소리로 말을 이었다.

"기회를 봐서 산을 내려가 표식을 남겨야 해. 눈에 잘 뜨이는 큼지막한 놈으로… 포교원의 정보망이 여전하다면 수일 내로 독문표식을 발견할 수 있을 것이다. 우린 그때까지 놈을 잡아두고 있어야겠지."

"어떻게요? 놈은 칠보산을 소화제마냥 먹어대는 괴물이라구요."

의미심장한 미소를 숙연연에게 흘리는 함철원.

“뭐……?”

묵진민 역시 숙연연을 향해 게슴츠레한 눈길을 쏘아 보냈다.

“왜 그런 눈들로 보는 거얏!?”

귀랑은 더 이상 종유수에 담겨 있을 필요가 없었다.

벌어진 상처는 거의 아물었고 제법 거동도 할 수 있을 정도로 귀랑은 회복되고 있는 상태인 것이다.

그러나 온전히 기력을 회복하려면 꽤나 시간이 걸릴 것이고, 그 기간까지는 안정이 필요할 것이었다.

그러므로 귀랑의 양볼을 잡고 무서운 눈으로 노려보는 따위의 짓은 귀랑의 회복에 그리 도움이 되지 못하는 일이었다.

그러나 진은 하고 있다. 그렇게 계속 귀랑의 눈을 사정없이 노려보고 있었다.

“기억해 내!”

끄으응…….

“기억해 내야 한단 말이다, 이 똥개 새끼야!”

이제는 볼퉁이를 잡고 사정없이 흔들기까지 하는 진이었다.

진이 저리 귀랑을 다그치는 이유는 결정적인 순간을 귀랑이 기억하지 못하고 있기 때문이었다. 일전에 흑혈단과의 전투에서 큰 부상을 입고 귀랑의 내단을 나눠 가진 이후로 이러한 교감은 더욱 강화되었고, 얼마 전 귀랑을 치료하면서 귀랑의 기억까지 공유할 수 있다는 중대한 사실도 알게 되었다.

바로 상단전 무리의 공능이었다.

특별한 내력의 운용이 없는 상태에서도 귀랑의 머리에 양손을 가져

다 대면 상단전의 무리가 스스로 일어났고, 그것은 귀랑의 내부에 흐르
는 기맥에 일통되면서 귀랑이 본 장면을 진도 볼 수가 있었던 것이다.
결국 현재의 상단전의 무리는 귀랑과의 교감을 통해서만 운용되는 반
쪽짜리 무공인 것이다.

아쉽기는 했지만 당장은 더 중요한 것이 산재해 있었다.

귀랑의 눈을 통해서 본 영상은 어느 순간 헝클어지고 엉망으로 꼬여
있었다.

혈귀로 변해 버린 공야숙.

그는 자신과 연화, 그리고 사부를 구하기 위해 홀로 수많은 적들을
맞았다. 귀랑은 민초빈을 물고 달아났으며 그 뒤를 웬 기생오라비와
음산하게 생긴 녀석들이 따라붙었다.

기생오라비의 무위는 실로 놀라운 지경. 민초빈을 물고 있는 상태에
서는 귀랑의 준족도 손색이 막심한 터라 결국 꼬리를 잡히고 말았다.
더군다나 민초빈을 물고 있는 상황인지라 가장 강력한 무기인 이빨을
쓸 수가 없어 귀랑은 대여섯의 고수들과 기생오라비에게 형편없이 밀
리고 말았다.

귀랑은 어쩔 수 없이 민초빈을 놓아두고 그들에 맞서 싸웠다. 이후
귀랑은 그들을 차근히 도륙해 나갈 수 있었다.

마침내 기생오라비만을 남겨놓고 있는 상황.

일은 그때 벌어졌다.

발밑 눈밭에서 갑자기 튀어나온 백의의 괴인들에게 기생오라비는
암습을 당해 중상을 입은 상태로 도주해 버렸고, 귀랑을 향해서는 요요
로운 기운이 가득한 누런 종이들이 날아들었다.

그 종이들이 귀랑의 주위를 감싸며 타오르자 귀랑은 눈이 급격히 어

두워져 버렸으며 온 힘을 발휘할 수 없게 되어버렸다.

백의장삼을 머리까지 눌러쓴 괴인이 나타난 것도 그때 즈음이었다. 귀랑은 격렬하게 저항했으나 백의장삼인의 무공은… 역시 진이 예측한 대로 공야숙과 영호성에 근접하는 인물이었던 것이다.

이후의 일은 진 역시 봤던 그대로다.

결국 공야숙과 민초빈, 그리고 연화가 어찌 되었는가는 귀랑의 기억 속에서도 찾아볼 수 없었던 것이다.

"결국 그 허연 놈을 잡아다가 족치는 수밖에는 없는 것인가?"

조용히 살라고 했다. 있는지 없는지조차 모르게 조용히.

당연히 그럴 수 없다. 사부들과 연화를 찾아야 하고 무엇보다 빌어먹을 한진회 애들도 슬슬 찾아 나설 때가 되었기에 그렇다.

그러나 역시 허연 장삼을 눌러쓴 놈이 흘린 말은 여전히 뭔가 석연치가 않았다.

그는 분명히 복수를 잊으라는 말을 했다.

무엇에 대한 복수를 말하는 것인가? 사부들은 이미 죽었으니 복수한다고 까불지 말고 찌그러져 있으란 말인가?

그렇지 않다. 분명히 사부들은 살아 있다고 했다.

거짓을 말한 것인가? 정황으로 미루어보아 그럴 이유는 없었다.

살아 있다면서도 복수를 말했던 이유가 무엇이란 말인가?

'설마……'

그자가 진과 한진회에 얽힌 이야기들을 알고 있기라도 한다는 것인가?

진은 고개를 가로저었다.

이 역시 지나친 비약이다. 한진회에 관한 것들은 사부들조차 자세히 알지 못한다. 짐작은 하고 있겠지만 구체적인 이야기는 그들도 모르는 것이었다.

'니기미! 확실한 것이 하나도 없군.'

어쨌든 그자는 복수와 세상 따위는 잊고 귀랑과 조용히 살라고 했다.

즉은 시끄럽게 굴면 혼날 것이라는 경고인 것이다.

경고를 어찌할 것인가?

수백 킬로 밖에서 토마호크 순항미사일이라도 날릴 것이냔 말이다. 제 놈들이 끽해야 칼이나 들고 와서는 눈알이나 부라리는 것 말고 뭐가 있겠는가?

결국 시끄럽게 굴면 놈들이 찾아올 것이라는 얘기가 된다.

그러나 시끄럽게 군다는 것이 야밤에 고성방가를 일삼고 동네방네 돌아다니며 꽹과리나 두드려 대면 되는 것인가?

당연히 아니다.

최소한 '이 녀석 봐라?' 정도의 압박은 해줘야 한다.

가장 답답한 부분이 그것이었다.

놈들의 족적을 철저히 밟아가며 뒤통수를 서늘하게 만들어줘야 한다. 이거 놔두면 안 되겠구나, 의 심정을 만들어주는 압박이 필요한 것이다.

그러려면 선행되어야 할 점이 추적이다.

한데 무슨 수로 그들을 추적할 것인가?

산채를 보호하던 구궁요열진의 파훼, 정체 모를 화약 무기, 귀랑을 제압한 부적 같은 누런 종이들, 무엇보다 공야숙과 민초빈, 그리고 연화를 제압할 정도의 무인들. 이들이 이번 일을 벌이기 위해 오랫동안 준비를 했다는 명백한 증거들인 것이다.

귀랑을 치료한답시고 흘려보낸 시일이 벌써 한 달. 아직까지 그들의 흔적이 남아 있겠냐는 것이었다.

"니기미……."

"니기미? 오래전부터 궁금했던 건데 그게 무슨 뜻이죠?"

진은 목소리가 들려오는 방향으로 고개를 돌렸다. 숙연연이었다.

"……!"

진은 대답은 하지 못하고 두 눈만 쏟아질 듯 커질 뿐이었다. 숙연연은 속살이 은근하게 비치는 백삼(白衫) 속곳만 입고 진에게 다가오고 있었던 것이다.

"무슨 뜻이냐구요."

촉촉이 젖어 있는 음성.

"옷이… 없나?"

숙연연은 그제야 화들짝 놀라는 시늉을 하며 앙증맞은 가슴을 가리는, 아무리 봐도 다분히 작위적이고 뻔한 행동을 시연하고 있었다.

"에구머나나! 거기서 좀 씻으러 왔다가 말소리가 들려서 그만……."

숙연연은 종유수가 담겨 있는 웅덩이를 가리켰다.

"이건 네가 씻으라고 담아둔 물이 아니다."

냉정한 어조였지만 숙연연은 느꼈다, 진의 음성이 슬며시 떨리고 있음을. 다시금 요염한 미소를 떠올리는 숙연연.

"좀 쓰면 어때요? 눈을 녹인 물은 너무 차갑단 말이에요. 조금만 쓸게요. 괜찮죠?"

숙연연은 얼굴을 붉히면서도 성큼 진에게 다가섰다.

물컹.

화들짝!

숙연연의 가슴이 진의 어깨에 스쳤고 진은 두어 발짝이나 물러서고 말았다.

그 모습을 본 숙연연은 조소를 금치 못했다.

'이거 힘 좀 쓴다 뿐이지 순 숙맥이잖아?

훌러덩.

숙연연은 진의 반응을 보며 더욱 과감하게 행동했다. 걸친 속곳마저 벗어 던져 버린 것이다. 그리고 천천히 종유수 웅덩이로 들어갔다.

등을 보인 숙연연은 역시나 요염하게 고개를 살짝 돌리며 말했다.

"등 좀 밀어줄래요?"

대답은 없었다.

숙연연은 몸을 더욱 배배 꼬았다.

"손이 닿지 않는단 말이……!"

숙연연이 말을 마치기도 전, 깔깔하면서도 따뜻한 그 무엇이 그녀의 등을 부드럽게 쓸어오고 있었다.

"아이 시원해라! 뭘로 한 거예요?"

그러나 진의 목소리는 그녀의 등 뒤가 아닌, 옆에서 들려왔다.

"흐음… 아무래도 내 고민을 네 친구들이 해결해 주려는 모양이다."

진은 뜻 모를 말만 남기고 순식간에 사라져 버렸다.

멍한 표정으로 이미 사라져 버린 진이 있던 자리를 쳐다보던 숙연연. 지금 연공실 문을 나선 자가 진이라면 대체 여전히 자신의 등을 밀어주고 있는 자는 대체 누구냐 하는 의문 때문이었다.

크르릉.

낮은 울음소리와 숙연연의 귓바퀴에 불어오는 따스한 바람. 숙연연은 천천히 뒤를 돌아보았다.

크르릉.

송아지 눈망울만한, 왠지 능글맞고 징그럽게 일그러진 자녹의 불꽃과 자신의 등을 여전히 쓸어 담고 있는 거대한 혓바닥이 그곳에 있었다.

첨벙!

숙연연은 종유수 웅덩이로 뛰어드는 귀랑을 마지막으로 목도하고 그대로 기절해 버리고 말았다.

"위험!"

함철원은 다급히 소리쳤다.

그러나 늦었다. 묵진민의 뒤를 파고들던 복면인의 일장이 그대로 틀어박히고 만 것이다.

펑!

묵진민은 너풀너풀 날아가 나무에 부딪치더니 땅바닥에 구겨지고 말았다.

"이 개새끼들이!"

함철원은 비겁하게 묵진민의 뒤를 암습한 복면인에게 일도를 휘둘렀다. 그러나 복면인은 훌쩍 뛰어 뒤로 빠져나간 후였다. 그 틈새를 매워오는 날카로운 예기들. 세 명의 또 다른 복면 검수들이었다. 그들 뒤로는 역시 같은 복장의 세 명의 검수가 흉흉한 눈초리를 흘리며 대기하고 있었다. 철저히 차륜전을 감행하려는 것이다.

"빌어먹을……."

도무지 이해할 수 없는 일이었다.

숙연연이 미인계를 펼쳐 마수족의 후예를 잡아놓고 있을 동안 함철원과 묵진민은 안양에 내려가 포교원에게 전달할 독문표식을 남겨놓자는 것이 그가 생각해 낸 이번 작전의 요지였다.

그러나 작전은 동혈에서 십오 리를 벗어난 이곳에서 완전히 틀어져 버렸다.

"들 수는 있어도 날 수는 없다."

생전 처음 본 자들이 밑도 끝도 없이 던져 놓은 말이다.

중공산에 오를 수는 있어도 내려갈 순 없다는 뜻인 것은 대충 이해가 된다.

그런데 왜?

처음엔 태양선교의 추적단이 아닐까 해서 드디어 마수족의 후예를 찾았노라고 해명해 보기도 했다.

그러나 돌아오는 대답이란.

"그래서?"

그들은 마수족이고 나발이고 전혀 관심이 없는 것이었다.

그렇다면 이들은 대체 누구인가? 되려 의문은 이자들이 표시해 왔다.

"너희는 그 녀석과 무슨 관계냐?"

무슨 관계냐고? 빌어먹을, 나도 그게 궁금하다. 살림을 도맡아 하면서도 매일 무시무시한 '얼차려' 라는 것을 받아야 하는 지금의 상태가 대체 어떤 관계로 규정해야 하는지 나도 궁금하단 말이다, 이 옘병할 놈들아!

넨장맞을, 성질대로 내뱉는 것이 아니었다.

미안하게 됐수다. 충고 감사히 받아들여 이 지랄맞은 산속에 처박혀

서 여생을 열심히 살아보겠습니다, 하고 일단 물러서서 대책을 강구했
어야 했다.

피슛!

어깨에 불로 지진 듯한 통증이 느껴지는가 싶더니 오른손의 힘이 급
격히 빠져나갔다. 꽤나 깊은 모양. 그러나 여기서 포기할 수는 없었다.
악착같이 부지해 온 이내 목숨을 이리도 허무하게 내줄 수는 없단 말
이다!

함철원은 칼을 왼손으로 고쳐 잡고 다시 몸을 날렸다. 그러나 세 명
의 검수는 뒤에 대기하고 있는 다른 검수들과 자리를 바꾸며 몸을 빼
버릴 뿐이었다.

함철원은 제대로 꼭지가 돌아가 버렸다.

"이런 똥물에 튀겨 죽일 놈들아! 네놈들에겐 무도(武道)가 없단 말이
냐!"

복면에 가려 있지만 알 수 있다. 그들의 입가에 걸린 잔뜩 비틀린 비
웃음.

없다. 됐냐?

그들은 마음껏 조롱하며 검을 휘둘러 올 따름.

다급히 틀어막아 보지만, 좌수도는 익힌 적이 없으니 예의 묵월도(墨
月刀)의 날카로움이 살아 나올 수가 없다.

피슛, 피슛!

허벅지와 옆구리에서 다시금 불로 지지는 듯한 극통이 밀려들었다.

의지와 관계없이 털썩 주저앉아 버리는 함철원.

'이런 개 같은……'

묵진민을 암습했던 사내가 무리들을 가르며 함철원에게 다가왔다.

"산을 벗어나려는 시도가 감지되는 순간부터 한 놈씩 죽는 거다. 이 규칙은 지금 이 순간부터 적용된다. 선택해라. 저놈이냐, 너냐?"

사내는 묵진민과 함철원을 번갈아 가리켰다.

함철원은 이미 정신을 잃어버린 묵진민을 쳐다봤다.

십이 년 동안 따라다니며 참 고생도 많이 했다. 당시에 녀석이 열일곱이었으니 이제 서른이 다 되어가는가? 녀석은 인생 절반 가까이를 도망 다니며 허비해 버린 것이다. 저 나이가 되어서도 장가라는 건 꿈도 못 꿔보고… 그리고 보니 연연이도 혼기를 훌쩍 넘겨 버렸구나. 불쌍한 녀석들…….

'연연, 그 녀석이 거칠긴 해도 의외로 순진한 구석이 있다. 그 녀석에게라도 장가를 들어라. 그렇지 않으면 네놈이 상투를 트는 일은… 영영 일어나지 않을 성싶구나.'

모든 것을 포기해 버린 함철원의 눈빛이 사내에게 향했다.

십이 년의 도망자 생활, 솔직히 지쳤다. 함철원은 결정한 것이다, 자신의 목숨을 내주기로.

사내의 우장이 희뿌옇게 달아올랐다. 함철원은 지그시 눈을 감아버렸다.

"내게도 선택권이 있나?"

느닷없이 울려 퍼진 음산한 음성.

함철원은 깜짝 놀라 다시 눈을 떴고 이내 쏟아질 듯 커지고 말았다.

그놈이다. 그 빌어먹을 마수족 꼬맹이가 함철원에게 선택을 강요하던 복면사내의 등 바로 뒤로 흘러내리고 있었다.

마치 처음부터 그곳에 서 있었던 마냥 태연한 신색과 어둠 속에서도 뚜렷이 보이는 비틀린 미소.

"나는 감칠맛 나서 한 놈씩은 싫고, 너희 모두로 결정했다."

복면인들도 느닷없이 그들 앞에 흘러내린 진에게 적잖게 놀란 모양이었지만 등을 보이고 있는 지금의 기회를 놓치지 않겠다는 마냥, 지체 없이 검을 뽑아 들고 몸을 날렸다.

쉬익!

그리고 펼쳐진 광경에 눈뿐만 아니라 입마저 의지와 상관없이 쩍 벌려야 했던 함철원이다.

한 녀석은 칼을 뽑지도 못했다. 그러나 칼을 뽑아 든 다른 두 녀석도 사정은 다르지 않았다.

진에게 달려든 세 명의 복면인이 약속이나 한 듯 동시에 무너져 내린 것이었다.

언뜻 단 일 검으로 보이나, 함철원은 분명히 보았다. 열여덟 번이다. 눈속임 따위는 없었다. 열여덟 번의 검격이 모두 실초였다. 일인당 여섯 초의 검격이 그들의 관자놀이를 훑고 지나가 버릴 때까지도, 그 순간 자신들의 혼백이 날아가 버린 순간까지도 복면인들은 무슨 일이 벌어진 것인지도 모르는 표정이었다.

게다가…

'개, 개산초월? 이런 새빨간 거짓말이……!'

함철원 못지않게 불신이 실린 남은 복면인들. 극심한 동요가 퍼져 나갔다.

"이, 이놈이!"

함철원에게 선택을 종용하던 복면사내가 비로소 정신을 차리고 분기를 쏟아냈으나 진의 검은 다시 번쩍일 뿐이었다.

그리고 나머지 복면인들에게도 같은 일이 벌어졌다.

하나같이 쥔 칼을 휘둘러 보지도 못하고 관자놀이에 피를 뽑아내며 물먹은 짚단처럼 쓰러지는 것이었다.

"감히!"

마지막 남은 복면인이 노호성을 질러댔다. 그것이 그가 할 수 있었던 유일한 저항이었다.

피육!

한 방울의 혈흔이 함철원의 얼굴로 튀었다.

동시에 미끄러져 내리는 복면사내의 한쪽 팔.

털썩.

사내는 갓 잡아 올린 생선처럼 바닥에서 팔딱거리는 자신의 팔을 보고서야 주춤주춤 물러서더니 주저앉아 버리고 말았다.

진의 손속은 세상사 경험이 적다 할 수 없었던 함철원마저도 오금이 저리게 만드는, 잔혹하기 짝이 없는 쾌검이었다.

진은 어안이 벙벙해 있는 함철원을 본체만체 스쳐 지나가더니 복면사내에게로 다가가 그의 앞에 쪼그리고 앉았다. 그리고 아무 일 없었다는 듯 태연한 어조의 한마디.

"질문있다."

"크으으……."

고통에 일그러졌으나 사내의 눈에서는 굳은 의지가 보인다. 어림없다는 강변이다.

단박에 넙죽 답변해 주리라고는 기대하지 않았다. 진의 입가에서 잔인한 미소가 번져 갔다.

"새끼. 꼬장꼬장 하기는… 어디 얼마나 버티나 볼까?"

진은 복면사내를 움직이지 못하도록 점혈했고 출혈도 막았다. 이내 말라 죽은 갈대 줄기를 하나 꺾어오더니 손가락 한 마디만한 크기로 잘라 다듬기 시작했다.

"나는 분골착근(粉骨窄筋) 따위는 알지 못하지만, 내가 살던 곳에서 배운 더 짜릿한 것들을 배워 알고 있으니 너는 아마 기대해도 좋을 것이다."

진은 사내의 하나 남은 팔을 끌어당기더니 날카롭게 다듬어진 갈대 줄기를 사내의 손톱 밑에 가져다 댔다.

슬슬, 이내 파도처럼 밀려드는 엄청난 고통.

복면사내는 점혈당해 움직이지 못했으나 함철원의 눈에는 고통에 찬 처절한 몸부림이 그려지는 것만 같았다.

"크으음… 크음! 으아아악!"

이를 악물고 절로 터져 나오는 비명을 집어삼키려 하지만 마음처럼 되질 않는다. 복면사내는 예민한 신경 줄기를 파고드는 무시무시한 통증을 견디지 못하고 기어이 송연한 비명을 질러댔다.

이내 진이 사내의 손톱 밑에서 갈대 줄기를 뽑아내자 사내는 축 늘어져 버렸다.

"이제 대화할 준비가 되었나?"

어느새 땀에 흠뻑 젖어 있는 사내가 고개를 뽑아 올린다.

"개… 소리."

늘어진 몸처럼 목소리도 힘이 없다. 그러나 사내의 눈은 여전히 건재했다. 부러질지언정 꺾이지 않으리라.

그 순간, 진이 느닷없이 사내의 아혈을 짚어 내렸다. 동시에 사내의 입에서 흘러내리는 핏물.

혀를 깨문 것이다. 답을 듣기 위해 아혈을 점하지 않았던 틈에 자신의 입을 영원히 틀어막을 작정이었던 것이다. 그러나 사내의 자결은 성공하지 못했다. 혀가 잘리기 전, 턱을 움직이는 근육마저 마비된 것이다.

"그렇게 쉽게는 안 되지. 갈대와 소도의 조합이면 고문 방법이 총 팔백 종류가 나온다. 아직 칠백구십구 종류의 각기 다른 맛이 남아 있으니 죽기 전에 모두 겪어봐야 하지 않겠느냐? 내 장담하지."

진은 사내의 귓바퀴에 입을 가져다 대고 속삭였다.

"잠시 후면 너는 애타게 엄마를 찾고 있을 것이다."

심력을 갉아먹는 음산한 음성이지만 새빨간 거짓이도 했다. 고문 수법 따위는 알지도 못하고 배운 적도 없거니와, 나약해진 상대의 정신을 가지고 장난치는 비열한 수법 자체를 경멸한다. 그러나 당장에 시급한 정보를 얻어내야 함에 어디서 주워들은 손톱 고문을 처음 해본 것일 뿐이었다.

그러나 진은 사람을 잘못 골랐다. 복면사내는 엄마 얼굴도 보지 못하고 자라난 천애 고아다. 걸을 수 있을 때부터 칼을 들었고 혈로를 걸어왔다. 애당초 이빨도 안 들어갈 협박이었던 것이다.

"……!"

진은 놀랐다. 사내의 눈. 웃고 있었다. 가소롭다는 듯 비릿한 조소를 보내오고 있었다.

동시에 그의 오공에서 흘러내리기 시작하는 핏물.

"이런!"

진이 재빨리 사내의 혈을 짚어 내렸으나 이미 늦었다. 사내는 기혈을 스스로 폭발시켜 버렸다. 무공을 패하여 버린 것이다. 당장은 아닐지라도 필사(必死)다.

"지독한!"

손톱 고문 따위와는 차원이 다른, 형용치 못할 고통이 전신을 난자하고 있을 터. 혀를 깨물고 당장에 죽을 길이 봉쇄되니 마지막 길을 선택한 것이다.

그 순간!

쉬익!

날카로운 소성이 대기를 갈라왔다. 진은 위험을 감지한 순간 재빨리 몸을 날렸으나 예의 소성을 일으키고 날아드는 암기의 목표는 진이 아니었다.

"흐음."

침음성을 흘리는 진. 뒤통수의 뇌호혈(腦戶穴)은 좁쌀보다도 작은 한 점이다. 그렇기에 격중하기도 어렵지만 관통당하면 비명도 내지를 새도 없이 황천 구경을 해야 하는 사혈 중의 사혈이다.

복면사내의 뇌호혈에는 은빛 강침이 깊숙이 박혀 있었다. 복면사내는 오장육부가 끊어지는 지독한 고통을 더 이상 감내할 필요가 없을 것이다. 응징이라기보다는 고통을 끝내주려는 배려인 게다.

달리 암기를 날린 자의 수준을 보여주는 대목.

진의 섬연한 시선이 나뭇가지가 날아든 방향으로 향했다. 함철원 또한 더욱 가관으로 돌아가는 형국에 어리둥절한 표정으로 진의 시선을 따라갔다.

그들의 시선이 닿은 곳에서 하나의 그림자가 조용히 흘러나왔다.

"똑똑한 줄 알았는데, 아니었나?"

차분한 신색의 회색장포의 사내.

"충분히 알아들었을 것이라 알고 있었다만."

사내는 문득 함철원에게 시선이 머물렀다.

대충 저건 또 뭐냐, 는 표정이었다.

그러나 함철원은 사내의 표정에 일일이 반응하고 대꾸할 여유가 없었다. 뭔가 큰일에 말려들고 말았다는 불안이 현실로 나타났기 때문이다.

'저, 저자는…….'

함철원은 목낭적을 단박에 알아봤다.

'비검이라 했던가……?'

대략 십삼 년 전, 그러니까 함철원이 아직 음양대의 대주로 있을 당시 단독으로 태양선교의 본단에 찾아 들어와 집령사자와 독대를 했던 새파란 놈이 기억하기로는 비검이라는 자였다. 어린 놈이 분위기가 어찌나 서늘하던지 함철원은 아직도 생생히 기억하고 있었다.

그리고 비검을 그림자처럼 보필하던 중년인, 함철원이 기억하기로는 목낭적이라는 자였다.

그러나 목낭적은 함철원을 알아보지 못한 듯했다. 기실 함철원이 눈썰미가 남달라서 그렇지, 서로를 기억할 만한 유난한 일 없이 스쳐 지나갔을 뿐이니 당연한 일이었다. 설사 목낭적 역시 기억력이 좋다고 해도 지금 몰골의 함철원을 알아보는 일이란 실로 어려운 일일 것이다.

곧 함철원에게 관심이 없어진 듯, 목낭적은 진에게 시선을 돌렸다.

"잘 못 들었다면 다시 말해 주겠다. 저 녀석들을 포함한 너는 이곳에서 벗어나지 못한다."

"그리 못하겠다면 어찌 되나?"

깐죽대자는 수작, 목낭적의 얼굴에서 슬며시 웃음기가 떠올랐다.

"상상해 봐라."

"글쎄… 내가 참 똑똑하긴 한데, 상상력이 부족하다는 말을 많이 들어서 말이야.”

목낭적의 얼굴에서 순식간에 미소가 지워졌다. 계속되는 진의 농지기 때문만은 아니었다. 진의 전신에서 슬슬 발산되기 시작하는 투기를 감지한 것이었다.

“내가 받은 명은 네놈을 살려두라는 것뿐이다. 나는 그것을 목숨만은 살려두라는 의미로 해석하고 있다.”

더 이상의 도발은 용서하지 않겠다는 의미. 목낭적도 진기를 끌어올리기 시작했다.

“바로 그거다. 어느 놈이 네게 그런 명을 내렸는지 내게 말해 주면 되는 것이다.”

목낭적의 두 눈이 번쩍이는가 싶더니 그의 전신에서 무서운 살기가 피어나기 시작했다.

놈이라니… 근본도 모르는 후레자식이 감히…….

“그러고 보니 네놈은…….”

목낭적이 양손을 늘어놓자 소매에서 소검 두 자루가 소리없이 흘러나왔다.

“이미 경계선을 넘어왔다!”

목낭적의 신형이 흩어졌다. 흩어졌다 싶은 순간 날카로운 예기가 사방에서 창궐하며 한 점으로 몰려들었다. 바로 진이 서 있는 그곳에!

번쩍!

빛을 발하는 귀안.

소검. 동선없이 점을 목표로 타격하는 무기다. 가르고 베어내는 무기보다는 찌르기에 유용한 무기라는 의미. 단병의 불리함을 극복하기 위해 다채롭고 경이로운 변화를 머금을 것은 당연한 노릇.

그러나!

"칼이 저 혼자서 움직이는 것은 아니다!"

공보다는 공격수를 막으라는 축구의 교범, 공격이 최선의 방어라는 불변의 진리. 진은 만변을 머금고 쏘아져 오는 예기를 도외시하고 소검이 그려내는 투로의 원천을 파고들었다.

"헛!"

목낭적의 헛바람. 어지럽게 날아드는 소검의 검광 속, 한줄기 새하얀 백선이 최단거리를 그어졌다.

스격.

감겨오는 손끝의 감각. 그리고 짙은 혈향.

•걸렸다. 그러나 치명상은 아니다.

진은 재차 일검을 찔러 넣었다.

"컥!"

단말마의 숨 넘김과 함께 달빛 아래 어지럽게 반짝이는 나방처럼 빛나던 검광은 순식간에 자취를 감췄고, 목낭적의 소검이 그의 손에서 힘없이 미끄러지더니 땅에 꽂혔다.

장내에는 오직 한 개의 찬란한 백광만이 번뜩이고 있을 따름이다. 목낭적의 어깨를 꿰뚫은 채로.

"……!"

그러나 목낭적은 어깨에 구멍이 뚫린 채로도 표정에 변화가 없었다. 참담히 일그러져 있어야 할 그의 표정은 고승처럼 편안해 보일 정도였다.

되려 진의 표정이 다급해졌다. 손끝에서 전해져 오는 감각은 피륙을 가르는 따위가 아니었던 것이다.

“뭐……?”

피이이이!

갑자기 바람 빠진 돼지 오줌보처럼 쪼그라드는 목낭적. 아니, 목낭적이라 믿었던 허상. 마침내 주먹만한 크기로 뭉쳐지더니 벌겋게 빛을 발하기 시작했다.

뭔가 잘못됐다고 느끼는 순간 코끝에 언뜻 스치는 익숙한 냄새.

“니기미!”

화약이다.

“엎드려!”

느닷없이 함철원에게 덮쳐드는 진. 함철원이 대체 왜? 라는 표정을 지어 보이기도 전에 진의 몸이 함철원을 깔아뭉개고 있었다.

콰과광!

지축을 울리는 엄청난 폭음.

후두두둑!

이내 솟아 올라갔던 돌과 흙이 다시 떨어지며 지면을 두들겨 댔다. 겨우 눈을 뜬 함철원은 주위를 훑어보더니 또다시 황당한 표정이 되어 버리고 말았다.

주위를 감싸고 있던 아름드리 적송들이 허리 어림에서 몽땅 뜯겨져 나가 널브러져 있었던 것이다.

“이, 이게 대체…….”

“짐 싸라.”

온몸을 털어내며 일어선 진이 밑도 끝도 없이 던진 한마디. 조금 전 벌어진 일련의 사건들처럼 함철원으로서는 도무지 이해할 수 없다는 표정으로 일관하고 있을 뿐이었다.

"저놈이 딸랑이들을 달고 오면 정말 여길 벗어나지 못할 수도 있다. 이 산에서 평생 썩고 싶지 않거들랑 빨리 가서 짐 싸!"

그제야 번뜩 정신을 차린 함철원이다.

"대체 내가 무슨 일에 말려든 거야!?"

함철원은 진을 따라 연공실을 향해 뛰면서도 대체 왜 자신이 뛰어야 하는지 끊임없이 반문해야 했다.

제9장

세상 밖으로

홍건(紅巾).

오래전, 한족의 국가 대송제국이 화덕(火德)으로 나라를 다스렸다고
믿었고, 이를 계승한다는 의미에서 붉은 수건을 머리에 둘렀다. 홍건
에는 북방의 오랑캐에게 빼앗긴 송을 재건하고 한족의 나라를 되찾겠
다는 의미가 담겨 있는 것이었다. 이후 세인들은 이들을 홍건도(紅巾
徒)라 불렀다.

그러나 민초들은, 백련교 따위와는 전혀 관계가 없으면서도 홍건도
의 대부분을 차지하는 가난한 한족 농민들의 생각은 달랐다.

넨장맞을… 이미 구십 년 전에 망해먹은 송이 뭐가 어쨌다는 말이냐?!

송 재건이고, 미륵불하생이고 그런 것 따위는 개나 줘라.

배고프다.

황하 수리가 끝나가니 이제는 어디서 곡식을 얻어 여우 같은 마누라

와 토끼 같은 자식새끼들을 먹여 살리란 말이냐!?

그래서 열받아 관부에 돌멩이라도 집어 던져 분풀이를 하려는데, 웬수상한 놈들이 붉은 천을 동여매면 숫자가 더 많아 보이고, 때문에 이쪽의 의지를 확실히 전달할 수 있다고 했다.

그래서 둘렀다.

그러던 어느 날 사람들은 자신들을 홍건적(紅巾賊)이라 불렀다.

홍건을 두른 도적놈이라고?

아니다. 우리는 도적놈이 아니다. 지어먹을 밭뙈기 하나 없는, 그저 배고픈 농사꾼일 뿐이다. 몽골이든 한족이든 왜놈들이든 하루 두 끼 밥만 먹게 해주면 세상사 아무 불만 없는 농사꾼일 뿐이란 말이다!

빌어먹을 백련교 잡놈들!

몽골의 오랑캐 놈들은 이미 썩을 대로 썩어 더 이상 힘이 없다고? 지네들끼리 파벌을 만들어 군사를 소진하는 바람에 이대로 대도까지 치고 가도 이미 겁을 집어먹어 일패도지한 몽고 기병 따위는 코빼기도 비치지 없을 거라고?

이놈들은 몽골의 무식한 오랑캐들보다 더 나쁜 놈들이다.

만일 오랑캐 놈들이 서역과 자기(瓷器) 무역을 통해 축적한 막대한 은자가 중간에서 떼먹고, 착복하고, 지랄들을 해도 엄청난 수의 기마에게 먹일 여물을 사고도 남을 정도며, 기마를 부릴 군사들 역시 잘 먹고 잘 싸서 피부에 개기름 번들거리는 팔팔한 놈들이었다는 사실을 알았다면 결코 죽창 하나 믿고 목청을 높이는 짓거리 따위는 꿈도 꾸지 않았을 것이다.

그러나 판은 이미 벌여졌고 주사위는 던져졌다.

결과는 불 보듯 뻔했다.

죽창 하나 들고 난을 일으켜 홍건적이 되어버린 한족 농민들은 만도와 철기로 중무장된 몽고군에 쫓겨 북으로 밀려나고 동으로 쫓겨갔다.

남겨진 가족들은 역모의 무리라 하여 관도에 머리가 효수되었다 한다. 무식한 마누라쟁이와 아무것도 모르는 철부지 아이들, 사돈에 팔촌까지… 그야말로 삭초제근된 것이다.

만주로 쫓겨온 굶주린 십만의 홍건도는 이제 악만 남았다.

그들은 진짜 도적 떼가 되었다. 아니, 살인 강도 떼로 돌변했다.

곡식, 가축, 여자와 아이들. 그들 앞에 놓인 것은 모조리 죽이고 빼앗았다.

흘러든 홍건적들로 인해 만주는 인세의 지옥이 되고 말았다.

두두두두!

곳곳에 썩어 문드러진 시체들이 즐비한 생지옥 만주 벌판을 세 필의 기마가 무서운 속도로 내달리고 있었다.

기마에 오른 이들. 흉갑을 두르고 묵빛 투구를 눌러쓴, 마상환도(馬上環刀)를 패용한 위맹한 모습이 마치 하나와 같다. 그들은 단일 편제의 정규 기병들인 것이다.

그러나 왠지 다급한 모습.

피융! 피융!

그들의 뒤통수를 파고드는 날카로운 파공음 때문이리라.

피융! 퍽!

"컥!"

가장 후미에 처져 있던 기병이 등에 화살 세 발을 맞고 그대로 말에서 떨어져 바닥으로 거칠게 나뒹굴었다.

그러나 앞선 두 기마는 동료를 돌아보지도 않았다. 드러난 입술을 굳게 물고 더욱 말 배를 차올려 속력을 높일 뿐.

그때!

두 필의 기마가 나아가는 방향의 얕은 풀밭 몇 군데가 불쑥 솟아올랐다. 풀밭이 아니다. 온몸에 풀잎을 꽂고 위장매복하고 있었던 사수(射手)들이었다.

"갈라져!"

그들을 중앙에 두고 좌우로 갈리는 기마. 사수들은 잠시 당황했으나 곧 정비를 하고 절반씩 갈라 각자의 몫에 화살을 조준하기 시작했다.

피융!

히이이잉!

우로 돌아간 한 필의 기마가 화살에 맞고 서글픈 울음을 내뱉으며 거칠게 바닥으로 나뒹굴었다. 그러나 기마에 올라타 있던 병사는 이미 굴레를 차고 솟아오른 후. 실로 놀라운 순발력이었다.

이어지는 더욱 기막힌 장면. 도약해 허공에 머물고 있는 병사는 어느새 궁시(弓矢)에 화살까지 얹어놓고 있는 것이었다.

핑!

"컥!"

위장한 사수 한 명이 목이 꿰뚫려 비명도 없이 절명하고 말았다.

이윽고 착지한 병사.

스릉!

병사는 폭이 좁고 기이한 각도로 휘어진 마상환도를 허리춤에서 빼들더니 화살을 날리는 사수들을 향해 무서운 속도로 쏟아져 나갔다.

"크억!"

“으악!”

일도일살(一刀一殺). 거침없는 도격에 매복해 있던 사수들은 변변한 저항도 하지 못하고 속수무책으로 쓰러져 갔다.

히이잉.

병사가 매복한 사수들을 모두 도륙할 즈음, 선두에 섰던 기마가 되돌아왔다.

그 모습을 본 투구 속 병사의 미간이 일그러졌다.

“가라!”

투구 안에서 흘러나온 굵직한 한마디. 그것은 한어가 아니었으며 만주의 야인어도 아니었다. 만주의 아래에 붙은 작은 반도국, 사내의 입에서 나온 한마디는 고려어인 것이다.

“같이 간다.”

역시나 고려어.

“빌어먹을! 가란 말이다!”

두두두!

지축을 울리는 말발굽 소리. 두 사내의 고개가 휙 돌아갔다.

멀리, 그러나 빠르게 가까워져 오는 먼지구름. 그들의 뒤에서 화살을 날리던 자들이었다.

“내가 타면 말이 견디지 못한다. 임 군관! 너는 사사로운 정리에 매여 대의를 저버릴 셈이냐?”

기마 위의 임 군관, 임근홍은 안타까운 시선으로 그의 전우이자 친구인 국상철을 한동안 바라볼 따름이었다.

“옘병할 국가 놈아! 죽지 마라!”

다시 말을 돌려 달려나가는 임근홍의 음성은 젖어 있었다.

멀어지는 임근홍의 뒷모습을 한참 동안 지켜보던 국상철. 이윽고 그는 천천히 돌아섰다.

이제는 먼지구름보다 그것을 이끌고 오는 형상들이 더욱 선명하다.

그들이다.

중원의 것보다 두 배는 됨 직한 거대한 기마. 온몸을 두른 묵빛 마갑 따위는 전혀 부담이 없다는 듯 빠르게 가까워지는 다섯 기의 중갑기마대였다.

척!

국상철은 왼발을 앞으로 쭉 내밀고 오른 무릎을 지면에 박더니 활을 부렸다. 좌궁시(坐弓矢). 애기살의 원거리 저격 자세인 것이다.

군더더기없는 동작으로 등의 활통에서 통아(桶兒)를 하나 빼 시위에 얹어놓는 국상철.

빠바바박!

야인족들은 꿈에서라도 듣기를 거부하는 바로 그 소리, 고려 각궁 중에서도 최고의 성능을 자랑하는 간각칠궁(間角漆弓)의 시위가 당겨지는 음산한 소음이 흘러나오고.

퉁!

경쾌한 시위 퉁기는 소리와 함께 통아를 빠져나온 애기살이 순식간에 공간으로 사라졌다. 동시에 저 멀리 달려오던 기마 한 필이 자신이 몰고 온 먼지구름 속으로 순식간에 빨려 들어가 버렸다.

국상철은 재빨리 편전 하나를 빼 들고 한 쪽 깃(날개)에 침을 묻혀 통아에 집어넣었다.

다시 당겨지는 시위.

퉁!

처음처럼 눈에 보이지도 않는 속도는 아니었지만 대신 애기살은 맹렬히 회전하며 날아갔다. 바로 깃에 침을 묻힌 효과. 그 결과는 바로 드러났다.

퍽!

팽이처럼 맹렬히 회전하면서 내력까지 머금은 애기살이 투구까지 눌러쓴 기병의 머리를 수박처럼 터뜨려 버린 것이다.

활을 내려놓는 국상철. 더 이상 화살을 날릴 시간이 없을 만큼 남은 기마들이 지척에 이르렀기 때문이다.

국상철은 활 통을 벗어던지고 투구마저 벗더니 어느 한곳을 향해 고개를 숙이고 절도있는 동작으로 오른손을 가슴에 얹었다.

"충!"

저 멀리에 분명히 있을 그의 고향, 고려를 향해서다. 이내 불덩이가 뛰쳐나올 듯한 국상철의 시선이 지척에 이른 적 기마대를 향했다.

"대고려국의 날카로운 창, 나 국 아무개가 너희 대역무도한 역모의 무리들에게 심판을 내리노라!"

환도를 양손으로 굳게 쥐는 국상철. 들이닥치는 기마를 향해 천천히 나아가는가 싶더니 이내 무서운 속도로 쏘아져 나가 기마와 맞부딪쳤다.

충돌의 순간에 솟아오른 국상철.

푸아악!

그의 환도에서 비롯된 무시무시한 도격이 몰아치고 동시에 선두 기마 위의 기병이 갈라졌다.

그러나 그뿐.

국상철이 제이의 도격을 뽑아내기도 전에 두 개의 기다란 기창(騎

槍:기병용 장창)이 국상철의 앞뒤를 동시에 꿰어버렸다.

"크아아악!"

평원을 가르는 외마디 비명. 미친 듯이 달리던 임근홍의 기마가 갑자기 멈춰 돌아섰다.

"상철아……."

투구 속 임근홍의 눈이 벌겋게 달아올랐다.

떨리는 손으로 허리춤의 환도를 굳게 쥐는 임근홍. 그러나 되돌아가서는 안 된다. 심장이 터질 듯 박동질 치는 이 뜨거운 피를 아직은 흘릴 때가 아니다. 그에게는 아직 끝내지 못한 임무가 있기 때문이었다.

"미안하다, 미안해……."

임근홍은 다시 고삐를 당기며 말 배를 힘껏 찼다.

최선지의 말이 옳았다.

그들은 배신했다.

그들은 만주로 흘러든 홍건도를 규합하고 야인족들을 부추겼다.

고려를 치고 그 땅을 얻으라고.

그들이 말한 새로운 세상은 대고려 제국이 아니었던 것이다. 오직 그들을 위한 그들의 제국을 세우려는 것뿐이었다.

애초에 잘 짜인 각본이었을 따름이다. 고려 군부의 눈을 혼탁한 중원으로 돌려 망동케 하였으며, 최선지 등이 중원에 진출해 어렵사리 모은 철을 빼돌려 착실히 무장한 채로 때를 기다린 것이다.

거기에 이민족까지 끌어들였다. 십만의 홍건적과 삼만에 이르는 야인족. 이들만으로도 고려로서는 감당하기 벅차거늘…….

그들에게는 수천에 이르는 철기(鐵騎)가 있다. 종자를 알 수 없는 거대한 덩치와 웬만한 활과 창으로는 흠집도 낼 수 없는 마갑을 둘러싸고도 천 리를 쉼없이 달리는 가공할 지구력. 게다가 이 괴물 같은 기마를 다루는 기병들의 무위는 정예 북마군 개개인의 그것과 비교해도 손색이 없으며, 고려군의 비기인 각궁과 편전마저 능숙하게 다룰 수 있는 지경.

뒤에 있는 보병들을 차치하고 이들 중장 기병의 무력만으로도 지금의 고려는 그야말로 고양이 앞에 쥐일 수밖에 없다.

알려야 했다. 고려로 통하는 모든 국경은 봉쇄되었으며, 그들이 곧 평양부(平壤府)를 칠 것이라는 사실을 중원에 있는 최선지에게라도 알려야 하는 것이다.

무서운 속도로 내달리던 임근홍의 얼굴에 문득 긴장감이 떠올랐다.

전방에 펼쳐진 얕은 갈대 숲에서 흘러나오는 살기. 또 다른 매복이다.

"……."

살기를 갈무리하지도 못하는 자들. 이미 임근홍의 상대가 될 수 없다는 의미에 다름 아니다. 그러나 임근홍이 정작 두려워하는 것은 그들의 존재가 아니라, 허비해야 할 시간이었다. 때문에 앞서의 매복한 사수들도 피해가려고 했던 것이다.

시급을 다투는 중차대한 정보. 여기서 시간을 허비하고 뒤를 밟아오는 철기에 길이 막혀 또다시 늦어지거나 혹은 살아남지 못한다면 어렵게 숨어들어 파악한 중요한 정보들을 제때 전달할 수 없게 되는 것이었다.

임근홍은 자신이 알고 있는 마상도법 중에 지금의 난국을 뚫고 나갈 하나의 도법을 떠올렸다.

참사도법(斬邪刀法).

과거 무신정권의 역적의 무리가 익혔던 잡기라 하여 공식적으로는 전수가 금지되었으나 타의 추종을 불허하는 막강한 살상력 때문에 여전히 암암리에 전해지고 있는 절기였다. 참사도법은 뭉쳐 있는 다수의 적을 일도에 참살하는 패도일색. 그만큼 내력의 소진은 커서 현재의 임근홍의 수준으로도 세 번 이상 시전이 어려운 무공이었다.

'단숨에 뚫고 지나가야 한다!'

환도를 빼 들고 힘껏 박차를 가하는 임근홍.

사사삭.

갈대 숲에서 동요가 일었다. 잠시 주춤거리던 임근홍이 느닷없이 돌진을 해온 탓이리라.

우우웅!

내력이 주입된 환도가 음산하게 울어댔다. 갈대를 가르고 거침없이 질주하는 임근홍.

'삼 장, 좌 삼 보!'

푸아악!

웅장한 도격이 일대를 가르고, 동시에 갈대 숲 위로 피어오르는 혈화(血花).

그러나 비명은 없다.

임근홍의 안색이 굳어졌다.

둘은 깊었으나 둘은 얕았다. 깊게 베인 둘이 단숨에 절명했다고 해도 나머지 둘은 살이 떨어져 나가는 고통을 감당해야 했을 터. 그럼에도 신음 한줄기조차 흘리지 않는다?

불안한 대목이 아닐 수 없었다.

그때!

아무런 기척도 없이 전방의 갈대를 유유히 가르고 나타난 한줄기 백선(白線). 정확히 임근홍의 심장을 향해서다.

"헛!"

창!

다급히 쳐냈으나 엄청난 반동이 전해졌다. 백선은 가까스로 심장을 비켜났으나 임근홍의 어깨에서 살 한 덩이를 훔쳐 가고 말았다.

채 정비가 되기도 전, 갈대 숲 양옆이 갈라지더니 또다시 몇 가닥 백선이 번뜩였다.

소리는 그 다음이었다.

쉬쉬쉭! 퍼버벅!

임근홍은 도약해 피해냈으나 그의 기마는 그렇지 못했다.

이히히힝!

기마는 구슬피 울어대며 요동치더니 이내 풀썩 쓰러져 버렸다.

지면에 내려서기가 무섭게 환도를 치켜드는 임근홍.

말 배에 아직 박혀 있기에 이제는 확실히 보인다. 소리보다 빠르게 다가와 기마의 뱃가죽을 뚫어버린 백선은 번개 모양의 새하얀 날을 번뜩이는 뇌창(雷槍)이었다.

휘이잉.

자욱한 피 냄새를 실은 한줄기 바람이 갈대 숲을 스쳐 간다.

이윽고 찾아든 지독한 침묵.

"헛!"

또다시 소리없이, 그러나 살벌한 예기를 머금은 뇌창이 임근홍의 허리를 노리고 날아들었다.

신법을 놀려 가까스로 피해냈으나 다음을 피해낼 수 있다고 장담할 수 없는, 참으로 은밀한 암격이었다.

이 정도의 은밀함, 그리고 뇌창에 실린 내력을 통해 가늠해 볼 때 앞서 매복한 궁수들과는 차원이 다른 자들이었고, 처음 감지한 조잡한 살기의 주인이라고 보기도 어려웠다.

두두두두두!

뒤에서 차츰 가까워지는 말발굽 소리.

임근홍의 두 눈에서 절망이 덩그러니 떠올랐다.

그새 요동치던 살기마저 감쪽같이 사라졌다. 결국 초반에 감지되었던 조잡한 살기는 기마를 제거하고 임근홍을 갈대 숲에 가둬 버리기 위한 유인책이었던 것이다.

앞은 얼굴도 보지 못한 고수들의 매복, 뒤는 중갑기병. 그야말로 사면초가인 상태에서 임근홍이 선택할 길은 오직 한 가지뿐이었다.

"모조리 베고 길을 열리라!"

임근홍의 전신에서 사나운 기운이 토해지기 시작했다.

군부 최고 심법, 천군신공(天軍神功)의 발현이다.

푸아악!

임근홍의 일보에 실린 가공할 기파는 일 장여의 갈대 숲을 뉘어버린다.

또다시 일보!

그 순간.

끈적한 살기가 임근홍의 사방 팔위에서 일어나 대기를 달구기 시작했다. 촘촘히 구성된 사문(死門)이 온 사방에 펼쳐진 것이었다.

그럼에도 불길이 일어나는 임근홍의 두 눈.

멈출 수 없다. 적 앞에서의 굴복 따위는 배운 적이 없다!

기병의 숙명. 오직 돌격뿐이다!

사방에서 닥쳐드는 예기를 도외시한 채 돌진하며 가공할 도격을 폭발시키는 임근홍.

쐬아악!

참사도법 섬멸도(殲滅刀)의 일격이 휘몰아치고 핏빛 안개가 자욱하게 뿌려졌다. 이 일격으로 전방의 길이 열렸다.

그러나 임근홍은 직감했다. 뒤통수를 서늘하게 식히며 날아드는 한 수는 도저히 막을 수가 없다는 것을……

넨장할… 끝났다…….

지척에 이른 죽음을 두고 임근홍은 눈을 감아버렸다.

믿을 수 없는 일은 이때 일어났다.

“컥!”

“큭!”

“크억!”

돌연 주변에서 들려오는 짧은 숨 넘김. 동시에 임근홍을 조여오던 살기가 거짓말처럼 사라져 버린 것이다.

“뭐……?”

급변한 상황을 두고 의문을 떠올리기도 전.

“크크크. 계집애처럼 눈 감고 뭐 하냐, 인마.”

조롱하는 어조와 함께 딱 산도적패의 목소리로 어울릴 만한 투박하기 짝이 없는, 그러나 임근홍에게는 천상의 울림과 같은 목소리가 들려온 것이다.

임근홍은 어느새 자신의 눈앞에 있는, 피 범벅인 환두태도를 어깨에

턱 하니 걸치고 거들먹거리는 거한의 존재가 도무지 믿어지질 않았다.

"네, 네 녀석이 어떻게……?"

눈을 비비고 다시 봐도 그였다. 이곳에서 천 리나 떨어진 중원에 마련된 모처에서 명령을 기다리고 있어야 할, 사 년 전 최선지에게 선발된 북마군의 일원이자 그 기간 동안 죽을 고생을 같이했던 임명진이었다.

"더 두고 보자니까 그러네. 틀림없이 엉엉 울었을 거라니까?"

갈대 숲을 헤치고 모습을 드러낸 또 다른 사내, 박경진이다. 동시에 곳곳에서 해죽거리며 나타나는 사내들. 서로의 관직과 배경은 모두 달랐으나 지난 사 년 동안의 지옥 훈련으로 끈끈한 전우애를 다졌던 임근홍의 동료들인 것이다.

"서, 설마……."

"왜 아니겠냐? 교관님께서도 돌아오실 때가 됐다."

임명진을 물끄러미 바라보는 임근홍. 이내 그의 두 눈에는 물기가 차 올랐다.

"어라? 이 자식 봐라? 진짜 우네."

박경진이 여전히 놀려댔지만, 임근홍은 눈물을 거두지도, 닦아내지도 않았다.

임명진도, 박경진도 이리 말이 많거나 경박한 사내들이 아니었다. 애써 감추고 밝아지려고 하는 것이다. 어째서 임근홍 혼자만이 이곳에 있는지를, 그들은 차마 묻지 못하고 흰소리로 덮어놓으려는 수작인 게다.

그러나 감추려 한다고 해서 감춰지는 것이 아니다.

스르르 무너지며 무릎을 땅에 박는 임근홍.

“나만… 살아왔다.”

더 이상의 농지거리는 없었다. 숨소리조차 조심스러운 지독한 침묵만이 흐를 따름이다.

먼저 입을 연 이는 임명진이었다.

“우리는 군인이다. 전장에서 쓰러질 운명, 건원과 상철도 그리 억울하지는 않을 것이다.”

푸르르.

그때, 갈대를 짓뭉개며 한 필의 기마가 그들 앞에 나타났다.

혈흔(血痕)이 선명한 기창을 한 손에 쥐고 목석같이 표정이 없는 사내. 김성은이었다.

그리고 보니 뒤를 쫓아오던 적 기병의 말굽 소리는 더 이상 들리지 않고 있었다. 김성은의 기창에 묻은 혈흔의 주인이 누구인지도 설명이 되는 것이다.

김성은이 줄을 당기자 딸려오는 또 다른 기마. 그러나 그 위에는 아무도 없었다.

아니, 있다.

그들, 고건원과 국상철의 곱게 포개진 채로…….

“가자.”

한마디뿐이다.

그러나 그들 북마군은 이제는 읽을 수 있었다.

김성은의 무심한 시선에 담긴 극한의 분노.

살아오라는 명령을 어긴 채 고혼이 되어 돌아온 고건원과 국상철에 대한 분노와 이제는 거대한 적이 되어버린 그들을 향한 끝없는 분노를…….

*　　　*　　　*

삼 일째다.

거미줄 가득한 낡은 초옥의 천장을 하염없이 바라보는 동안 작은 격자 사이로 햇살이 세 번 들이닥쳤으며 어둠이 세 번 밀려들었다.

이제는 움직일 때가 되었지만 움직일 수 없다.

어디로 간단 말인가?

천하는 넓디넓지만 이내 작은 몸을 받아줄 곳은 어디인가?

산채뿐이다. 산채의 가족밖에는……

그러나 갈 수 없다.

종리명은 산채에 공야숙이 없을 것이라 했지만… 소매 끝을 물고 북받쳐 오는 이 처절한 그리움을 감내해야 할 만큼 진이 보고 싶지만…

갈 수 없다.

종리명은 장담했지만 혹여 그가 있으면 어쩐단 말인가?

만두를 훔치다 주인에게 붙들려 온몸이 부러지도록 맞고 음습한 뒷골목에 누워 죽음만을 기다리고 있을 때, 따뜻한 품에 안아 들고 일주일을 꼬박 자리를 지키며 간병을 해주었던… 언젠가 곰에게 물렸을 때, 어린애처럼 엉엉 울어대며 자신을 안고 산채로 뛰어가던… 초경을 시작했을 때, 멀리 안양까지 내려가 깨끗한 백삼을 구해오곤 잠든 자신의 머리맡에 몰래 두고 나가던…

그자가 있으면 대체 어찌해야 한단 말인가?

잊을 수 없다.

"화아야, 너는 절대 그의 얼굴을 봐서는 안 된다. 나는 죽어야 하기에 그에게 죽는다. 아비는 하늘이 내린 천벌을 받는 것이다. 그렇기에 이 아비에게 칼을 내민 자는 하늘의 심판이니라. 너는 결코 복수를 생각해서는 안 된다."

아빠가 숨이 막히도록 품으로 끌어당기며 했던 말이다.
그리고 피륙이 갈라지는 섬뜩한 소성과 함께 쓰러지는 아빠의 모습… 어찌 잊을 수 있겠는가.
보지 말라고 했지만 봤다.
비록 뒷모습이지만, 똑똑히 각인했다.
복수하리라. 천자(天子)라 한들 너의 심장에 나의 칼을 박고야 말리라!
절대로 잊지 않으리라 다짐했던 그 뒷모습이…
그의 것일 줄이야……
시체를 깔아뭉개고 그 위에서 맛나게 만두를 먹겠노라고 다짐했던 불구대천지수가…
사부일 줄이야…….
차라리 죽게 내버려 둘 것이지 대체 왜?
연화는 울었다.
삼 일 동안 매번 다른 결론을 내놓았던 가슴의 번민을 두고 연화는 우는 것 외에는 할 수 있는 것이 없었다.
"처자, 자는감?"
인기척과 함께 들려온 걸쭉한 제남의 사투리. 이곳 움막을 내주며 잠시 묵어도 좋다고 했던 초씨 노인의 목소리였다.

“아, 아니요.”

연화는 눈물을 훔치고 문을 나섰다.

작은 키에 후덕한 인상의 초씨 노인이 걱정스러운 얼굴로 서 있었다.

“쯧쯔… 내 무슨 사정인지는 모르것지만서도 끼니도 거르고 그렇게 처박혀 있다고 혀서 해결이 되는감? 뭔 일이든 그저 밥심이 있어야 하는 뱁이여.”

초씨 노인이 연화에게 내민 대나무 광주리에는 주먹밥과 고기, 그리고 산채가 넉넉히 담겨 있었다.

음식을 보자 갑자기 허기를 느낀 연화는 주먹밥 하나를 들고 베어 물었다.

허겁지겁 주먹밥을 먹어대는 모습을 물끄러미 지켜보던 초씨 노인이 말했다.

“체하것어. 누가 안 뺏어 가니께 천천히 묵드라고. 그려, 언제까지 머물 참인감?”

연화는 그제야 자신의 모습이 추할지도 모른다는 생각에 얼굴을 붉혔다.

“오, 오늘 떠날 생각이에요. 그동안 감사했습니다.”

“그려, 어디 갈 데는 있고?”

희미하게 웃는 연화. 갈 데는 있지만 갈 수는 없다. 누군가는 반드시 만나야 하지만 만날 수 없다. 기구한 처지임에 저도 모르게 새어 나온 자조적인 웃음이었다.

“갈 데 없으면, 나를 따라나서려는 감?”

“……?”

연화는 채 먹지 못한 주먹밥을 손에서 떨구고 말았다.

빙글빙글 돌아가는 세상, 순식간에 나른해지며 온몸의 힘이 썰물 빠지듯 빠져나가 버렸던 것이다.

그러나 별일 아니라는 듯 초씨 노인이 예의 후덕한 미소를 머금고 자신을 내려다보고 있을 따름이었다.

'미혼약(迷昏藥)…….'

연화는 초씨 노인에게 달려들려고 했으나 술 취한 마냥 흐늘거리는 연화의 허망한 권격을 가볍게 피해 버리는 초씨 노인이었다.

비틀비틀, 결국 주저앉고 마는 연화였다.

"대, 대체 왜……?"

의지와는 달리 음성은 목구멍에서 처박힌 채 입 밖으로 새 나오지 않았다.

초씨 노인이 어딘가를 향해 고개를 숙였고, 잠시 후 그곳에서 한 사내가 나타났다.

'그다… 사 년 전, 흑혈단의 단주라고 자신을 밝혔던… 그자다…….'

연화는 깊은 잠 속으로 빠져들었다.

*　　　*　　　*

"이제… 어디로 가야 하는 거요?"

함철원은 한참 동안 안절부절, 주저주저하더니 어렵게 입을 뗐다.

획!

"헉!"

주저할 수밖에 없었다. 어젯밤에 보여주었던 잔혹하기 짝이 없는 무시무시한 신위 때문만은 아니었다. 무슨 말만 걸었다 하면 사정없이 휘두르는 살기 어린 저 도끼눈 때문이었다.

그리고 함철원은 썩은 동태눈의 심정을 이해할 것도 같았다.

오늘 새벽 짐을 챙기고 연공실을 빠져나올 때, 진이 문득 멈춰 서더니 말했더랬다.

"너희들, 오늘부로 해고다."

해고? 해고란 취업이라는 행위가 선행되었을 때나 가능한 조치고, 취업이란 노동이 제공되고 그에 합당한 대가를 정기적으로 지불받았을 때나 하는 말이다, 이 무식한 놈아!

함철원은 당연히 받아들일 수 없었다. 그동안 밀린 임금을 받지 못했다는 객쩍은 소리가 아니다. 진이 자신들의 자유를 찾아줄 유일한 구명줄이기도 하거니와, 어젯밤의 그 자식들은 분명히 '너희들 모두…' 라고 했다. 필경 천년신교라고 판단되는 그 자식들은 저 썩을 동태눈에게 좋지 않은 감정이 있음이 분명했고, 이제는 자신들도 뭉뚱그려 미움을 받고 있는 것이 증명된 셈이었다. 그동안은 막연히 쫓기고 있을 것이라 생각하고 있었을 뿐이지만 이제는 확실히 잔악무도한 천년신교의 감시와 추적을 당하게 되리라.

이제는 예전만 못하다지만 천년신교는 여전히 천년신교다. 함철원으로서는 죽었다 깨어나도 감당할 수 없는 녀석들인 것이다.

이렇게 된 이상 무조건 붙어 다녀야 하는 수밖에는 없었다. 그것만이 구명줄을 틀어쥔 채로 목숨을 부지하는 유일한 방법일 것이었다.

"그럴 수 없소이다."

"……?"

“당신이 한 짓을 잊었소이까? 천년신교의 교도를 다섯이나 죽여 버렸으니 그들이 우릴 쉬이 놓아줄 것이냔 말이외다. 책임지시오!”

함철원은 이 말을 한 것을 곧바로 후회해야 했다.

그 눈빛. 다섯을 죽였는데 셋이라고 못 죽일까? 그런 의미를 담은 살기 어린 눈빛이 빌어먹을 썩은 동태눈에서 흘러나왔던 것이다.

그러나 믿었다. 어젯밤 녀석은 분명히 자신을 살리려고 했다. 비단 적절한 시기에 나타나 복면인들을 물리쳐 줬을 뿐 아니라 화약이 터질 적에도 온몸을 날려 함철원을 구해냈다.

말은 살벌하게 하지만 내심에는 정이 있는 놈이라는 증거가 아니면 뭐겠는가?

“우리는 당신에게서 떨어질 수 없으니 죽이든 살리든 맘대로 하시오!”

분명히 함철원은 진을 제대로 봤다. 그러나 그것은 한 달여 동안 함철원들이 수고해 준 나름의 보상 방식이었을 뿐이다.

귀랑이 거의 완쾌된 지금 이제는 슬슬 움직여야 할 상황에서 밥이나 하라고 달고 다니기엔 셋은 너무 많았다. 아니, 하나도 귀찮다. 책임? 누가 중공산에 기어들어 오라고 부추기기라도 했냐는 말이다.

그러나 어젯밤의 일을 돌이켜 보면 아주 쓸모없는 것도 아니었다. 함철원 일당들은 진이 가지고 있지 못한 것을 가지고 있는 것이다.

바로 중원의 지리와 세상 돌아가는 모양새에 관한 것이었다. 함철원은 진이 놓쳐 버린 그 시커먼 녀석을 단박에 알아봤다.

목낭적, 천년신교 지밀단의 단주 비검이라는 놈의 그림자. 이런 것들은 진이 죽었다 깨어나도 알 수가 없는 사실들이 아니던가.

“각자의 목숨은 스스로 챙겨라. 어젯밤처럼 매번 운이 좋으리라는 법은 없어."

의도야 어찌 되었든 피차 필요는 입증된 셈이었고 이제는 보다 발전적인, 어떻게 감시의 눈을 피해 중공산을 벗어나야 하느냐는 것에 역량을 집중시켜야 했다.

바로 이 과정에서 지금의 도끼눈이 만들어졌고, 이후 도무지 말도 못 붙일 정도로 냉랭한 기운이 감돌기 시작한 것이다.

그 시작은 이렇다.

"어이, 수세미. 당신 너무 튀는 것 같지 않아?"

즉은, 누가 봐도 딱 도적놈 같으니 수염을 밀어버리라는 것이었다.

"절대로 안 되오!"

핏대를 올렸던 함철원이었다. 그나마 수염이 있기에 타고난 더러운 인상을 많이 가려놓고 있었던 데다가 무엇보다 진이 자신의 얼굴을 기억하지 못하게 하는 데 좋은 눈가림이 되고 있다고 판단하고 있었기 때문이다.

그러나 그리 완강하게 버티면 안 되는 일이었다. 안 된다고 하면 할수록 되게 기어이 해놓고, 이후 어찌 되는가를 가만히 지켜보는 괴이한 성향의 인간이 바로 진이었기 때문이다.

세영검을 들고 잔인한 미소를 흘리며 함철원에게 다가서는 진을 말리고 선 이는 숙연연이었다.

"장담하건대, 수염을 밀어버리고 나면 태산 꼭대기에서도 저 양반을 찾아낼 수 있을걸요? 호호호!"

여기까지는 나쁠 것 없었다. 문제는 그 다음부터 생겼다.

"그래도 일단 변화를 주긴 해야겠지만… 제가 보기엔 당신이 더 문제인 것 같은데요?"

숙연연의 말이 맞기는 했다.

계집애 같은 용모는 둘째 치고라도 짝짝이 동태눈은. 평소에는 자세히 보지 않으면 알아차리기 힘들다고 해도 그거야 이쪽에 아무 관심 없는 사람들에게나 해당되는 말이고, 지금처럼 뒤를 밟히고 있는 상황이 확실한 바에야 숫제 '나 여기 있소' 라고 이마빡에 써 붙이고 다니는 것과 다름이 없지 않겠냔 말이다.

특이한 용모는 진뿐만 아니라 어디에서나 있어도 있는 줄 모르는 무존재감의 묵진민을 제외하고는 모두에게 해당되는 사항이었다.

함철원은… 말하자면 입만 아프다.

귀랑? 이 녀석이야말로 두말하자면 혈압 오르는 일이다.

그렇다면 숙연연은 정상이냐 하면 그것도 그리 말하지 못한다.

외모야 더할 나위 없는 미색이고 머리도 영민한 축에 속하지만 시집 못 간 노처녀의 광기란… 생각없이 말 한마디 잘못했다가는, 설사 백만 대군에 쫓겨 은밀한 곳에 숨을 죽이고 있는 와중이라 해도 구들장 무너질 발작을 감당해야 할 지경인 것이다.

중공산에 와서 이 개고생을 하는 이유도 알고 보면 순전히 숙연연에게 있었다.

죽평이란 마을에서 이제 막 적응돼서 좀 살 만하겠다 싶었을 때, 웬 거지들이 그녀의 뒷모습을 보고 '애는 순풍순풍 자알 낳게 생겼다' 고 희롱했던 것이 문제의 발단이었다. 숙연연이 그 자리에서 거지 둘을 그야말로 거지발싸개로 만들어 버렸던 것이다. 하필이면 그 거지 놈들이 개방의 제자들일 건 또 뭔가. 그날 밤으로 야음을 타서 중공산에 흘러들어 온 것이다.

본인 역시 본인의 결점에 대해 잘 알고 있는 바, 그 부분을 건드리면 도무지 통제가 되지 않는다는 다음에야 어쩔 것인가.

그래서 숙연연이 제안한 방법이 자신들에게는 획기적이고 근본적인 변화가 필요하다는 것이었다.

거창하게 말은 했지만, 결국 변장을 해서 추적자들의 이목을 속이자는 뜻이었다.

함철원들에겐 별문제가 되지 않는 것이었다. 오랜 도피 생활로 그 방면으로는 도가 텄다는 말이다. 각자 얼굴에 맞는 인피면구를 서너 장씩은 가지고 있는 것은 기본 중의 기본이다.

역시 문제는 진과 귀랑이었다.

정작 가장 변장하기 힘든, 아니, 불가능한 녀석이 귀랑이었다. 털을 밀어버리고 소로 변장시키자는 진의 주장 따위는 애저녁에 가져다 버렸고, 마갑을 구해 몽땅 가려놓고 말이라고 끝까지 우기자는 말도 터무니없었다. 당최 어찌할 방법이 없는 와중에 문제는 뜻밖에 해결될 수 있었다.

"인간 따위와는 같이 다닐 수 없다는데?"

귀랑은 반경 오십 리 안에서 알아서 따라올 것이라 한다.

어찌 늑대와 대화를 할 수 있는 것인지는 알 수 없었으나 그렇다는 데야…….

이렇게 되면 진만 해결하면 되는 일이었다.

그러나 또 이것이 쉽지가 않았다. 저 특이하게 생긴 놈을 어찌 변장시켜야 하는가?

인피면구는 여유가 있었지만, 그렇다고 아무에게나 아무 인피면구를 가져다 씌우면 되는 것이냐 하면, 애초에 각자의 얼굴의 본을 떠서 제작된 것이기에 억지로 뒤집어쓴다고 해도 오히려 어색하기 짝이 없기에 나 변장했소, 라며 광고하는 꼴이 되고 만다.

하나 만들면 되지 않겠냐?

인피면구라는 물건이 호떡 찍어내듯 뚝딱 만들어지는 것이 아니다. 인피(人皮)다. 다시 말해 사람의 껍데기라는 말이다. 얼굴에 뒤집어쓸 것이니 당연히 사람의 얼굴 껍데기다.

누가 있어 자신의 얼굴 껍질을 순순히 벗겨주며 이거 가져다 쓰쇼, 할 것인가? 그렇다고 송장의 것을 벗겨 쓰면 살아 있는 혈색이 나오지가 않아 자칫 변장을 하지 않느니만 못한 결과가 나올 수가 있는 일이었다.

결국 한 장의 인피면구를 얻기 위해서는 자신의 얼굴형과 면적이 비슷하면서도 신선한(?) 상태의 사람 대여섯 명은 잡아야 하는 과정이 필요하고, 신선도가 가시기 전에 흠집없이 얼굴을 들어내야 하며, 정제된 약품과 저온 건조한 쾌적한 환경 등 모든 것이 갖추어진 상태에서의 제조 과정을 거쳐야 하는 것이다. 이렇고 보면 인피면구를 가졌다는 이유만으로 마인(魔人)으로 지목받아 밥숟갈 영원히 놓은 사람이 한둘이 아니라는 이야기들이 수긍이 가는 대목인 것이다.

다시 말하자면 한가하게 진을 위한 인피면구를 제작할 시간 따위는 없다는 뜻이었다.

그래서 숙연연은 급한 대로 진의 얼굴에 색칠을 했다. 여자들의 세계에서 말하는 ‘화장’ 이라는 것을.

화장만 한 것이 아니라 머리를 풀어 헤치고 숙연연의 옷까지 걸쳐 입혔다.

이렇게 해놓고 보니 중성적인 괴물이 탄생하고 말 것이라는 함철원의 예상과는 달리, 그야말로 영웅호걸들의 심장을 벌렁벌렁하게 만들,

길쭉길쭉 시원시원하게 빠진 천하의 절색이 탄생한 것이다.

묵진민, 저 자식은 인피면구를 너무 잘 만들었다. 입을 쩍 벌리고 침을 쟬쟬 흘리다가 진에게 흠씬 두들겨 맞고 푸르스름한 멍까지 표현해 내는 것을 보면. 그래도 정신 못 차리고 여전히 힐끔힐끔 곁눈질로 훔쳐본다. 조만간에 또 한차례 곡소리날 것이다.

진의 심기를 건드린 것은 묵진민의 몽롱한 시선 말고도 또 있었다.

"언니, 우리 어디로 가는 거예요?"

휙!

"어머! 그렇게 하니깐 더 매력 있다. 언니 눈은 아무리 봐도 너무 예쁘다니까. 호호호!"

숙연연이 진을 언니라고 부르기로 한 것이다.

다시 말해 진과 숙연연은 강호를 유람하는 대가댁 자매이고, 묵진민은 호위 무사, 함철원은 짐꾼이 되어 한 무리의 여객을 가장한 것이었다.

진은 숙연연을 차마 어찌 못하고 한차례 부들부들 떨더니 신경질적인 걸음으로 저만치 앞서 나갔다.

"언니이~ 같이 가요."

따라붙는 숙연연이다.

그들을 멍하니 쳐다보던 묵진민이 함철원의 옆에 붙더니 물었다.

"왜 연이는 안 때리죠?"

"주제에 사내 행세를 하는 게지. 계집에게는 손찌검을 할 수 없다는."

고개를 끄덕이는 묵진민, 그가 또 물었다.

"근데 우리가 왜 저 녀석을 따라가야 하죠?"

“몰라서 묻냐?”

진짜 모르는 표정이다. 그리 설명을 했건만.

“지난 십이 년 동안의 오욕과 치욕으로 점철된 시간을 넘어 진정한 하나의 인격체로서, 또한 하나의 인간으로서 자아를 완성하고 이 땅에서의 중대한 일원으로 다시 태어나…….”

더 모르겠다는 표정. 함철원은 한숨을 포옥 내쉬었다.

“장가가고 싶냐?”

그제야 눈을 빛내며 급격히 고개를 끄덕이는 묵진민이다.

“저놈을 잡아다가 교단으로 끌고 가면 우리는 더 이상 숨거나 도망 다니지 않아도 된다. 그리만 된다면 네놈은 예쁜 색시를 얻어 아들딸 펑펑 낳고 행복하게 살 수 있다는 말이다.”

묵진민은 순식간에 멍청한 눈에서 무서운 그것으로 변신시키고 진의 뒷모습을 노려보기 시작했다.

“어혀 갑시다.”

행여나 놓칠세라 잰걸음으로 진을 따라붙는 묵진민이다. 어지간히 장가는 가고 싶은 모양, 그러나 함철원의 안색은 그리 밝지만은 않았다.

“그렇기는 한데… 아무래도 큰일에 말려들고 말았다는 느낌이 떠나질 않으니…….”

발 뻗고 편히 살아보겠다는 수작이 결국 모가지가 걸린 일이 되어버렸다면 그야말로 소탐대실이 아닐 수 없었다.

“니미럴! 이미 돌이킬 수 없다. 한 번 끝까지 가보는 거야.”

돌이킬 수 있었다.

지금 당장이라도 미련을 버리고 나름의 살 방도를 구하고자 한다면 길이 없지는 않을 것이다.

함철원은 그깟 막연한 자유를 위해 선택한 지금의 길이 한 남자의
거친 운명에 동참한 것이라는 것을 알 수는 없었다.

*　　　　*　　　　*

흔들리는 범선 위에서도 한 치의 흔들림없이 한쪽 무릎을 박고 고개
를 깊이 숙인 사내.

"삼가 목낭적, 군주를 뵈옵니다."

그에 화답하듯, 주렴에 가려 있는 선실에서 목소리가 흘러나왔다.

"군주? 아주 놀고들 자빠졌네."

비아냥거림이 잔뜩 실린 목소리에 순식간에 안색을 굳힌 목낭적. 소
검을 뽑아 들고 주렴 속으로 쏘아져 들어간 것도 동시의 일이었다.

콰앙!

거대한 충격파와 함께 들어가는가 싶더니 주렴 밖으로 거세게 되팅
겨 나오는 목낭적이다. 그러나 들어갈 때와는 다른 모습. 곱게 빗어
올린 머리는 제멋대로 헤쳐져 있고 전신에서는 생채기 같은 자상을 아
로새긴 채 핏물을 쏟아내고 있는 것이었다.

"크으~"

그 와중에도 놓치지 않았던 소검으로 무너지는 몸을 가까스로 버티
는 목낭적. 예의 살기 가득한 눈빛을 주렴 안으로 쏘아 보낼 따름이다.

"눈 깔아 씨발람아!"

거친 욕지기를 뱉으며 주렴을 젖히고 선실에서 나오는 사내.

호리호리한 체격에 준수한 용모를 지닌 중년의 사내지만 마음대로

흘러내린 머리카락에 가려진 눈에는 귀기(鬼氣)가 흘러나와 제정신을
의심케 하는 자였다.

가까스로 버티고 있는 목낭적을 향해 사내의 주먹이 금빛 서리를 머
금고 쏟아지려 한 그때다.

"문주께서는 장난이 지나치시오."

어디서 비롯된 것인지 가늠할 수 없는, 그러나 뚜렷하게 들려오는
조용한 음성.

이윽고 백의에 청색 장삼을 곱게 차려입은 사내가 갑판 위로 표요하
게 떨어져 내렸다.

한겨울 한기를 둘러쳐 놓은 듯한 차가운 인상의 사내, 지밀단주 비
검이었다.

"여어~ 기생오라비씨, 오랜만이야."

중년의 사내는 목낭적을 향한 주먹을 거두고 태연하게 비검에게 손
을 흔들어 보였다.

강바람이 그를 스쳐 가자 머리에 가려져 있던 사내의 눈이 비로소
드러나 보였다. 오른쪽 눈을 타고 넘어가는 깊은 상처가 그의 얼굴을
일그러뜨려 놓았고 남은 한쪽 눈에도 광기가 가득 차 있었다.

녹림천하문의 문주, 다름 아닌 이덕패였다.

비검은 겨우 몸을 가누고 있는 목낭적을 일별하고 다시 예의 차가운
눈을 이덕패에게 향했다. 아무것도 담겨 있지 않았으되 그러하기에 오
히려 소름이 돋아나는 눈빛이었다.

"너무 그러지 말라구. 벌레 한 마리 잡아 족쳤다고 그렇게 눈깔에
힘주고 노려보면 내가 무섭잖아."

손사래를 치는 이덕패를 향한 눈길을 한동안 거두지 않던 비검은 다

시 목낭적에게 물었다.

"무슨 일이냐?"

"그, 급히 보고드릴 것이……."

"나중에 듣도록 하자."

"하, 하나……."

"먼저 상처를 돌보는 것이 순서인 듯하다."

역시나 차가운 어조이나 수하가 아닌 동료를 대하는 내용인바, 목낭적의 얼굴에는 감격스러운 표정이 떠올랐다.

기실 보고할 내용이라는 것도 이미 비검의 예상대로 흘러간 내용일 뿐이었다.

공아숙과 민초빈의 두 제자는 세상에 뿌려졌다. 날카로운 질려가 되어 그들, 장차 건설될 모용왕국의 적이 될 수밖에 없는 자들의 발을 묶어놓을 것이다.

'미래를 읽는 자들이라고? 헛소리. 진정으로 앉아서 천 리를 내다보는 천상미륵은 모용왕국의 군주, 나의 주인이시다!'

목낭적은 이덕패를 향해 조소를 한 번 흘긴 후 비실비실 일어나 위태로운 걸음으로 범선의 옆에 대어진 소선(小船)으로 몸을 날렸다.

목낭적이 태운 소선이 시야에서 사라질 무렵 비검은 이덕패를 쳐다보지도 않은 채 입을 열었다.

"내 수하는 녹림의 모리배가 아니오."

"……."

"나는 주인을 모시고 있으나 내가 잘못 알고 있지 않다면, 당신이 내 주인은 아니오."

"……."

비검은 제 할 말을 다 했다는 양 서서히 선실을 향해 걸어갔다. 이윽고 이덕패의 곁을 지나갈 무렵, 비검은 문득 걸음을 멈추고 섬연한 시선을 이덕패에게 향했다.

"필요에 의해 맺은 주종의 관계. 나는 내가 할 일을 하면 되는 것이고 당신은 당신의 일만 하면 되는 일이오. 다시 내가 키우는 개를 두들겨 패고 싶거들랑 이 점, 다시 한 번 생각해 주시길 바라오."

그 순간 이덕패의 하나밖에 남지 않은 눈이 번들거리기 시작했다. 모호한 광기보다는 좀 더 구체적인 색채, 살기다.

이덕패가 단지 살의만 내비치는 것은 아니었다.

발경의 흔적이 없음에도 올올이 풀어지는 경기.

뚜두둑!

비검의 얼굴은 평온할 따름이나 그의 두 발은 나무 갑판을 파고들어 가기 시작했다. 버티는 것이다. 이덕패가 쏘아 보내는 가공할 경기를 두 발로 버티며 그 역시 무형기를 쏟아내며 맞서고 있는 것이었다.

한층 강렬해지는 두 세력. 마침내 폭풍처럼 휘몰아친다.

뚜두둑! 텅! 텅!

갑판에서 쇠못이 튀어 오르고 이윽고 갑판들이 결대로 일어나는가 싶더니 하늘로 솟구쳐 올라 강가로 떨어져 내리기 시작했다.

"크하하하하!"

별안간 미친 듯이 웃어대는 이덕패. 그의 대소에 담긴 음공이 또 하나의 충격파를 만들어내어 비검을 저만치 튕겨내 버린 것도 동시의 일이었다.

밀려나기는 했지만 충격은 크지 않은 모양. 표효히 고물의 난간에 내려앉은 비검은 백의장포를 가볍게 털어내며 예의 섬연한 시선을 이덕패에게 향했다.

터뜨릴 때처럼 갑자기 웃음을 멈춰 버리는 이덕패. 광기와 장난기가 가득했던 그의 하나 남은 눈은 어느새 깊은 총기가 가득해 있었다.

"재밌는 이야기를 하나 해주지."

"……."

"추위에 떠는 뱀을 불쌍히 여긴 농부가 집에 데려다 놓고 지극 정성으로 돌보아주었다. 그런데 그 뱀이 농부의 아이를 잡아먹어 버렸지. 농부가 눈물을 흘리며 넌 은혜도 모르느냐고 하니까 뱀이 말하길, 내 천성이 원래 그래. 그것도 몰랐던 네놈이 병신이지. 어때, 들어본 적 있나?"

"……."

"사람도 뱀과 다를 바가 없어. 타고난 천성을 버리진 못하지. 제 야망을 위해 부모의 원수와 거리낌없이 한 배를 타는 후레자식은 언젠가 다시 뒤통수를 치게 돼있지."

"……."

여전히 반응이 없는 비검을 두고 비로소 굳은 음성을 뱉어놓는 이덕패다.

"주공께서 무슨 생각을 하고 계신지는 모른다. 네놈이 무슨 생각을 하고 있는지도 난 관심이 없다. 그러나 이것만은 기억해라. 네놈의 일거수일투족, 내가 지켜볼 것이다."

뛰어내릴 듯 범선의 난간을 딛고 서는 이덕패.

"그리고 한 가지 더."

난간을 박찬 이덕패는 비조처럼 솟아올라 강 어귀 쪽으로 신형을 날렸다.

"제대로 짖지도 못하는 똥개보다는 진돗개를 키워보도록 해라. 크크크."

한 번의 도약으로 단숨에 강 어귀로 떨어져 내린 이덕패는 그야말로 눈 한 번 깜빡일 사이에 완전히 모습을 감추어 버렸다.

피잉!

느닷없이 벌여진 파공음.

비검은 허공을 낚아챘다.

허공이 아니다. 이덕패가 쏘아 보낸 전통이었다.

비검은 전통을 열어 서한을 펼쳐 들었다.

무림맹발, 오월(五月) 오일(五日) 제십오회(第十五會) 무림대회전 빌미, 군사조직화 재시도 정황 포착.

구파일방의 주요 고수들 무림맹 개봉 총단으로 대거 이동 시작.

제이지구대 천년신교에 명.

비어 있는 섬서 일대 깨끗이 청소하라.

—한진회주 직령.

서한은 곧바로 불타올랐다.

"종남과 화산인가……."

비검의 혼잣말이 강 어귀로 조용히 퍼져 나갔다.

『귀안』 4권으로 이어집니다